당시대관

唐詩大觀

2권

陳起煥 편역

明文堂

王維(왕유)가 그린《伏生受經圖(복생수경도)》
日本 大阪市立美術館 소장

輞川圖(망천도)
王維(왕유) 은거지

孟浩然

浩然文不按古匠心獨
妙時閒適私省秋月
新霽諸英華賦詩
作會浩然曰微
雲淡河漢疎
雨滴梧桐
舉坐歎
其清絕

孟浩然(맹호연)
《晩笑堂竹荘畫傳(만소당죽장화전)》

王昌齡(왕창령)

당시대관

唐詩大觀

[2권]

陳起煥 편역

차례

001

綦毋潛(기무잠)

綦毋潛〔기무잠, 692 – 755, 字, 孝通. 綦毋(기무)는 複姓(복성). 綦는 비단의 쑥 빛깔 기.〕 – 荊南人(형남, 今 湖北省 남부 江陵市). 玄宗 開元 14년(726) 진사 급제. 右拾遺에 이어 著作郎이 되었으나 상관과 불화하여 관직을 그만두고 낙향하였다.

山水田園의 風光을 즐겨 읊었으며 佛道와 禪學을 좋아하였다. 張九齡, 王維, 李頎, 儲光羲, 韋應物 등과 교유하였다. 王維의 〈送綦毋潛落第還鄕〉 시가 있다.

過融上人蘭若(과융상인난야)

山頭禪室挂僧衣，窗外無人溪鳥飛.
黃昏半在下山路，却聽鐘聲連翠微.

融(융) 스님의 승방에 들르다

산꼭대기 禪房에 僧衣를 벗어놓으니,
창밖에는 다니는 사람 없고 계곡엔 새가 나른다.
하산하는 도중에 저녁 해가 넘어가는데,
종소리가 들리면서 연한 녹음이 깔린다.

| 詩意 | 제목 〈過融上人蘭若〉의 過는 '지나가는 길에 들리다. 방문하다' 의 뜻. 上人은 스님. 승려에 대한 존칭. 蘭若(난야)는 香草이나 여기서는 禪室을 의미한다.

春泛若耶溪(춘범약야계)

幽意無斷絶, 此去隨所偶.
晩風吹行舟, 花路入溪口.
際夜轉西壑, 隔山望南斗.
潭煙飛溶溶, 林月低向後.
生事且瀰漫, 願爲持竿叟.

봄에 약야계에 배를 띄우고

한적한 데 살고픈 마음 버릴 수 없어,
이번엔 마음 내키는 대로 떠나보련다.
떠나는 배에 저녁 바람 불어오고,
꽃길을 따라 물길 어귀에 접어들었다.
밤들어 배를 서쪽 물골로 돌아,
산너머 南斗를 바라보노라.
못에서 피는 안개 진하게 깔리고,
숲사이 걸린 달은 가라앉듯 뒤로 간다.
세상사 매양 질펀히 차고 넘치니,
낚싯대 잡는 늙은이 되고 싶어라.

| 註釋 | ○ 〈春泛若耶溪〉 – 〈봄에 약야계에 배를 띄우고〉. 泛은 뜰 범. 뜨다. 띄우다. 若은 같을 약. 耶는 어조사 야. 若耶溪(약야계)

는 浙江省 紹興縣의 若耶山 기슭의 강물. 일명 浣沙溪(완사계). 西施가 비단을 빨래하던 냇물.

ㅇ 幽意無斷絶 – 幽意(유의)는 한적한 곳을 좋아하는 뜻, 幽境에 숨어살겠다는 생각.

ㅇ 此去隨所偶 – 此去는 이번의 뱃놀이. 隨는 따를 수. 偶는 짝 우. 여기서 遇는 만날 우. 마음내키는 그대로.

ㅇ 際夜轉西壑 – 際는 사이 제. 際夜는 저녁 무렵, 밤이 되다(入夜). 轉은 구를 전. 돌리다. 壑은 골짜기 학.

ㅇ 潭烟飛溶溶 – 潭烟(담연)은 저녁에 연못이나 물에서 피는 안개. 溶은 질펀하게 흐를 용. 溶溶은 널리 짙게 퍼지는 모양.

ㅇ 林月低向後 – 배가 앞으로 가면서 숲 사이로 보이는 달이 낮게 보이면서 뒤로 물러나는 것 같다는 묘사.

ㅇ 生事且瀰漫 – 生事는 세상사. 且는 매우, 또한, 더욱이, 게다가. 瀰는 물이 넓게 흐를 미. 漫은 질펀할 만. 瀰漫(미만)은 아득하고 끝이 없다.

ㅇ 願爲持竿叟 – 持는 가질 지. 竿은 장대 간. 낚싯대. 叟는 늙은이 수.

| 詩意 | 이 시는 크게 3단으로 나눌 수 있다.

1, 2聯은 幽深(유심)한 곳을 찾아 머물고 싶다는 평소의 소망대로 배를 타고 약야계(若耶溪) 깊이 들어갔다. 3, 4聯은 약야계의 幽玄(유연)한 정취를 읊었다. 마지막 5聯에서는 번잡한 속세를 떠나 이곳에서 낚싯대나 드리우고 살았으면 좋겠다는 뜻을 밝혔다. 그래서 첫 구절의 '幽意(유의)'와 짝을 맞추었다.

특히 2聯의 대구 '晩風吹行舟 花路入溪口' 는 소리 내어 읽으면 홍이 나면서 배를 타고 흔들리는 기분이 든다. 또 이 시는 陶淵明의 〈桃花源記〉와 함께 감상하면 더욱 절실하게 정취를 느낄 수 있을 것이다. 〈桃花源記〉는 낮에 강물을 거슬러 올라갔는데, 이 詩는 달밤에 물놀이를 나간 것이니 홍취는 〈桃花源記〉보다 더할 것이다.

002

丘爲(구위)

丘爲(구위, 694 – 789, 一作 邱爲)는 蘇州 嘉興人인데, 과거에는 여러 번 실패하면서 농사를 지으면서도 계모를 극진히 모셔 그 집 마당에 靈芝(영지)가 자랐다고 한다.

天寶 元年(742)에 과거에 급제하여 太子右庶子가 되었는데 관직생활의 녹봉 절반을 노모 봉양에 썼기에 사람들의 칭송을 들었고, 구위가 80세 때에도 그 노모가 여전히 건강했다고 한다. 나중에 구위도 96세 장수를 누렸다.

구위는 清新平淡하고 清淨朴素한 언어로 산수자연을 노래했다.

左掖梨花(좌액이화)

冷豔全欺雪，餘香乍入衣.
春風且莫定，吹向玉階飛.

왼쪽 곁문 옆 배꽃

차갑고 고운 빛은 눈(雪)과 비슷하고,
넘치는 향기 잠간 사이 옷에 스민다.
우선은 봄바람아 멈추지 말고,
깨끗한 섬돌 위로 꽃잎을 날려다오.

| 詩意 | 梨花(이화)의 아름다움을 노래했다. 우리말 시조에 '梨花에 月白하고~' 가 있다. 달빛 아래 이화는 정말 볼만하다. 《全唐詩》 129권에 수록.

尋西山隱者不遇(심서산은자불우)

絶頂一茅茨，直上三十里.
叩關無僮僕，窺室唯案几.
若非巾柴車，應是釣秋水.
差池不相見，黽俛空仰止.
草色新雨中，松聲晚牕裏.
及茲契幽絶，自足蕩心耳.
雖無賓主意，頗得清淨理.
興盡方下山，何必待之子.

西山의 隱者를 찾아갔으나 만나지 못하다

산 위의 오두막을 찾아,
곧 바로 삼십 리를 올라갔다.
문을 두드리나 시중드는 아이 없고,
방을 얼핏 보니 안궤만이 놓여 있다.
응당 차일 수레 타고 외출했거나,
가을 냇가에 낚시 갔을 것이로다.
길이 어긋나 만나지도 못하고,
애써 머뭇거리며 우러러 생각한다.
풀빛은 새 비를 맞아 더 푸르고,
솔바람은 해 지는 창문으로 불어온다.

외롭게 떨어진 이곳이 마음에 들어,
스스로 마음을 후련히 씻어냈노라.
손님과 주인의 정의를 풀지 못했어도,
청정한 도리를 제법 깨달았노라.
나홀로 흥취를 느껴 하산하나니,
그대를 기어이 만나 무얼 하겠나?

| 註釋 | ○ 〈尋西山隱者不遇〉 – 〈西山의 隱者를 찾아갔으나 만나지 못하다.〉 西山은 伯夷와 叔弟가 숨었던 낙양의 동쪽에 있는 首陽山을 西山이라고 했다. 여기서는 어느 산인지 알 수 없고, 은자도 누구인지 알 수 없다.

○ 絶頂一茅茨 – 茅는 띠 모. 茨는 가시나무 자. 茅茨(모자)는 산의 나무나 풀을 베어 지붕을 덮은 집. 茅舍(모사), 茅屋(모옥).

○ 直上三十里 – 直은 곧을 직. 곧바로. 수직이라는 뜻보다는 다른 데를 가지 않고 줄곧 30리 길을 걸었다는 뜻.

○ 叩關無童僕 – 叩는 두드릴 고. 關은 빗장 관. 僕은 종 복. 하인.

○ 窺室唯案几 – 窺는 엿볼 규. 들여다 보다. 案은 책상. 几(궤)는 안석. 앉을 때에 몸을 기대는 작은 도구. 보통 案几가 한 세트이다.

○ 若非巾柴車 – 若非는 만약 ~가 아니라면. 만약 수레를 몰고 나가지 않았다면. 柴는 땔나무 시. 巾柴車는 천을 위에 덮은 수레. 柴車는 장식 없는 낡은 수레. 陶淵明의 〈歸去來辭〉에 '或名巾車, 或棹孤舟.' 라는 구절이 있다. 이는 은자가 외출했을

것이라는 완곡한 문학적 표현일 것이다. 산꼭대기의 오두막이라 했는데? 수레가 다닐 길을 내야 하는데? 또 巾車를 끄는 소라도 있어야 하는데? 이치를 따질 것이 아니라 상대방에 대한 배려를 하면서 가장 아름다운 모습으로 표현했다고 생각해야 한다.

○ 應是釣秋水 – 應是는 으레, 틀림없이. 秋水는 가을의 냇가.

○ 差池不相見 – 差는 맞지 않을 차, 가지런하지 못할 치, 층이 날 치. 差池(치지)는 고르지 않다. 여기서는 어긋나다, 엇갈리다.

○ 黽俛空仰止 – 黽은 힘쓸 민, 맹꽁이 민. 俛은 힘쓸 면. 黽俛(민면)은 부지런히 힘을 쓰다. 《詩經 邶風(패풍) 谷風》에 '黽俛同心(애를 쓰고 한마음이 되다).' 란 구절이 있다. 여기서는 '망설이다. 주저하다. 멈칫거리다(踟躕)의 뜻. 仰止는 우러러 보다. 쳐다보고 서 있다.

○ 及玆契幽絶 – 玆는 이에 자. 及玆(급자)는 그래서, 그러자. 契는 맺을 계. 어울려 맺어지다, 내 마음에 들었다. 幽絶(유절)은 인적이 끊긴 그윽함. 그런 곳의 정취나 경관.

○ 自足蕩心耳 – 蕩은 쓸어버릴 탕. 씻어내다. 후련하다. 心耳는 마음과 귀. 心田.

○ 雖無賓主意 – 雖는 비록 수. 비록 손님과 주인이 서로 만나서 情意를 풀지는 못했으나. 손님과 주인으로 만나는 즐거움은 없었으나.

○ 頗得淸淨理 – 頗는 자못 파. 頗得은 마냥 얻었다. 淸淨理(청정리)는 우주나 자연의 청정한 實相.

○ 興盡方下山 – 方은 즉시.

○ 何必待之子 – 之子는 그 사람, 여기서는 隱者. 《詩經》에 자주 나오는 말.

| 詩意 | 《全唐詩》 129권에 구위의 詩 15首 수록. 이 시는 《唐詩三百首》에도 실려 널리 알려진 작품이다.

시의 想念이나 표현 및 꾸밈이 탁월한 걸작이다. 특히 3聯의 '若非巾柴車 應是釣秋水' 및 5련의 '草色新雨中 松聲晩窗裏' 의 대구가 뛰어나다. 이 시의 핵심은 만나려던 은자는 만나지 못했으나 자연의 그윽하고 청정한 실상과 하나가 되었으니 만족하고 하산하겠다는 데 있다. 본래 은자를 찾아간 목적은 속세를 잠시나마 벗어나기 위해서다. 그러므로 은자는 못 만났지만 자연의 흥취를 충분히 맛을 보았다. 그래서 내려온 것이다.

이 시는 《世說新語》에 나오는 王羲之(왕희지)의 아들 王徽之〔왕휘지, 字 子猷(자유)〕의 고사와 흡사하다. 왕자유가 山陰(산음)에 있을 때, 밤에 大雪이 내렸다. 그러자 불현듯 剡溪(섬계)에 있는 벗 戴安道(대안도)를 보고 싶어 밤새 배를 몰았다. 그러나 그는 친우의 집 나루 앞에서 배를 되돌리고 돌아와서 말했다. "나는 본래 흥이 나서 찾아갔다. 그러나 흥이 식어 되돌아왔다. 왜 꼭 그대를 보아야 하는가?(吾本乘興而行. 興盡而返. 何必見戴?)"

003

王翰(왕한)

王翰(왕한, 王瀚, 字 子羽)은 晉陽(今 山西 太原) 출신이다. 生卒 연도는 확실하지 않다. 王翰은 집안이 부유했기에 성격이 호방하고 매인 데가 없었으며 술을 좋아하였다. 唐 睿宗 景雲 원년(710)에 進士에 급제하였다.

幷州長史이던 張惠貞이란 사람이 왕한의 재주를 기이하게 여기면서 등급을 초월한 인재 발탁을 적극 건의하여 왕한은 昌樂尉가 되었다. 개원 9년(721)에, 왕한은 秘書正字가 되어 승진을 거듭했다. 그러나 그의 관직생활은 다른 사람의 도움을 받으며 부침을 거듭하다가 나중에 道州司馬로 폄직되고 道州로 부임하던 도중에 병사하였다. 다만 그의 〈涼州詞〉만은 千古의 절창으로 읽혀지며, 지금도 甘肅省 곳곳 관광지마다 그의 〈涼州詞〉를 볼 수 있다.

涼州詞(양주사) 二首 (其一)

葡萄美酒夜光杯，欲飮琵琶馬上催.
醉臥沙場君莫笑，古來征戰幾人回.

양주사 (1 / 2)

포도로 만든 좋은 술을 야광배에 채워,
마시려니 馬上의 비파가 주흥을 돋우네.
취하여 모래밭에 누웠다고 그대 웃지마오!
예부터 싸움터서 몇 사람이나 돌아왔소?

| 註釋 | ○ 〈涼州詞〉 – 〈양주의 노래〉. 涼州는 지금의 甘肅省, 寧夏, 靑海의 동북부 등 광활한 지역을 통칭. 治所는 지금의 감숙성 武威縣. 河西節度使가 주둔하던 실크로드의 요충지이며 포도가 생산된다.

○ 葡萄美酒夜光杯 – 葡는 포도 포. 萄는 포도 도. 夜光杯(야광배)는 白玉杯. 화려하고 귀한 술잔.

○ 欲飮琵琶馬上催 – 琵琶는 '枇杷(비파)' 라고도 쓰는데, 본래 馬上에서 연주하는 악기였다. 催는 재촉하다. 酒興을 돋우다.

○ 古來征戰幾人回 – 征戰은 정벌을 위한 전쟁. 전쟁. 幾人回는 몇 사람이나 돌아왔나?

| 詩意 | 結句인 '古來征戰幾人回' 는 웅장하면서도 비통하며 비장감

을 돋아준다. 몇이나 돌아왔는가? 그렇다면 나도 죽을 수 있다는 뜻이다. 그러니 술을 마신 것이다. 우리 술꾼들의 모습과 그 독백을 보는 것 같다.

한때 우리나라에서도 양주 바람이 거세었고, 지금도 와인의 소비는 아주 빠르게 늘어난다고 한다. 당나라 때 포도는 몇 년이 지나도 시거나 변하지 않는 최고급 술로 이름이 높았다. 그 술을 야광배에, 그리고 또 馬上에서 타는 비파가 주흥을 돋우는데 취하지 않을 사람이 누구던가? 더군다나 최전방에 나온 武士인데! 언제 죽을지도 모르는 상황에서 취하는 것이야 흉이 될 것이 없으리라!

포도주를 마신 오늘 하루 – 邊塞의 武人도 詩人도 오늘만큼은 모두 豁達(활달)하고 기분 좋게 그리고 얽매이지 않는 오늘의 자유와 상상을 즐겼을 것이다. 술을 마실 줄 아는 사람은 이해의 폭이 넓고 寬容을 베풀 줄 안다. 술 좋아하는 惡人은 없다고 한다. 그러니 愛酒家, 好酒家는 모두 好人이며 正人에 가까울 것이다.

涼州(양주)는 지금의 甘肅省, 寧夏(영하), 青海의 동북부 등 광활한 지역을 통칭하는데, 당나라 때 治所는 지금의 감숙성 武威縣(무위현)이었고 河西節度使가 주둔하던 실크로드의 요충지이며 포도 생산지였다. 夜光杯(야광배)란 白玉으로 만든 화려하고 귀한 술잔이며 琵琶(비파)는 본래 馬上에서 연주하는 악기였다.

이 시는 邊塞詩로 분류된다. 변새시는 변경의 요새에서 지은 시이며, 변경의 모습과 전투와 병사들의 고통과 그리움을 노래한 시이다. 唐詩에는 이러한 변새시가 많이 지어졌고 노래로 불렸다.

涼州詞(양주사) 二首 (其二)

秦中花鳥已應闌，塞外風沙猶自寒.
夜聽胡笳折楊柳，教人意氣憶長安.

양주사 (2 / 2)

關中 땅 꽃과 새는 벌써 한시절 지났겠지만,
변경 밖 모래바람은 아직 여전히 춥기만하다.
밤에 胡人 피리에 折楊柳의 가락을 들으면,
모두 마음속으로 장안을 그립게 만든다.

| 詩意 | 起句의 秦中은 關中, 長安城 일대. 已應闌의 闌은 가로막을 난. 저물다, 다하다.

〈涼州詞〉 1首가 너무 유명하기에 二首의 존재 자체가 가려졌다. 折楊柳(절양류)는 이별가를 대표한다. 2수는 동원된 장졸의 思鄉心을 평범한 언어로 그려내었다.

飮馬長城窟行(음마장성굴행)

長安少年無遠圖, 一生惟羨執金吾.
麒麟前殿拜天子, 走馬西擊長城胡.
胡沙獵獵吹人面, 漢虜相逢不相見.
遙聞鼙鼓動地來, 傳道單于夜猶戰.
此時顧恩寧顧身, 爲君一行摧萬人.
壯士揮戈迴白日, 單于濺血染朱輪.
歸來飮馬長城窟, 長城道傍多白骨.
問之耆老何代人, 云是秦王築城卒.
黃昏塞北無人煙, 鬼哭啾啾聲沸天.
無罪見誅功不賞, 孤魂流落此城邊.
當昔秦王按劒起, 諸侯膝行不敢視.
富國强兵二十年, 築怨興徭九千里.
秦王築城何太愚, 天實亡秦非北胡.
一朝禍起蕭墻內, 渭水咸陽不復都.

飮馬하는 長城 토굴의 노래

장안의 젊은이들은 큰 포부가 없고,
일생에 오로지 執金吾만 부러워한다.
기린전에서 천자에게 배례한 다음에,

기마대로 장성 서쪽 흉노를 원정한다.
흉노땅 모래 바람이 얼굴을 때리고,
漢軍과 흉노가 조우해도 보이질 않는다.
멀리서 크고 작은 북소리가 진동하는데,
單于(선우)는 되려 밤싸움에 능하다고 한다.
지금 황제 은덕을 생각할 뿐 내 몸을 돌보랴?
나라 위해 一戰에 일만 대군을 무찔러야지!
장사가 휘두른 창에 햇빛도 방향을 바꾸었고,
선우의 흘린 피가 수레바퀴를 붉게 물들였다.
돌아와 長城의 토굴서 말에 물을 먹이는데,
長城의 길가에 백골이 많이 뒹굴었다.
노인께 언제 때 사람 뼈냐고 물었더니,
진시황 때 장성을 쌓던 사졸이라 한다.
해지며 변방 북쪽에 밥짓는 연기도 없고,
귀신이 우는 흐느낌 소리가 하늘서 들린다.
죄도 없이 죽었고 애써도 상도 못 받았으며,
孤魂은 떠돌다가 장성 언저리에 떨어졌다.
그옛날 秦王이 칼을 쥐고 대군을 동원하자,
諸侯는 무릎을 꿇고 감히 바로 보지도 못했다.
진왕이 富國하고 强兵하기 20여 년에,
원성속에 부역으로 9천 리 장성을 축조했다.
축성에만 매달린 진왕은 얼마나 어리석은가?

하늘이 秦을 멸망시켰지 북방 흉노가 아니었다.
하루 아침에 재앙이 궁궐 안에서 일어났고,
渭水의 咸陽은 다시는 도읍이 되질 못했다.

| 註釋 | ㅇ 〈飮馬長城窟行〉 – 一作 〈古長城吟〉. 《全唐詩》 156권의 제목에 따른다. 秦始皇의 폭정을 읊었다.

ㅇ 一生惟羨執金吾 – 羨은 부러워할 선. 執金吾(집금오)는 황제의 의장대 겸 호위 무사. 吾는 禦(막을 어)의 뜻. 兵器를 들고 非常에 대비한다는 뜻. 漢에서의 질록은 中二千石이었다. 궁성 외곽 경계, 수재나 화재 등 돌발 사태 대비, 황제 행차 시 집금오 병력〔緹騎(제기), 2백인〕이 의장대 역할. 光武帝는 일찍이 집금오 車騎兵의 멋진 모습을 보고서는 감탄하여 "벼슬을 한다면 執金吾(집금오)를, 아내를 맞이한다면 陰麗華(음려화, 뒷날 광무제의 황후)를 얻어야 한다.(仕宦當作執金吾, 娶妻當得陰麗華.)" 라고 말했다.

ㅇ 胡沙獵獵吹人面 – 胡沙는 흉노 지역의 사막. 獵獵(엽렵)은 바람이 부는 모양.

ㅇ 遙聞鼙鼓動地來 – 遙는 멀 요. 鼙鼓는 전투용 북. 鼙는 작은 북 비. 鼓는 북 고.

ㅇ 壯士揮戈迴白日 – 揮는 휘두를 휘. 戈는 창 과. 迴는 돌 회. 많은 장사가 휘두른 창날에 햇빛의 방향이 뒤바뀌다.

ㅇ 渭水咸陽不復都 – 渭水(위수)는 河黃의 최대 지류. 咸陽은 위수 북안에 위치. 함양이 다시 수도가 되지 못했지만 漢은 위수

의 남쪽 長安에 도읍한다. 함양과 長安(西安市)은 25km 거리이니, 사실 거기서 거기이다.

| 參考 | 萬里長城의 역사적 의의 – 만리장성은 塞北의 遊牧 민족의 침입에 대비한 군사 시설로 중국 리수로 1만 리에 걸쳤다 하여 만리장성이라 부른다. 현존하는 장성의 주요 부분은 14세기 축조하기 시작한 明代의 長城으로, 서쪽 嘉峪關(가욕관)에서 시작하여 동쪽 虎山長城에 이르기까지 중국 15개 省과 자치구에 걸쳐 있다.

이 만리장성은 중국의 농경문화지역과 유목생활구역의 경계선이며, 문화적 차이를 구분하는 기준이기도 했다. 또 때로는 중국인의 자주국방의 상징이면서 동시에 쇄국의 상징과도 같았으나, 지금의 중국에서는 그런 의미를 찾아보기가 어렵다고 한다.

004

王昌齡(왕창령)

王昌齡(왕창령, 698 – 756?, 字 少伯) – 山西 太原人, 王昌齡은 玄宗 開元 15년(727)에 진사과에 합격하여 관직을 시작했으나 순탄하지 못했다. 그는 高適(고적), 王之渙(왕지환)과 함께 광활한 변경의 풍경을 잘 묘사하여 변새시에 뛰어났었다.

安祿山(안록산)의 난(755 – 763)이 일어났을 때 고향으로 피난하다가 피살당했다. 그는 칠언시에도 뛰어났는데, 그의 시 180여 수가 남아 전한다. 그중 〈出塞〉, 〈從軍行〉과 같은 변새시와 〈采蓮曲〉, 〈越女〉 등 여인의 생활을 묘사한 시가 널리 알려졌다.

《舊, 新唐書》에 입전되었다.

朝來曲(조래곡)

日昃鳴珂動, 花連繡户春.
盤龍玉臺鏡, 唯待畫眉人.

조래곡

해가 기울고 말방울 소리 들리며,
봄날 수놓은 휘장에 꽃이 보인다.
용을 조각한 美玉의 화장대에,
눈썹 그려줄 낭군을 기다린다.

| 詩意 | 이 시에서는 낭군의 退朝(퇴근)을 기다리는 여인의 정을 읊었다.

《漢書》 76권 〈張敞傳〉에 의하면, 장창은 전한 宣帝 때 京兆尹(경조윤)이었는데 정사에 능력도 있었지만 대단한 애처가였다. 부인의 눈썹을 직접 그려주었기에 장안에서는 '張京兆(장경조)가 그린 눈썹이 예쁘다.' 는 말이 유행하였다.

有司가 이런 장창을 상주하였다. 선제가 장창에게 묻자, 장창이 대답하였다. "臣이 알기로는, 규방 안의 부부에게는 눈썹 그려주기보다 더 지나친 일이 있다고 하였습니다."

선제는 그 능력을 아꼈기에 책망할 수가 없었다. 그렇지만 끝내 더 높은 자리에는 오르지 못했다.

芙蓉樓送辛漸(부용루송신점) 二首 (其一)

寒雨連江夜入吳，平明送客楚山孤.
洛陽親友如相問，一片冰心在玉壺.

부용루에서 신점을 보내다 (1 / 2)

찬비가 온강에 내리는 밤에 吳에 도착하여,
아침에 친우를 보내니 楚의 산도 외롭도다.
낙양의 벗들이 만약 나를 묻는다면,
한조각 깨끗한 마음 玉壺에 있다 해주오.

| 註釋 | ㅇ 〈芙蓉樓送辛漸〉 – 〈芙蓉樓에서 辛漸을 보내다〉. 芙蓉樓는 江蘇省의 長江 남안 鎭江市 서북쪽에 있는 누각. 辛漸(신점)은 왕창령의 詩友.

ㅇ 寒雨連江夜入吳 – 連江은 온 강에 가득하다. 吳는 吳縣, 지명으로서 吳는 장강 하류지역이다.

ㅇ 洛陽親友如相問 – 신점은 지금 낙양으로 가고 있다. 낙양에 도착하여 그곳의 친우들. 如는 만일, 만약에 ~한다면, 혹은, 예를 들면.

ㅇ 一片冰心在玉壺 – 冰心(빙심)은 잡념이 없는 투명하고 깨끗한 마음. 玉壺(옥호)는 옥으로 만든 병. 얼음을 넣어두는 병. '어지러운 세상이지만 나는 냉철하게 내 본심을 잘 지켜나가고 있다' 는 主體 선언이라 할 수도 있지만 友人을 보내는 詩이니

'내 우정은 투명하고 깨끗하다.' 는 뜻으로 풀이해야 할 것이다.

| 詩意 | 이 시는 송별시인데, 송별의 정경에 대한 묘사가 없고 시인 자신의 이야기에 자신의 감정, 그리고 자신에 대한 부탁을 하고 있다. 그러나 시 전체에서 깨끗하고 참된 우정을 느낄 수 있다.

'一片冰心在玉壺' – 이 구절이 천하의 名句이다. 친우를 생각하는 순수한 마음을 더 이상 어떻게 표현하겠는가? 이 구절을 두고 시인이 벼슬에 대한 미련을 버렸다고 해석하는 것은 매사를 관직과 연관 지어 생각하는 병이 살아난 것이다. 그냥 친우에 대한 우정 – '잡된 마음 없고 깨끗하다' 로 해석하면 끝이 아닌가?

芙蓉樓送辛漸(부용루송신점) 二首 (其二)

丹陽城南秋海陰，丹陽城北楚雲深.
高樓送客不能醉，寂寂寒江明月心.

부용루에서 신점을 보내다 (2 / 2)

단양성 남쪽에는 가을 물이 넘치고,
단양성 북쪽에는 남녁 구름이 깊다.
高樓서 나그네 전송하며 취할 수 없고,
적막한 강물에 밝은달이 물에 잠겼다.

| 詩意 | 이 두 번째 시는 1수만큼 유명하지가 않다. 1수가 너무 잘 알려졌기에 2수는 보통 언급되지도 않는다. 丹陽城은, 지금의 江蘇省 남부 長江 남안 鎭江市에 해당한다.

送魏二(송위이)

醉别江樓橘柚香，江風引雨入舟涼.
憶君遙在瀟湘月，愁聽清猿夢裏長.

魏氏 둘째를 보내고

강가의 이별주에 취한 누각, 귤향기 진한데,
江風에 비바람이 들이쳐 배 안이 서늘하다.
그대는 멀리 소상의 달빛을 받고 있을 터인데,
꿈길에 듣는 원숭이 울음에 그리움이 이어진다.

| 詩意 | 이별하는 술자리를 가을 강가에 차렸다. 귤이 익어 귤향기가 퍼졌고, 술에 취했으니 이별의 정도 깊었으리라. 여기서 醉는 '酒深하니 이별의 情 역시 깊다' 는 뜻이다. 그런데 떠날 즈음에 날씨가 바뀌면서 비바람이 배 안까지 들이친다. 그러니 이별이 아쉬움을 날씨가 돕는지 서늘한 추위(涼)를 느낀다. 시인이 쓴 涼은 신체적 감각 외에 마음속의 아쉬움 – 이별의 스산함을 대변한다.

후반 2구의 이별 후의 상상이다. 떠난 사람은, 지금 廣西省 북쪽 桂林市 관할 零陵縣의 瀟水(소수)와 湘水(상수)의 합류지점에서 달을 보고 있을 것이다. 여기서 상상이지만, 覶와 結句의 聽이 조화를 이룬다. 魏二는 달을 보고, 왕창령은 원숭이 울음소리를 꿈길처럼 들으면서 서로를 그리워한다.

왕창령의 상상은 實景을 도와 意境(의경)을 확대시키고 主題를 심화하였다. 시인의 생각은 참으로 깊고도 치밀하다.

送柴侍御(송시시어)

流水通波接武岡, 送君不覺有離傷.
青山一道同雲雨, 明月何曾是兩鄉.

柴 侍御를 보내고

흐르는 강물에 이는 파도가 武岡을 때리는데,
그대를 보내며 서로 이별을 생각하지 못했오.
青山은 이어져 하나이고 雲雨도 같으리니,
明月이 어이해 두 곳을 다르게 비추리오?

| 詩意 | 왕창령은 우정을 무척이나 소중히 여긴 시인이었다. 그의 송별시나 留別詩(유별시)를 보면 우정을 중히 여기는 구절이 많고 또 제각각 특색을 달리하였다.

우정을 소중히 여기어 그 이별의 정 또한 멀어진 거리만큼이나 끝없이 이어질 것이다. 이 絶句도 짧은 구절이나 그 사연은 많고 길며 또 깊다.

이 시는 王昌齡이 龍標縣(용표현, 今 湖南省 중서부 懷化市 부근)의 縣尉(현위)라는 미관말직에 근무할 때 지은 시로 알려졌다.

前 1, 2구는 이별 현장을 읊었다. 강가에서 이별하지만 이별이 실감나지 않는 정황이다. 강물에 이는 파도는 직접 보고 있지만(接武岡) 이별의 슬픔은 아직 느끼지 못한다고(不覺) 하였다. 아마 이별하는 거기서 龍標나 武岡은 멀지 않은 곳이라서 실감하지 못했을 것이다.

後 3, 4句는 떠나는 柴 侍御(시 시어)에 대한 위로의 뜻이다. 거기와 여기는 산천이 이어졌기에 一鄕과 다름이 없으니, 明月 또한 같지 않겠느냐고 반문하고 있다. 여기서는 1, 2구의 이별의 아픔(離傷)은 없어졌다.

우리가 걸어가야 할 인생의 행로, 헤어지는 이별의 길 - 모두가 무정한 것처럼 보인다. 그러나 길이 있기에 또 만날 수 있지 않은가? 그러니 길이 무정하다지만 되려 유정하지 않은가?(道是無情却有情)

왕창령은 자신의 소회를 직설하지 않았지만 그 이별을 아쉬워하는 정이 오히려 생동하고 깊기만하다.

別李浦之京(별이포지경)

故園今在灞陵西, 江畔逢君醉不迷.
小弟鄰莊尚漁獵, 一封書寄數行啼.

장안에 가는 李浦를 송별하다

고향은 본래 灞陵(파릉)의 서쪽이고,
강변서 그댈 만나 취했지만 정신은 말짱하다.
小弟는 이웃 농장서 지금 고기잡이에 사냥하리니,
소식을 한번 전하려 하나 눈물만 줄줄 흐른다오.

| 詩意 | 故園은 고향이고, 灞陵(파릉)은 漢 文帝의 능이니 장안이다. 李浦는 장안의 고향으로 돌아가는데, 이별주를 마셨지만 정신은 혼미하지 않다고 했다. 고향을 지키는 이포의 동생의 안부를 묻는 서신을 한 줄 쓰려니 그리움에 눈물이 먼저 흐른다고 하였다. 《全唐詩》 143권 수록.

聽流人水調子(청류인수조자)

孤舟微月對楓林，分付鳴箏與客心.
嶺色千重萬重雨，斷絃收與淚痕深.

樂人의 水調曲을 듣고서

쪽배에 희미한 달이 단풍 숲을 비추는데,
樂人에 箏을 타게 하니 나그네 마음이어라.
천가지 만가지 온갖 山色에 비가 내리는데,
연주가 그치며 눈물 자국만 깊어 남았더라.

| 註釋 | ○ 〈聽流人水調子〉 – 流人은 떠돌이 樂人, 水調子는 水調歌, 樂府의 商調 曲名이라는 주석이 있다.

○ 斷絃收與淚痕深 – 絃은 줄 현, 13줄의 箏(쟁, 거문고의 일종). 淚痕(누흔)은 눈물 자국.

| 詩意 | 起句에 孤舟와 微月(미월), 그리고 楓林(풍림)을 열거했다. 그런데 이 3가지가 모두 시름(愁)을 뜻한다. 외로운 쪽배에 몸을 맡긴 나그네나, 희미한 달빛을 보며 잠을 청하는 떠돌이 樂人(客人), 그리고 단풍이 전해주는 가을은(秋) 愁(수)의 뿌리이다.

詩人도 악인에게 연주를 부탁했고, 악인은 시인의 마음을 헤아렸는지 슬픈 商調의 水調子를 연주한다. 그러는 동안 단풍이 짙어진 산에 가을비가 내리고 …, 연주가 끝났을 때, 시인이나 악인 모두에게 눈물 자국만 남았다.

雨와 淚(泪, 눈물 루)가 겹쳐지면서 孤舟의 분위기가 어떠한가를 짐작할 수 있으리라. 모든 것이 함께 녹아버린 감정의 표현이 눈물 아닌가? 함축이 깊지만 심각하지 않게 평범한 말로 그려낸 시인의 감정이 새롭게 전해진다.

從軍行(종군행) 七首 (其一)

烽火城西百尺樓, 黃昏獨上海風秋.
更吹羌笛關山月, 無那金閨萬里愁.

종군하는 노래 (1 / 7)

봉화 오른 성채 서쪽 높은 누각에,
황혼에 혼자 오르니 청해호에 바람이 분다.
羌笛으로 〈關山月〉을 다시 불어 보니,
만리밖 처자 그리움을 어찌 해야 하나?

| 詩意 | 위 시에서 海는 구체적으로는 '靑海湖' 이지만 일반적으로 끝없는 사막을 의미하기도 한다. '羌笛' 은 강족의 피리이고, 관산월은 곡조 이름, 金閨는 閨房(규방)의 미칭이다.

從軍行(종군행) 七首 (其二)

琵琶起舞換新聲，總是關山舊別情.
撩亂邊愁聽不盡，高高秋月照長城.

종군하는 노래 (2 / 7)

비파 가락에 춤추고 새 곡조로 바뀌는데,
모두 關山月의 옛 곡조 이별의 가락이다.
요란한 가락, 변방 근심은 들어도 끝없고,
드높은 가을 달빛은 長城 따라 쏟아진다.

| 註釋 | ㅇ 琵琶起舞換新聲 – 琵琶(비파, 胡琴)는 변방의 분위기에 잘 조화되는 악기로 알려졌다. 변방에서는 으레 비파와 羌笛(강적)의 강렬한 음색으로 慷慨(강개)한 감정을 반주한다.

ㅇ 總是關山舊別情 – 변새의 장졸 누구가 부모와 처자식을 두고 떠나오지 않았는가? 그 그리움이 '舊別情' 이다. 여기 '關山' 은 지명이 아니라 〈關山月〉의 곡조이다.

| 詩意 | 군영 안에서 잔치를 시작했다. 술 마시고 비파의 가락에 맞춰 춤을 추며, 악곡은 새로이 바뀌고 환호소리도 퍼진다. 그러나 속마음은 〈關山月〉 가락과 함께 '舊別情' 뿐이다. 起句의 '換新聲' 은 이제 '舊別情' 으로 넘어갔다. 여기에 장졸의 복잡한 심사가 그려진다.

그러면서 그런 그리움은 음악을 들으면서도 지워지지 않는다(聽不盡). 장막 밖에는 높이 뜬 가을 달이 끝없이 이어진 장성을 내리비추고 있다. 터져나오는 울음 속의 그리움도 그냥 삼켜야 한다.

從軍行(종군행) 七首 (其四)

青海長雲暗雪山，孤城遙望玉門關.
黃沙百戰穿金甲，不破樓蘭終不還.

종군하는 노래 (4 / 7)

青海湖 진한 구름은 설산을 가렸고,
외로운 성채 玉門關 까마득히 보인다.
이어진 전투, 모래가 갑옷을 뚫는데,
樓蘭國 격파 아니면 끝내 돌아가지 않으리.

| 註釋 | 雪山은 祁連山(기련산)이다. 2구를 '고성에서 멀리 옥문관을 바라본다.' 로 해석하기 쉬우나 고성이 바로 옥문관이며 聲律 때문에 도치되었다. 樓蘭(누란)은 漢代 서역의 나라 이름이지만 여기서는 서역의 이민족을 지칭한다. 여기 나오는 3개의 지명은 이웃한 지명이 아니다. 청해호와 홍문관, 누란국은 수천 리 떨어졌다. 그러나 장졸의 마음은 거기가 거기이다. 5백 리나 천리 밖 모두가 이역이고, 거기나 여기나 고생은 마찬가지이다.

從軍行(종군행) 七首 (其五)

大漠風塵日色昏，紅旗半捲出轅門.
前軍夜戰洮河北，已報生擒吐谷渾

종군하는 노래 (5 / 7)

너른 사막 먼지 바람에 지는 해가 어두어지고,
붉은 깃발 반쯤 휘말려 軍門 밖에 펄럭인다.
전방 부대가 어젯밤 洮河(조하)서 싸웠는데,
吐谷渾(토욕혼)의 장수를 생포했다고 알려왔다.

| 註釋 | ㅇ 紅旗半捲出轅門 – 捲은 말릴 권. 말아감다. 轅門(원문)은 軍門. 부대의 정문.

ㅇ 已報生擒吐谷渾 – 吐谷渾(토욕혼)은 西晉에서 唐朝에 걸쳐 祁連山脈(기련산맥)과 黃河 상류(今 青海省)에 존속했던 나라 이름이다. 서기 663년에 吐蕃(토번)에 정복되었지만 토번에 군사를 제공하면서 존속하다가 9세기 경에 지금 青海省 일대에서 소멸되었다. 今, 중국의 소수 민족 土族(토족)이 이들의 후예로 알려졌다.

| 詩意 | 군의 사기를 올리기 위한 내용이다. 軍功을 세워야 한다는 상상을 불어넣어 주어야 한다. 엊저녁의 전투를 겪어보지 않았지만 격전일 것이고, 그들 장수를 생포했다면 대승했다는 생각만 남을 것이다.

出塞行(출새행)

百花原頭望京師，黃河水流無盡期.
窮秋曠野行人絶，馬首東來知是誰.

출새하며 부르는 노래

百花原에 올라 장안을 바라보니,
황하 물은 흘러 그칠 날이 없도다.
늦가을의 넓은 벌판 행인도 끊겼는데,
동쪽으로 말을 타고 오는 이 누구일까?

| 詩意 | 시인은 지금 서쪽 변방으로 가면서 자꾸 동쪽을 뒤돌아보고 고향을 생각한다. 늦가을 인적이 끊긴 광야에 저쪽에서 누군가 동쪽을 향해 오고 있다. 설령 그 사람이 누군지는 모르겠지만 텅 빈 광야에서 사람을 만나는 것만으로도 반가울 것이다. 변방으로 나가는 사람의 깊은 시름을 잘 표현한 시이다.

出塞(출새) 二首 (其一)

秦時明月漢時關，萬里長征人未還.
但使龍城飛將在，不教胡馬渡陰山.

변경에 출정하다 (1 / 2)

秦代의 明月이며 漢代의 關門이니,
萬里밖 오랜 싸움에 돌아오지 못하네.
만약 龍城에 飛將軍이 있었다면,
胡馬가 陰山을 넘지는 못했으리라.

| 註釋 | ○ 〈出塞〉 – '출새' 樂府題로 鼓吹曲辭에 속한다. 옛날 군악으로 쓰였다고 한다. 一名 〈從軍行〉. 또 '塞上曲'과 '塞下曲'이 있었다. 변경을 수비하는 병사들의 고난을 읊은 악부시. 塞는 국경이나 변경의 요새. '출새'는 요새를 나와서 전투에 임한다는 뜻도 있다.

○ 秦時明月漢時關 – 秦時의 明月이요, 漢時의 關門이라. 秦漢 이래로 똑같은 달이며, 똑같은 관문이다. 변새의 고통이 그만큼 오래되었다는 뜻을 포함하고 있다.

○ 萬里長征人未還 – 萬里는 將卒의 家鄕에서부터 먼 거리라는 의미. 長征은 오랜 征役. 복무 기간이 길다는 뜻. 人未還 – 살아 돌아오지 못했다.

○ 但使龍城飛將在 – 龍城은 甘肅省 天水市 관할의 지명. 飛將在

– 李廣이 우북평에 주둔하자, 흉노들이 소문을 듣고 비장군이라 하며 싸움을 피했다.(廣居右北平, 匈奴聞之, 號曰漢之飛將軍 避之.)' 《史記 李將軍列傳》

○ 不教胡馬渡陰山 – 胡馬는 흉노족. 渡는 건널 도. 陰山은 陰山 산맥. 河北省의 西北部에서 시작하여 내몽고를 달려 내몽고의 狼山에 이르는 길이 1200km, 남북 50~100km에 이르는 대산맥. 平均 높이 1500~2300m 몽고와 중국의 자연 경계선이라 할 수 있다.

| 詩意 | 서북방의 흉노 침략과 이를 막으려는 漢族의 싸움은 일찍이 秦漢시대부터 있었다. 이에 시인들은 邊塞詩를 지어 출정 병사들의 고난 및 그들의 귀환을 애타게 기다리는 부녀자들의 비애를 읊었다. 한편 이 시에서 작가는 李廣 같이 탁월한 장군이 없음을 은근히 한탄하고 있다. 王翰의 '葡萄美酒夜光杯'로 시작하는 〈涼州詞〉와 함께 변경 출새의 걸작으로 꼽힌다.

詩歌의 아름다움은 그 언어의 아름다움이다. 그저 평범한 글자이고 뜻이지만, 어디에 쓰였느냐에 따라 아름다움이 드러난다. 長征에 나간 사람이 돌아오지 않았다는 평범한 말에 그 얼마나 많은 한이 들어있겠는가?

이 시는 '唐人 絶句의 壓卷이라 할 수 있는 좋은 시'라는 평을 듣는다.

出塞(출새) 二首 (其二)

騮馬新跨白玉鞍，戰罷沙場月色寒.
城頭鐵鼓聲猶振，匣裏金刀血未乾.

변경에 출정하다 (2 / 2)

검은 명마 백옥치장 새 안장을 얹어타고,
싸움 끝난 모래밭에 흰 달빛만 가득하다.
군영 안에 큰 북소리 여태껏 들려오고,
금색 명검 적신 피는 아직도 흥건하다.

| 詩意 | 장군의 늠름한 기개가 전해오는 구절이다. 사기 충전한 전사들, 북소리, 그러면서 모래밭을 덮힌 달빛 속에 변새의 애환이 느껴진다.

春宮曲(춘궁곡)

昨夜風開露井桃, 未央前殿月輪高.
平陽歌舞新承寵, 簾外春寒賜錦袍.

봄날 궁궐의 노래

어젯밤 바람이 우물가 桃花를 피웠고,
미앙궁 전각 위에 높은 달이 걸렸다.
평양궁 歌妓는 새로 총애를 받으니,
주렴밖 春寒이라 비단 겉옷 하사했네.

| 註釋 | ○ 〈春宮曲〉 – 〈봄날 궁궐의 노래〉. 後宮의 春怨을 그린 시이다. 〈殿前曲〉으로 된 책도 있다.

○ 昨夜風開露井桃 – 風開는 바람이 꽃을 피웠다. 露井(노정)은 지붕이 없는 우물.

○ 未央前殿月輪高 – 未央은 未央宮(미앙궁). 漢代의 궁궐 이름. 당의 궁궐. 月輪高(월륜고)는 달이 높이 떴다.

○ 平陽歌舞新承寵 – 平陽은 漢 武帝의 여동생(漢 景帝의 공주). 歌舞는 평양공주 집의 歌妓이던 衛子夫. 新承寵(신승총)은 새롭게 총애를 받다. 衛子夫는 무제의 총애를 받아 입궁했다가 나중에 황후의 자리에 오른다. 衛青은 위자부의 오라버니. 뒷날 宣帝의 曾祖母이다.

○ 簾外春寒賜錦袍 – 簾外(염외)는 주렴 밖. 錦袍(금포)는 비단 겉옷.

| 詩意 | 1, 2구는 궁궐의 모습인데, 화려한 것 같지만 쓸쓸한 정경이다. 밤바람, 우물 가, 높이 뜬 달 – 보는 사람 입장에 따라 다르겠지만 후궁의 여인으로서 기쁨이 보이지 않는 풍경이다.

3, 4구는 후궁의 여인과 아무 관계도 없는 행복한 여인의 이야기이다. 武帝의 총애를 받아 나중에 정식 황후에 오른 그런 여인의 사례를 들어 총애를 못 받는 여인의 수심을 그렸다.

왕창령의 〈春宮曲〉은 後宮의 春怨을 그린 시이다. 제목이 〈殿前曲〉으로 된 책도 있다. 이 시의 의미를 두 가지로 볼 수 있다.

하나는 한무제가 上巳節(음력 3월 3일)에 覇上(패상)에서 祓禊(불계 – 재액을 쫓는 제사)를 마치고 돌아오는 길에 자신의 여동생 平陽公主 댁에서 잔치를 했으며, 그때 漢武帝가 가무에 뛰어난 衛子夫(위자부)를 처음으로 알고 사랑을 내렸다. 곧 총애를 받은 후궁을 부러워하는 뜻이다.

다른 해석은 武帝가 위자부에게 사랑을 내린 것을 원망하는 시라고 풀이한다. 그러므로 시의 제목을 〈春宮怨〉이라고 쓰기도 한다. '武帝는 원래 陳皇后를 총애했다. 그러나 왕자를 출산하지 못하였다. 한편 武帝가 천민 출신인 위자부를 마냥 사랑하자, 진황후는 비관하고 여러 번 자살을 기도했다. 이에 한무제의 노여움을 샀다. 게다가 다른 궁녀들과 함께 위자부를 저주하는 굿을 했다는 무고가 있었으므로 마침내 무제는 진황후를 長門宮에 연금했다. 한편 위자부는 궁중에 들어와서 총애를 독차지하고 나중에는 皇子까지 생산했으며, 결국 황후가 되었다.' 곧 이와 같은 故事를 배경으로 이 시를 長門宮에 유폐된 陳황후의 한스런 심정을 적은 시라고 풀이하는 사람도 있다.

西宮春怨(서궁춘원)

西宮夜靜百花香，欲捲珠簾春恨長.
斜抱雲和深見月，朦朧樹色隱昭陽.

서궁의 춘원

서궁의 조용한 밤, 온갖 꽃이 향기로워도,
걷어올린 주렴에 스민 春恨은 길기만하다.
구름에 걸친 달은 더 높다랗게 보이는데,
흐릿한 나무 그림자에 소양궁만 아른하다.

| 詩意 | 황제의 총애를 못 받고 홀로 지새야 하는 궁인의 봄밤은 서럽기만하다. 이런 宮詞에는 漢代의 고사를 唐朝의 현실을 묘사하는데, 이를 '以漢代唐' 이라 한다.

昭陽宮은 황제의 총애를 받는 후궁의 거처이다. 달빛 아래 희미해진 나무 그림자 사이로 어렴풋이 보이는 소양궁에 자꾸 눈길이 가는 것이 바로 春怨이다.

長信秋詞(장신추사) 五首 (其一)

金井梧桐秋葉黃, 珠簾不捲夜來霜.
熏籠玉枕無顔色, 臥聽南宮淸漏長.

장신추사 (1 / 5)

궁궐 우물가 오동 누렇게 가을 물이 들었는데,
걷어 올리지 않은 주렴에 밤들어 서리가 내렸다.
향이 배었던 옥색 베개의 곱던 색도 엷어졌는데,
누워 들리는 南宮 물시계 소리 길기만 하다.

| 註釋 | ○ 〈長信秋詞〉 – 〈長信怨, 長信宮의 시름〉으로 된 판본도 있다. 樂府題. 長信宮은 漢代의 太后의 거처. 漢 成帝의 총애를 잃은 班婕妤(반첩여, 班固와 班超의 왕고모)가 성제의 사랑을 독차지한 趙飛燕(조비연) 자매에게 화를 입을까 겁이 나서 장신궁에 들어가 太后를 받들겠다고 자청하여 허락을 받고 무사할 수 있었는데, 그 시름을 읊은 樂府詩이다.

| 詩意 | 본래 班婕妤(반첩여, 기원前 48? – 기원후 2)의 본명은 전해지지 않는다. 반첩여는 班固, 班超, 班昭의 할아버지의 女兄弟이다. 곧 班固의 大姑母(대고모, 王姑母)이다. 成帝의 后宮으로 들어가 나중에 成帝의 寵愛를 받아 '婕妤(첩여)' 가 되었다.

반첩여도 成帝의 총애를 받은 짧은 행복이 있었다. 그러나 성제와의 사이에 소생이 없기에 밀릴 수 밖에 없었다. 사실 반첩여는 궁인으로 황제의 총애에만 매달릴 여인은 아니었다.

입궁하기 전에 반첩여는《詩經》을 외우고,《竊窕》,《德象》,《女師》의 글을 읽었다. 반첩여는 황제를 뵙거나 상소할 때 고대의 의례를 본받았다. 성제가 붕어하자, 반첩여는 園陵(능원)에서 제사를 받들다가 죽으니 성제 능원에 묻혔다.

그녀의 일생에 궁궐 여인의 한이야 배었지만, 시인의 표현대로 긴긴밤을 시름으로 몸부림치지는 않았을 것이다. 왜냐면 반첩여는 경전을 읽으면서 자신을 추스릴 그런 능력이 있었을 것이다.

그녀의 작품으로는〈自悼賦〉,〈搗素賦〉,〈怨歌行, 또는 團扇歌〉가 있다.

長信秋詞(장신추사) 五首 (其三)

奉帚平明金殿開，且將團扇共徘徊.
玉顏不及寒鴉色，猶帶昭陽日影來.

장신추사 (3 / 5)

새벽에 빗자루 들면 궁궐이 열리고,
이어 부채를 들고 함께 이리저리 다닌다.
고운 얼굴이 까마귀만도 못하다지만,
까마귀는 그래도 소양전 햇살을 받는다.

| 註釋 | ○ 奉帚平明金殿開 – 帚는 빗자루 추. 平明은 이른 새벽. 金殿은 궁궐.

○ 且將團扇共徘徊 – 將은 ~을 가지고. 團扇(단선)은 둥근 부채.

○ 玉顏不及寒鴉色 – 玉顏(옥안) – 반첩여 자신의 고운 얼굴. 寒鴉色 – 까마귀의 검은색. 까마귀는 趙飛燕(조비연)을 의미할 수도 있다. 玉顏과 寒鴉(한아)도 여러 가지로 생각할 수 있다.

○ 猶帶昭陽日影來 – 帶는 띠 대. 받다. 끝의 來를 동반한다. 昭陽은 昭陽殿, 조비연 자매의 거처. 日影은 햇살. 황제의 사랑. '昭陽日影' 은 '長信奉帚' 와 극렬한 대비를 이루고 있다.

| 詩意 | 이 시를 이해하려면 반첩여에 관한 고사를 알아야 한다. 《漢書 外戚傳》에 대략 다음과 같은 故事가 있다.

「趙氏 자매는 교만하고 투기가 심했다. 반첩여는 그들에게 화를 당할까 겁을 내고 장신궁에 들어가 태후를 모시겠다고 자청했고 허락을 받았다. 궁에서 물러난 반첩여는 〈怨歌行〉이라는 노래를 지었다. 그녀가 지은 노래는 '제나라의 비단을 찢는데, 서리와 눈처럼 깨끗하다. 오려내어 합환선을 만드니, 그 모양이 明月과 같도다.(新裂齊紈素, 皎潔如霜雪. 裁爲合歡扇, 團團似明月.)' 라고 하였다.」

사람은 여름에 부채를 애용한다. 그러나 가을에 찬바람이 나면 부채를 버린다. 임금에게 버림 받은 반첩여는 자신을 부채에 비유했던 것이다.

長信秋詞(장신추사) 五首 (其四)

眞成薄命久尋思，夢見君王覺後疑.
火照西宮知夜飮，分明復道奉恩時.

장신추사 (4 / 5)

박복한 운명이 닥친 뒤로 오래 깊이 생각했으니,
꿈속에 만났던 군왕을 깬 뒤에 긴가민가 했었다.
西宮에 불빛이 환하니 밤 놀이가 한창이리라,
또다시 은총을 받던 시절이 또렷히 떠오른다.

| 詩意 | 〈長身秋詞〉 5수는 가련하고 박복한 그러면서도 知的이기에 보통 여인과 다른 일생을 살았던 班捷予(반첩여)의 일생을 여러 각도에서 묘사하였다. 이 한 수에서는 失寵(실총)한 뒤 반첩여의 심리를 묘사하였다.

반첩여 자신도 자신이 총애를 잃은 원인과 정정을 오래 그리고 깊이 생각하였다(久尋思). 그런 생각은(思) 꿈으로(夢) 이어지고, 그 꿈이 너무 생생하기에 꿈과 생시를 구별 못할 정도로 의심하게 된다(疑). 그러나 그 의심은 분명한 현실이었다. 서궁의 환한 불빛이 서창으로 비칠 때, 자신의 처지는 분명해진다. 그러면서 또렷히 떠오르는 지난 날의 짧은 행복! 7絶의 짧은 글 속에 이만한 사연을 어찌 다 담았는지? 왕창력의 필력에 감탄할 수 밖에 없다.

閨怨(규원)

閨中少婦不曾愁, 春日凝妝上翠樓.
忽見陌頭楊柳色, 悔敎夫壻覓封侯.

규수의 근심

규방 젊은 여인이 수심도 모른 채,
봄날 진한 화장에 푸른 누각에 올랐네!
갑자기 길가 푸르른 버들을 보고서,
벼슬길 찾아 보낸 남편을 후회하네!

| 註釋 | ○ 〈閨怨〉 - 〈閨秀의 근심〉. 당대의 閨怨(규원)을 읊은 詩 중에서 단연 돋보이는 작품이다.

○ 閨中少婦不知愁 - 閨中(규중)은 閨房. 不知愁는 근심을 모르다. 철이 없다는 의미로 새길 수도 있다.

○ 春日凝妝上翠樓 - 凝은 엉길 응. 妝은 꾸밀 장. 凝妝(응장)은 진한 화장. 翠樓(취루)는 푸른 누각. 화려한 정자.

○ 忽見陌頭楊柳色 - 陌은 두렁 맥. 길 가.

○ 悔敎夫壻覓封侯 - 悔 뉘우칠 회. 敎는 ~하게 하다. 壻는 사위 서. 夫壻(부서)는 남편. 丈夫. 覓封侯(멱봉후)는 벼슬을 얻기 위하여 從軍하는 것. 覓은 찾을 멱.

| 詩意 | 少婦가 '不知愁' 하기에 凝妝하고 翠樓에 올랐다. 여기까지

도 '不知愁' 이다. 그런데 기승전결의 轉이 확실하다. 少婦가 푸른 버들을 보고서야 봄을 알았다. 홀로 된 규방의 여인이라면 일년 내내 근심이 없는 날이 없겠지만 春情으로 여인이 견디기 어려운 때가 봄일 것이다. 생계의 수단으로 남편을 軍務에 자원케 했던 것을 후회한다는 詩이니, 少婦의 심리적 갈등이 일어난 것이며 그 심리 묘사가 그린 듯 확실해진다.

다른 閨怨의 詩는 고통의 모습을 그린 것이 많지만 이 시는 '愁' 의 본질을 바로 찾아내었다는 점에서 특별하다.

採蓮曲(채련곡) 二首 (其二)

荷葉羅裙一色裁，芙蓉向臉兩邊開.
亂入池中看不見，聞歌始覺有人來.

채련곡 (2 / 2)

연잎과 비단치마가 같은 색이고,
양볼에 부용화를 꺾어 꽂았도다.
연못을 이리저리 저어 찾을 수 없더니,
들려온 노랫가락 가까이 온 줄 알았다.

| 詩意 | 가볍고 경쾌하다. 풍경이 아름답고, 처녀들의 쾌활한 웃음소리가 들린다. 그림으로 그린다면 연꽃을 꺾어 머리에 꽂은 처녀를 가운데에 그려넣을 것이다. 그런데 시 속에서는 처음에 잠깐 보이다가 뒤에는 사라지고 노랫소리만 남았다. 미려한 풍광과 쾌활한 처녀를 하나로 일치시킨 정미한 묘사가 뚜렷하게 남았다.

塞上曲(새상곡) 二首 (一)

蟬鳴桑樹間，八月蕭關道.
出塞入塞雲，處處黃蘆草.
從來幽幷客，皆共塵沙老.
莫學遊俠兒，矜誇紫騮好.

변방 요새의 노래 (1 / 2)

매미는 뽕나무 사이에서 우는데,
팔월에 蕭關으로 가는 나그네.
들고 나는 요새엔 구름이 짙고,
곳곳엔 누런 갈대와 풀뿐이다.
예전에 幽州와 幷州(병주)의 장졸도,
모두가 먼지와 모래 속에 늙었다.
본받지 말지어니 젊은 협객들을,
붉은 준마가 좋다고 자랑만 한다.

| 註釋 | ○ 〈塞上曲〉 - 〈변방 요새의 노래〉. 이백을 비롯한 많은 시인이 같은 제목의 시를 남겼다. 塞는 변방 새. 변방의 성채(築城守道謂之塞). 塞上曲은 樂府詩題이다. 曲은 樂曲(음악), 歌詞(문장). 元曲은 元代의 음악이 아니라 元代에 유행한 문학의 한 형태로서의 戲曲이다.

○ 蟬鳴桑樹間 - 蟬은 매미 선. 鳴은 울 명.

○ 八月蕭關道 – 蕭는 맑은 대 쑥 소. 蕭關(소관)은 흉노의 침략에 대비한 전방 요충지. 今, 寧夏回族 自治區의 固原縣 동남에 있는 관문. 武關, 潼關, 大散關과 함께 '關中四關'이라 불린다. 蕭關은 서북 이민족과의 군사, 경제, 문화 교류의 통로인데 唐朝에서는 많은 시인, 예를 들면 盧綸(노륜), 虞世南(우세남), 王維 등이 이곳에 와서 시를 남겼다.

○ 出塞入塞寒 – 寒은 찰 한. 군대의 병졸은 예나 지금이나 늘 춥고 배고프다.

○ 處處黃蘆草 – 蘆는 갈대 노(로). 黃蘆草는 누렇게 시든 갈대와 풀.

○ 從來幽幷客 – 從來는 지금까지, 여태껏. 幽(유)는 지금의 북경과 遼寧(요령) 서부 지역. 幷은 幷州(병주)는 山西省과 河北省 북부 일대. 客은 수비에 동원된 將卒.

○ 皆共塵沙老 – 塵 티끌 진. 塵沙 – 흙먼지와 모래.

○ 莫學游俠兒 – 莫은 말 막. ~하지 말라. 游俠兒(유협아)는 자유분방한 협객들. 俠客은 의리를 지키며 약자를 돕는 사나이. – 「其言必信 其行必果 已諾必誠 不愛其軀 而解人之厄困者.」 司馬遷의 《史記 游俠列傳》

○ 矜誇紫騮好 – 矜은 불쌍히 여길 긍. 자랑하다. 誇는 자랑할 과. 矜誇(긍과)는 자랑하며 으스대다. 紫는 자줏빛 자. 騮는 월따말 류. 흑갈색 털에 말갈기가 검은 駿馬(준마).

| 詩意 | 五言古詩 樂府詩이다. 平仄(평측)과 對句의 격식을 강구하지 않았으니 律詩는 아니다. 그러나 의미상으로는 起承轉結(기승전

결)이 분명하다. 표면적으로는 변경의 소슬한 정경과 변경에 출정한 병사의 모습, 그리고 준마를 타고 자랑하는 혈기왕성한 유협처럼 행동하지 말라는 뜻을 담고 있지만 그 속에는 나라에서 함부로 征伐을 위한 백성 동원을 삼가라는 諷諫(풍간)의 뜻이 있다. 종전에 幽州 幷州의 국경에 동원되었던 將卒은 모두 흙먼지와 모래 속에서 늙어 죽었다는 구절에서 그 아픔을 읽을 수 있다.

塞下曲(새하곡) 二首 (一)

飮馬渡秋水，水寒風似刀.
平沙日未沒，黯黯見臨洮.
昔日長城戰，咸言意氣高.
黃塵足今古，白骨亂蓬蒿.

변방 요새의 노래 (1 / 2)

말에 물 먹이고 가을 강을 건너니,
물은 차고 바람은 칼날 같구나.
넓은 사막 지는 해가 아직 남아,
아득히 臨洮(임조) 성이 보이누나.
옛날 長城에서 싸움할 때,
모두 사기가 높았다 말했었지.
누런 먼지는 예나 지금도 가득하고,
허연 白骨만 쑥대밭에 어지럽구나.

| 註釋 | ○ 飮馬渡秋水 – 渡는 건널 도. 말에 물도 먹이고 강도 건넜다는 의미.

○ 黯黯見臨洮 – 黯은 어두울 암. 黯黯은 어둡고 침침한 모양. 洮는 씻을 조. 땅이름. 臨洮(임조) – 今 甘洮省 定西市에 속한 縣. 黃河의 支流인 洮河(조하)가 있다. 漢族, 回族, 藏族 等의 혼거지역. 後漢의 董卓(동탁)이 이곳 출신.

○ 黃塵足今古 – 塵은 티끌 진. 흙먼지. 우리나라에 불어오는 황사를 생각하면 이 지역의 黃塵이 어떨지 연상이 된다. 足은 가득하다.

○ 白骨亂蓬蒿 – 蓬은 쑥 봉. 蒿는 쑥 호. 蓬蒿 – 쑥대가 우거진 풀섶. 쑥대밭.

| 詩意 | 옛날의 격전지 臨洮(임조)를 바라보며 사막의 흙더미와 다북쑥에 엉키고 흩어져 있을 전사들의 백골을 애달프게 비탄하고 있다. 詩題를 〈望臨洮〉라 쓴 책도 있다. 역시 변경에서 싸우다가 죽어 사막에 묻힌 용사들을 애도한 시다.

이 시는 전체적으로 우울하고 음산한 기가 넘친다. 특히 마지막 3聯과 4聯은 비장하기만 하다. 예나 지금이나 변함없는 것은 黃塵만 가득한데(足), 백골만 쑥대밭에 어지럽다(亂). 결국 시인이 말한 그 핵심은 足과 亂이 아니겠는가? 이는 바로 이 詩의 詩眼이다.

변새에서 죽어간 죽음을 생각하면 늘 '一將功成萬骨枯(장군 한 사람의 성공 뒤에는 수많은 죽음이 있다).' 와 '一帥無謀하니 挫喪萬師(무모한 장수 한 사람이 일만의 군사를 패배하여 잃게 한다).' 는 속담이 떠오른다.

同從弟南齋翫月憶山陰崔少府

(동종제남재완월억산음최소부)

高臥南齋時，開帷月初吐.
清輝澹水木，演漾在窗户.
苒苒幾盈虛，澄澄變今古.
美人清江畔，是夜越吟苦.
千里其如何，微風吹蘭杜.

從弟와 함께 南齋에서 완월하며 山陰의 崔少府를 생각하다

남쪽 서재에 편히 누워 있다가,
휘장을 여니 달이 막 떠오른다.
달빛은 엷게 물과 나무를 비추며,
창문에 가득히 일렁이듯 넘쳐난다.
한많은 세월에 얼마나 차고 비었는지!
달빛 받는 세상은 지금도 변하는구나.
그대는 그곳 청정한 강가에서,
고향을 그리며 애써 시를 지으리.
천리 밖이나 어떻든 같이 해야 하니,
미풍에 난향이나 실어 보내주오.

| 註釋 | ○ 〈同從弟南齋翫月憶山陰崔少府〉 - 〈從弟와 함께 南齋에서 완월하며 山陰의 崔少府를 생각하다〉. 同은 詩題를 같이 한다는 의미. 從弟와 같은 제목으로 시를 짓다. 從弟는 사촌동생. 王銷(왕소)라고 거명한 책도 있다. 齋는 재계할 재, 집 재. 상복 자. 翫은 가지고 놀 완. 憶 - 回憶. 山陰 - 地名, 지금의 浙江省 紹興市. 崔少府(최소부)는 崔國輔, 少府는 縣尉, 縣의 치안 담당관.

○ 高臥南齋時 - 高臥는 편한 자세로 눕다.

○ 開帷月初吐 - 帷는 휘장 유. 月初吐의 初는 비로소, 방금.

○ 清輝淡水木 - 輝는 빛날 휘. 清輝는 月光. 淡은 담박할 담, 묽을 담.

○ 演漾在窗戶 - 演은 멀리 흐를 연. 漾 출렁거릴 양. 演漾은 물 위에 둥둥 떠 흘러가다.

○ 苒苒幾盈虛 - 苒은 풀이 우거질 염. 苒苒(임연)은 세월(光陰)이 빨리도 덧없이 흐르다. 盈은 찰 영. 虛는 빌 허. 盈虛(영허)는 달이 차고 이지러지는 것.

○ 澄澄變今古 - 澄은 물 맑을 징. 澄澄(징징)은 清光. 달빛은 그대로지만 그 아래 인간세상은 예나 지금이나 계속 바뀐다는 뜻.

○ 美人清江畔 - 美人은 학식이 많고 덕행이 높은 사람. 山陰의 崔少府를 지칭. 畔은 두둑 반. ~ 가에서.

○ 是夜越吟苦 - 山陰은 越땅이다. 越吟苦 - 상사병. 월나라 사람이 楚에서 벼슬하다가 병이 났는데 越나라 말을 자신도 모르게 중얼거렸다. 곧, 고향 생각 思鄉病. 吟苦는 '고심하면서 시를 읊다.' 는 뜻도 있다.

○ 千里共如何 - 천 리 길은 우리에게 어떻겠는가? 천 리 떨어져

있지만 어떻게 하면 같이 교류할 수 있나? 서로 너무 멀리 떨어져 있어 만날 수 없지만 한없이 그립다는 뜻. '千里其如何' 로 된 판본도 있다.

○ 微風吹蘭杜 – 杜는 팥배나무 두. 杜若(두약). 蘭杜 – 난초와 杜若. 香草.

| 詩意 | 달밤을 神妙하게 표현한 시다. 달이 솟아오르는 광경을 '月初吐' 라고 했다. 또 淸暉(청휘)는 淡水木이라 하였으니 만물을 부드럽게 감싸주는 달빛이 연상된다. 그리고 창가에 쏟아지는 달빛을 '演漾(연양, 출렁이다)' 라 하였으니, 이는 햇빛과는 크게 다른 느낌이다. 그러면서 친우 역시 이 좋은 달밤에 고심하며 시를 읊을 것이라며 진한 우정과 交感을 표현했다.

특히 3聯은 여러 면에서 상징하는 뜻이 많다. 그 오랜 세월, 달은 차고 기울기를 얼마나 반복했는가? 그 반복은 변하지 않았다. 그러나 밝은 달빛 아래 세상은 지금도 옛날과 달리 변하고 있다면서 인간 세상에 대한 아쉬움을 토로하고 있다.

달 자체도 盈虛(영허)와 盛衰(성쇠)가 있다. 그러나 그 달은 항상 잔잔하고 밝은 빛을 보내서 어둠의 세상을 밝혀주고 있다. 그와 마찬가지로 인간들도 저마다 變化無常한 속세에 시달리고 浮沈하지만 달처럼 남에게 빛과 사랑을 주어야 한다는 작자의 생각이 잘 드러난 시이다.

005
祖詠(조영)

祖詠(조영, 咏으로 쓰기도 함. 699－746?). 洛陽 출신. 開元 12년(724) 진사과에 합격하였으나 관직에 나가지 않고 汝墳(여분, 今 河南省 汝陽 일대)에서 평범하게 살며 생을 마쳤다. 王維(왕유), 儲光羲(저광희), 邱爲(구위) 등과 교유했는데, 특히 왕유와 우정이 깊어 酬唱(수창)한 작품이 많다. 그의 시는 자연경물을 읊거나 은일생활을 묘사한 시가 많다. 五絶 〈終南望餘雪〉과 七律인 〈望薊門〉이 대표작이고, 明代에 편찬된《祖詠集》이 있다.

終南望餘雪(종남망여설)

終南陰嶺秀，積雪浮雲端.
林表明霽色，城中增暮寒.

종남산의 적설을 바라보다

종남산 북쪽 경치 뛰어난데,
쌓인 흰눈이 구름 위에 솟았다.
숲 너머로 또렷하게 개었지만,
성 안으로 저녁 추위를 보탠다!

| 註釋 | ○ 〈終南望餘雪〉 – '종남산의 적설을 바라보다.' 〈望終南殘雪〉로 된 책도 있다. 《全唐詩》 131권에 수록.

○ 終南陰嶺秀 – 陰嶺(음령)은 산의 북쪽 기슭.

○ 積雪浮雲端 – 雲端(운단)은 구름의 윗부분.

○ 林表明霽色 – 林表는 수풀의 밖. 林外. 霽는 비나 눈이 갤 제.

○ 城中增暮寒 – 暮寒(모한)은 해질녘의 싸늘한 기운.

| 詩意 | 1구 종남산의 경치만 빼어난 것이 아니라 起句로써 아주 빼어났으며 제목을 설명하고 있다. 承의 積雪도, 곧 제목의 '餘雪'이며 종남산의 우뚝 솟은 기운이 느껴진다. 3, 4구는 제목의 '望'이니, 霽色이 또렷한데도 城中에 춥기만 하다니 확실하게 言外의 뜻이 있다.

이 시는 시인이 과거 시험의 詩題 〈終南望餘雪詩〉의 답안지라고 한다. 본래 5언 12구의 排律(배율)로 지어야 하는데, 시인은 이 4구만 제출했다. 시험관이 까닭을 묻자, 조영은 '뜻은 다 있습니다(意盡).' 라고 대답했다고 한다. 1句에서 3句가 종남산의 雪景이라면 結句는 그 눈을 長安城까지 당겨온 것이라는 느낌이 든다. 설경을 묘사한 시로서 人口에 膾炙(회자)하는 名品이다.

別怨(별원)

送別到中流，秋船倚渡頭.

相看尙不遠，未可卽回舟.

이별의 한

떠나간 배는 강 가운데 이르렀고,

가을에 배는 나루터에 매여있다.

서로가 보아 아직은 멀리 않으니,

아니 가도 되면 배를 바로 돌려주오.

| 詩意 | 사연이 같지 않으니 이별의 감정 또한 모두 다를 것이다.

배를 타고 떠난 사람은 이제 강 가운데 이르렀다. 여기 나루터에 서서 보내는 사람은 여러 생각을 하고 있다. 꼭 가지 않아도 된다면, 아니면 하루쯤 더 있다 가도 괜찮다면, 배를 돌려 돌아와 주길 바라고 있다.

望薊門(망계문)

燕臺一去客心驚，簫鼓喧喧漢將營.
萬里寒光生積雪，三邊曙色動危旌.
沙場烽火連胡月，海畔雲山擁薊城.
少小雖非投筆吏，論功還欲請長纓.

薊門을 바라보다

燕臺에 한번 가보고 나그네는 놀랐으니,
군악이 시끄러운 곳은 漢의 군영이었다.
눈덮인 만리 땅에 차가운 빛이 나고,
변방의 아침 햇살에 높은 깃발이 펄럭인다.
벌판의 봉화는 胡地의 달에 연달았고,
바닷가 구름 낀 산은 계성을 에워쌌다.
비록 젊은 나이에 붓을 던지진 않았지만,
공을 세우려면 긴 밧줄 갖고 출정해야만 한다.

| 註釋 | ○ 〈望薊門〉 - 〈薊門(계문)을 바라보며〉. 薊는 삽주 계. 엉거깃과의 여러해살이 풀. 뿌리는 한약재로 쓰인다. 계문은 幽州(유주)의 治所로, 지금의 북경시. 정확하게는 北京大學과 清華大學이 있는 北京의 海淀區(해정구)에 해당한다.

○ 燕臺一去客心驚 - 燕臺(연대)는 전국시대 燕나라 昭王이 인재를 초빙하기 위해 신축했다는 黃金臺(幽州臺). 客心驚(객심경)

은 나그네가(시인 자신) 마음속으로 놀라다. 연나라는 郭隗(곽외), 樂毅(악의)가 타국으로 망명한 뒤에 秦에 의해 멸망한다. 이를 생각하며 놀란다고 하였다.

○ 簫鼓喧喧漢將營 – 簫는 퉁소 소. 簫鼓(소고)는 여기서는 軍樂. 喧은 시끄러울 훤. 漢將營 – 漢 高祖는 이곳에서 燕王 臧荼(장도)를 격파하였다. 漢은 唐의 의미(以漢代唐).

○ 三邊曙色動危旌 – 三邊은 변경. 曙는 새벽 서. 旌은 깃발 정. 危旌(위정)은 높이 매단 깃발.

○ 沙場烽火連胡月 – 沙場은 넓은 허허 벌판.

○ 海畔雲山擁薊城 – 海畔(해반)은 바닷가. 擁은 안을 옹. 薊城(계성)은, 곧 계문.

○ 少小雖非投筆吏 – 投筆吏는 붓을 던진 관리, 곧 後漢의 班超. 반초는 붓을 던치고 창검을 쥐고 종군하여(投筆從戎) 大功을 세웠다.

○ 論功還欲請長纓 – 論功은 논공행상. 纓은 갓끈 영. 새끼줄. 長纓(장영)은 적의 포로를 묶는 긴 밧줄. 前漢의 終軍(종군)이라는 장군이 長纓으로 南越王을 묶어오겠다는 말을 했다. 《漢書 嚴朱吾丘主父徐嚴終王賈傳》 침고.

| 詩意 | 이 시는 일종의 변새시이다. 시인은 멀리 幽州의 옛 누대의 터에 올라 '心驚'으로 시작하여 報國의 의지를 새기고 있다. 지금은 唐의 軍樂 소리가 시끄럽지만 옛 漢의 군영이었던 곳이다. 그곳에서 바라본 積雪 萬里, 펄럭이는 깃발, 연달아 피어오르는 봉화, 바닷가의 雲山 등을 보았고 또 그런 것들에 놀랐다(客心驚). 시인은 옛 班超처럼 또 南越을 원정한 사람처럼 큰 공을 세우고 싶다는 의지로 끝을 맺었다. 《全唐詩》 131권 수록.

006

孟浩然(맹호연)

孟浩然(맹호연, 689? – 740)은 浩(호)라는 이름보다는 그의 字 浩然(호연)으로 통칭된다. 號는 鹿門處士, 唐代 襄州 襄陽人(今, 湖北省 북부 襄陽市, 河南省과 연접) 때문에 '孟襄陽' 으로 불리기도 한다. 孟浩然과 王維를 나란히 '王孟' 이라 부른다. 맹호연은 裴迪(배적)과도 교유했다.

孟浩然은 젊은 시절 각지를 유랑했었다. 당 현종 재위 시에 장안에 와서 벼슬길을 찾았으나 뜻을 이루지 못했다. 개원 25년(737), 張九齡(장구령)이 荊州長史로 근무하면서 한때 막료로 데리고 있었지만, 곧 옛집으로 돌아왔다. 뒷날 王昌齡(왕창령)이 襄陽을 유람하면서 맹호연을 찾아가 호탕하게 술을 마셨고, 얼마 후 병사했다.

孟浩然의 詩歌는 대부분이 五句短篇이며 題材는 거의 산수 전원이나 은일 생활을 묘사하였다. 장구령은 왕유, 이백, 장구령과 교유하면서 陶淵明, 謝靈運(사령운), 謝朓(사조)의 시풍을 이어갔기에 盛唐 山水詩人이라는 명성을 누렸다. 《孟浩然集》에는 그의 시 약 260首가 전한다.

宋 計敏夫(계민부)는 《唐詩記事》에서 '孟浩然의 시는 속에 氣骨이 있으면서도 나타난 모습은 맑고 부드럽다. 또 그의 기풍이나 정신이 밝게 퍼진다. 특히 그의 오언시는 천하에서 가장 좋다고 칭찬한다.(浩然骨貌淑淸, 風神散朗. 五言詩, 天下稱其盡善.)' 고 평했다.

春曉(춘효)

春眠不覺曉，處處聞啼鳥.
夜來風雨聲，花落知多少.

봄날 아침

봄잠에 아침도 모르고,
곳곳서 새소리 들린다.
밤들어 비바람 소리에,
꽃잎은 얼마나 졌을까?

| 註釋 | ○ 春眠不覺曉 – 眠은 잠들 면. 曉는 새벽 효. 아침.

○ 處處聞啼鳥 – 啼는 울 제. 지저귀다.

○ 夜來風雨聲 – 夜에 風雨의 聲이 來하니 – 이는 엊저녁의 일이다.

○ 花落知多少 – 花落은 오늘 아침의 일이다. 多少는 얼마? 몇? 정해지지 않은 숫자.

| 詩意 | 들리는 새 소리 만큼이나 가뿐하고 명랑하며 정감이 느껴지기에 五言 중에서도 人口에 널리 회자되는 시이다. 어려운 글자가 하나도 없고 뜻이 아주 확실하며 비근하지만 백번 천 번을 읽어도 지루하지 않다.

그것은 이 시가 그냥 굵직한 선으로만 그려낸 소묘와 같기에 그럴 것이다. 따라서 이 시의 특징은 '平淡自然(평담자연)' 으로 요약된다.

그리고 봄밤은 곤한 잠에 빠지기 쉽고 그러다보니 날이 밝는 줄도 모른다. 시인이 쓴 '不覺' 의 두 글자가 모든 것을 자연스레 설명해준다. 2구의 새소리는 시인이 확실하게 들었으니 '覺' 이다. 시인은 엊저녁 잠자리에 들면서 비 오는 소리를 들었으니, 이 또한 '覺' 이지만 아침에 꽃잎을 걱정하고 있는 것은 시인의 '不覺' 이다. 그리하여 不覺 – 覺 – 覺 – 不覺으로 옮겨가며 봄날의 아침을 그려내었다.

宿建德江(숙건덕강)

移舟泊煙渚，日暮客愁新.
野曠天低樹，江清月近人.

建德江에서 자면서

배를 안개 짙은 강가에 대었는데,
날이 저물면서 客愁만 더 늘었다.
들이 트여서 하늘이 나무에 닿았고,
강이 맑으니 달이 사람에 가깝다.

| 註釋 | ○ 〈宿建德江〉 - 〈建德江에서 자면서〉. 建德은 浙江省(절강성)의 지명. 건덕강은 錢塘江(전당강). 安徽省 黃山에서 발원하여 安徽省과 浙江省을 지나 동해로 빠지는 길이 680여 km의 큰 강이다. 중류는 보통 富春江이라고도 부른다.

○ 移舟泊煙渚 - 煙渚(연저)는 煙霧(연무)가 짙게 낀 강가.

○ 日暮客愁新 - 客愁(나그네 수심)는 '景' 에서 유발되는 경우가 많기에 '新' 이라 하였을 것이다. '客' 이라면 으레 '愁' 자가 따라오는 것은 그만큼 여행이 힘들었기 때문이다. 나그네의 짐보따리를 '行李' 라 하는데, 明淸時代의 소설 속에서는 行李에 침구가 포함된다. 이는 우리의 상식하고는 좀 다르다.

○ 野曠天低樹 - 曠은 밝을 광. 탁 트인 들. 李陸史의 〈曠野〉를 생각하면 感이 올 것이다. 低는 밑 저. 가라앉다. 내려와 닿다. 다

음 句의 '近'과 같이 술어이다. 이 구절은 객이 야박하는 곳에서 바라본 원경이고, 근경은 4구에 묘사하였다.

ㅇ 江淸月近人 – 江이 淸하니 月이 人에 近하다. 물속에 비친 달을 이렇게 표현하였다.

| 詩意 | 이 시는 秋江의 밤을 묘사했다. 시중에 '秋'가 보이지 않지만 '江淸'이 가을이라는 근거가 된다. 承句에서 '客愁新'이라 하였으니, 또 새로운 걱정거리가 늘었다는 뜻이다. 시에서는 1, 2句에 夜泊을 묘사하였고, 3, 4구는 완벽한 대구로 짜였으며 '曠'과 '淸'이 詩眼이다.

본래 詩는 정선된 문자를 골라 써야만 하다. 精鍊(정련)된 글자를 골라 쓴다는 것은 다듬고 또 다듬는 과정이다. 이 시에서는 '이 글자를 이렇게 바꾸면 어떨까?'라고 생각되는 부분이 없다. 그만큼 鍊字鍊句(연자연구)에 애를 썼다는 뜻이다.

시 전체적으로 담백하지만 은근한 맛이 있으며, 여러 사연을 안고 있지만 드러나지 않는 묘미가 있다.

送朱大入秦(송주대입진)

遊人五陵去，寶劍値千金.
分手脫相贈，平生一片心.

장안에 가는 朱氏 맏이를 보내며

나그네는 장안으로 떠나가는데,
보검은 천금의 가치가 있으리라.
헤어지며 풀어 그대에게 주나니,
여태껏 간직한 마음 한 조각이라.

| 詩意 | 맹호연은 의리의 사나이다. 五陵은 長安이다. 먼 길 여행에 칼이 필요할 것이라 생각하여 평생을 간직해 온, 천금의 보검을 풀어 준다. 재물보다는 참된 우정을 중히 여기는 맹호연의 한 단면일 것이다.

送友人之京(송우인지경)

君登青雲去，予望青山歸.
雲山從此別，淚濕薜蘿衣.

장안에 가는 벗을 보내며

그댄 青雲에 오르려 떠나고,
나는 青山을 향해 돌아간다.
青雲과 青山이 여기서 갈리니,
눈물이 나의 설라의를 적신다.

| 詩意 | 맹호연은 나이 40에 長安에 가서 벼슬을 구했다. 독서인이라면 누구나 관직을 지향했다. 경제적인 이유도 있지만 관직에 있어야 文才도 알릴 수 있고, 또 문인들과의 교류도 그만큼 넓었기에 많은 시인들이 관직을 희망했다.

맹호연은 끝내 중앙 관직에도 지방관에도 나가지 못했다. 맹호연은 장구령, 왕유에게도 각별한 부탁을 했었지만 관직을 얻지 못했고, 결국 실의 속에 돌아올 수밖에 없었다.

雲에 오르려는 꿈을 안고 장안에 가려는 친우, 실의 속에 青山에 돌아가려는 자신 – 그야말로 雲山의 갈림이니 눈물이 아니 흐르겠는가?

尋菊花潭主人不遇(심국화담주인불우)

行至菊花潭，村西日已斜.
主人登高去，雞犬空在家.

국화담 주인을 찾았으나 만나지 못하다

걸어 국화담까지 찾아갔는데,
해는 마을 서쪽에 이미 기울었다.
주인은 登高하러 갔기에,
닭과 개만이 빈 집에 남아 있다.

| 詩意 | 맹호연 시의 여러 특성 중 하나는 그 자연스러움이니, 곧 굳이 특이한 표현을 찾거나 문자의 彫琢(조탁)에 마음 쓰지 않았다. 이 시는 마치 초등학생의 동시처럼 단순하다. 나머지는 독자의 느낌에 맡긴다는 뜻일 것이다.

洛中訪袁拾遺不遇(낙중방원습유불우)

洛陽訪才子，江嶺作流人.
聞說梅花早，何如北地春.

낙양의 袁습유를 찾았으나 만나지 못하다

낙양의 재자인 원습유를 찾아갔으나,
長江과 五嶺 밖에 유배된 사람이었네.
거기는 매화가 일찍 핀다고 들었는데,
그래도 북쪽의 이곳 봄과 같겠는가?

| 詩意 | 袁拾遺(원습유)의 인명 미상. 본래 '洛陽 才子'는 賈誼(가의)를 지칭하나, 여기서는 원습유. 江嶺은 長江과 오령산맥의 합칭. 그 남쪽은 풍토가 완전히 다른 곳이며 폄직한 관리의 좌천 또는 유배지였다. 《全唐詩》 160권 수록.

渡浙江問舟中人(도절강문주중인)

潮落江平未有風, 扁舟共濟與君同.
時時引領望天末, 何處靑山是越中.

절강을 건너면서 사공에게 묻다

물이 빠진 강물은 무풍 평온한데,
작은 배로 사공과 함께 건너간다.
때로 고개 들어 하늘끝 바라보며,
어느 청산이 越 땅인가 물어본다.

| 詩意 | 이 시는 맹호연이 개원 13년(725) 경에 지은 시로 알려졌다. 浙江(절강)은 錢塘江(전당강)이다. 그 지역이 바로 옛날 越(월)나라 땅이다. 이때 맹호연은 혼자만의 강남 유람을 즐긴 것 같다.

이 시는 그저 평범한 말에 특별히 興(흥)이라 할 만한 것도 없다. 그냥 맹물을 마시는 것 같다. 그런데 두 번 세 번 읽어보면 어딘지 흥이 느껴진다.

강물은 평온하고 바람도 없다. 사공도 말이 없고 청산은 끝없이 이어졌는데 혼자만 먼 산을 바라보다가 그냥 심심해서 한마디 물어보는 것이다. 굳이 확실한 대답을 예상하는 것도 아니다.

시인의 흥이란 있는 듯 없는 듯 바로 이런 것이 아니겠는가?

送杜十四之江南(송두십사지강남)

荊吳相接水爲鄕, 君去春江正淼茫.
日暮征帆何處泊, 天涯一望斷人腸.

강남으로 가는 杜氏 열네 째를 전송하다

荊과 吳는 서로 이웃이며 물이 많은 땅이나,
그대 떠난 봄날 강물은 정녕 아득하기만 한다.
날이 저물면 떠나간 배는 어디에 댈 것인가?
하늘 저쪽을 바라보니 사람 애간장이 끊긴다.

| 註釋 | ○ 〈送杜十四之江南〉 – '之江南'의 3字가 없는 제목으로, 또는 〈送杜晃進士之東吳〉로 된 판본도 있다.

○ 荊吳相接水爲鄕 – 맹호연이 사는 襄陽(양양)은 漢의 荊州(형주)이고, 吳는 杜十四가 가려는 江南이다. 장강의 중상류이고 하류지역이라서 물이 많은 지역이다.

○ 君去春江正淼茫 – 淼는 물이 아득할 묘. 茫은 아득할 망.

| 詩意 | 헤어진 뒤 그리워 창자가 끊어지는 듯 아프다면 그 그리움이 어느 정도일까? 그렇듯 가까운 우정인가? 아니면 과장된 詩語이겠는가?

애정으로 맺어진 남녀의 이별이 아닌 友人 간의 진솔한 감정도 이처럼 절실하다는 것을 맹호연은 시로 말하고 있다.

맹호연은 이백, 왕유와 각별한 우정을 간직하고 있었다. 이백의 오언율시 〈贈孟浩然〉도 아주 유명하다. 李白의 〈黃鶴樓送孟浩然之廣陵〉을 참고로 수록하니 비교 감상하기 바란다.

黃鶴樓送孟浩然之廣陵(황학루송맹호연지광릉) (李白)

故人西辭黃鶴樓，煙花三月下揚州.
孤帆遠影碧空盡，唯見長江天際流.

황학루에서 광릉으로 가는 맹호연을 전송하다

벗님은 서쪽의 황학루를 떠나서,
꽃피는 삼월에 양주로 내려간다.
외로운 돛 멀어지다가 창공에 사라지고,
오로지 뵈나니 長江만 하늘 끝에 흐른다.

| 詩意 | 봄 안개와 봄꽃이 뽀얗게 어우러진 춘삼월에 서쪽 황학루에서 작별을 한다. 맹호연은 배를 타고, 長江을 동쪽으로 내려가 廣陵(揚州)으로 간다.

1, 2구는 떠나는 사람을 읊었는데, 여기에는 맹호연이 보인다. 李白은 높은 황학루에서 멀어져 가는 외로운 배 모습이 푸른 하늘 속으로 들어가 안 보일 때까지 주시하고 있었다.

그러다가 맹호연은 보이지 않고 배가 사라진 長江만이 화면에 가득하다. 李白의 슬픔은 단 한글자도 말하지 않았지만, 3, 4구에는 우인을 보낸 공허한 심정이 행간에 가득하다.

'孤帆遠影碧空盡 惟見長江天際流' 의 두 구절은 무한한 대자연 속에서 작별하는 우인에 대한 그리움을 그림으로 그리고, 또 동영상처럼 찍어내어 많은 사람들이 기억하는 名句로 남았다.

早寒江上有懷(조한강상유회)

木落雁南度，北風江上寒．
我家襄水曲，遙隔楚雲端．
鄉淚客中盡，孤帆天際看．
迷津欲有問，平海夕漫漫．

일찍 추워진 강가에서 소회

낙엽 지고 기러기 남으로 오는데,
북풍 부는 강가는 차갑기만 하네.
나의 집은 襄水가 굽어 흐르는 곳,
멀리 저쪽 楚 땅의 구름 끝이어라.
나그네 눈물은 길에 모두 뿌렸고,
외로운 돛배는 하늘 끝에 떠있네.
나루터 길목을 잃어 물으려 해도,
밤에는 넓은 강에 물만 넘실낸다.

| 註釋 | ○ 〈早寒江上有懷〉 – '일찍 추워진 강가에서 소회' 〈早寒有懷〉로 된 판본도 있다.

○ 北風江上寒 – 寒은 찰 한. 제목에 있는 '早寒' 의 분위기를 띄웠다.

○ 我家襄水曲 – 襄水(양수)는 장강의 최대 지류인 漢水(漢江)의 襄陽(양양) 부근을 지칭. 마치 錦江(금강)의 부여 부근을 白馬江

이라 부르는 것과 똑같다.

○ 遙隔楚雲端 – 楚雲端(초운단)은 楚땅의 구름 끝 저쪽. 양양은 옛날 楚의 영역이었다.

○ 鄕淚客中盡 – 鄕淚(향루)는 고향 그리며 흘리는 눈물. 客中盡(객중진) – 나그네 생활을 오래 하다 보니 눈물이 말라버렸다.

○ 孤帆天際看 – 天際(천제)는 하늘과 땅, 하늘과 강이 맞닿는 곳. 하늘 끝.

○ 迷津欲有問 – 迷津(미진)은 갈 길을 잃다. 갈 방향을 잡지 못하다. '問津' 에서 파생한 말. 問津 –《論語 微子》長沮桀溺(장저걸익) 耦而耕, 孔子過之, 使子路問津焉. 長沮曰, ~ 是知津矣. ~. 공자가 子路를 시켜 나루터 가는 길을 물었더니 장저란 사람은 '그는 나루터를 알고 있을 거야.' 하면서 일러 주지 않았다. 이후 問津은 '세상을 살아가는 방법' 또는 '학문을 하는 방법' 이란 뜻으로 쓰였다.

○ 平海夕漫漫 – 平海는 바다같이 평평한 강물. 漫은 질펀할 만. 漫漫(만만)은 끝없이 광활한 모양.

| 詩意 | 전체를 고향 그리는 마음으로 채웠다. 하루에는 저녁 때, 한 해에는 가을에 특히 집 생각과 고향 생각이 난다. 고향 생각이 점점 진하게 그려져 頸聯(경련)에 가서 눈물을 뿌린다. 문제는 고향을 떠나 나그네로 떠돌아도 성공하고 영광의 길이라면 덜 서러울 터인데, 지금 맹호연은 갈 방향을 잃었다는데 문제가 있고 그래서 서글픈 것이다.

問津을 하려 해도 물어볼 사람이 없으니 어떻게 찾아가야 하는가? 이 어찌 맹호연만의 문제이겠는가?

맹호연의 詩는 지금 260여 수가 전해진다. 대부분이 五言이고 특히 五言律詩가 많고 七言은 겨우 10여 수라고 한다. 맹호연의 시는 그의 나이 40을 전후로 확실하게 구분이 된다.

40세 이전에는 은자의 담담한 심경 묘사가 많으면서도 가끔은 부귀영화에 대한 미련을 버리지 못하는, 다시 말해 平靜 속에서도 호기심이 튀어나오는 情調라 할 수 있다.

그러나 40세 이후에는 부귀나 출세, 벼슬에 대한 아쉬움이 완전히 사라진 평화로운 산수 전원시가 주류를 이룬다.

이 40세가 바로 맹호연이 장안에 와서 벼슬을 구하려던 시기였다. 맹호연은 王維와 거의 동년배이다. 그러나 왕유보다 먼저 당나라 산수 전원시를 확립했다는 것이 일반적인 평가이다.

望洞庭湖贈張丞相(망동정호증장승상)

八月湖水平，涵虛混太清.
氣蒸雲夢澤，波撼岳陽城.
欲濟無舟楫，端居恥聖明.
坐觀垂釣者，徒有羨魚情.

동정호를 바라보며 張승상에게 드리다

八月 동정호의 넘실대는 수면은,
허공을 머금어 하늘과 뒤섞였다.
대기는 운몽택을 삶는 듯하고,
파도는 岳陽城을 흔드는 것 같다.
물을 건너려 해도 배가 없으며,
평소 생활이 天子께 부끄러웠다.
낚시 하는 사람을 보고 있노라면,
괜히 잡은 고기가 탐날 뿐입니다.

| 註釋 | ○ 〈望洞庭湖贈張丞相〉 – 〈동정호를 바라보며 張승상에게 드리다〉.

張丞相은 張九齡(장구령). 현종 개원 21년(733), 張九齡(673 – 740)을 다시 中書侍郎同中書門下平章事로 기용했다. 이는 재상급 직위이다.

○ 八月湖水平 – 八月이면 秋水가 많아 장강 및 동정호의 수위가

높을 때이다. 湖水平은 호수가 꽉 찼다.

- ㅇ 涵虛混太清 – 涵은 젖을 함. 가라앉다. 포용하다. 涵虛(함허)는 허공을 끌어안은 듯하다. 混은 섞이다. 太淸은 하늘.
- ㅇ 氣蒸雲夢澤 – 蒸은 찔 증. 삶다. 물건을 물에 넣고 끓이다. 雲夢澤(운몽택)은 雲澤과 夢澤 두 개의 호수. 岳陽에서 보면 동북쪽에 위치하여 동정호보다 약간 하류에 있었다. 한때는 동정호만큼이나 깊고 넓었으나 지금은 토사로 메워져 거의 육지가 되었고 겨우 洪湖라는 흔적만 남아 있다고 한다. 옛 楚王의 사냥터. 동정호와는 별개의 호수였다.
- ㅇ 波撼岳陽城 – 波는 동정호의 파도. 撼은 흔들 감. 여기까지 전반 4구는 동정호의 경관을 읊었다.
- ㅇ 欲濟無舟楫 – 濟는 물 건널 제. 楫은 노 즙. 舟楫(주즙)은 배(船). 배가 없다면 강이나 호수를 건널 수 없다. 이런 말은 어떤 요구 사항이나 부탁할 일이 있을 때 하는 말 같다.
- ㅇ 端居恥聖明 – 端居는 平居. 日常生活. 恥는 부끄러울 치. 聖明 – 明主. 天子. 나라를 위해 일하지 못하니 부끄럽다는 뜻.
- ㅇ 坐觀垂釣者 – 垂釣(수조)는 낚시를 드리우나. 낚시를 하다. 여기서는 장구령과 같이 높은 벼슬을 하는 사람.
- ㅇ 徒有羨魚情 – 徒는 한갓. 羨은 부러워할 선. 羨魚情(선어정)은 남이 잡은 물고기를 부러워하는 생각. '나도 당신처럼 벼슬을 하고 싶으니 좀 힘 좀 써주시오.' 라는 뜻.

| 詩意 | 풍경을 읊은 詩로 전반 4구는 동정호의 모습을 통 크게 묘사하였다. 맹호연이 동정호를 묘사한 시는 두보만은 못하지만 그래

도 '氣蒸雲夢澤하고 波撼岳陽城하다.' 라는 구절은 호탕하다는 느낌이 온다. 그러나 후반 4구는 직접적인 부탁의 말이다. 이런 부탁의 말이 좀 비굴하다는 생각이 들지 않는 것은 전반 4구의 통이 큰 묘사가 있었기 때문이 아니겠는가? 뒷날 맹호연은 장구령의 막료로 일하게 된다.

'臨淵羨魚(임연선어)' 는 누구에게나 공통된 심사이다. 물에서 다른 사람이 고기를 잡는 것 부러워 말고(臨河而羨魚), 집에 와서 그물을 짜는 것이 더 좋은 것이다(不如歸家結網). 그리고 괭이를 메고 비를 기다리느니(荷鋤候雨), 도랑을 치고 물을 끌어들이는 것이 더 나은 것이다(不如決渚).

그러나 그물을 짤 실도 없다면 어찌해야 하는가?

포기할 수 없다면 부탁할 수밖에 없을 것이다. 맹호연은 장구령보다 15, 6세 年下였으니 이런 시를 보내도 괜찮았을 것이다.

사실, 사람 연분이란 것은 다 정해져 있는 것이다. 벼슬하는 사람은 그런 연분이 있기 때문이 아니겠는가?

각자 정해진 인연이 있으니 다른 사람을 부러워 말라(有因緣莫羨人)는 말이 왜 있겠는가?

歲暮歸南山(세모귀남산)

北闕休上書，南山歸敝廬.
不才明主棄，多病故人疎.
白髮催年老，青陽逼歲除.
永懷愁不寐，松月夜窗虛.

세모에 남산에 돌아와서

北闕에 上書를 그만두고,
南山의 낡은 오두막에 돌아왔다.
재주도 없기에 明主도 나를 버렸고,
잔병이 많으니 友人도 멀어졌다.
백발이 늙기를 재촉하는 듯,
봄날은 남은 해를 핍박한다.
끝없는 회포 시름으로 잠 못 들고,
소나무 비친 날밤 장문이 휑하다.

| 註釋 | ㅇ〈歲暮歸南山〉-〈세모에 남산에 돌아와서〉.

맹호연은 40여 세에 장안에 가서 벼슬을 얻으려 하였으나 뜻을 이루지 못했다. 그리고서는 襄陽으로 돌아왔는데 세모에 온갖 회포를 이 시로 대변한 것 같다. 여기 남산은 종남산이 아닌 맹호연의 고향 南山이다.

ㅇ 北闕休上書 - 北闕은 북에 있는 궁궐, 궁궐은 南向이고 제왕은

南面하기에 신하의 입장에서 보면 늘 北쪽이다. 休는 쉴 휴. 그만두다.

○ 南山歸敝廬 – 歸는 귀향하여 은거하다. 敝는 해질 폐. 낡은. 廬는 집 여(려).

○ 不才明主棄 – 不才는 無才. 明主棄는 明主에게 버림받았다. 자신이 등용되지 못했다는 우회적 표현이 나중에 현종의 노여움을 불러왔다.

○ 多病故人疎 – 多病하니 故人과도 疏遠하다. 疎는 트일 소. 왕래가 뜨다. 멀어지다. 이 頷聯은 謙辭(겸사)의 뜻으로 썼다. '모두가 내 탓' 이라는 뜻이었지만 현종이 읽을 때는 '남의 탓' 느낌이 왔을 것이다.

○ 白髮催年老 – 催는 재촉할 최.

○ 青陽逼歲除 – 青陽(청양)은 봄(春). 이런 典故는 지식이 없으면 알 수도 없고 쓸 수도 없다. 이것이 바로 多讀해야 할 이유이다. 逼은 닥칠 핍. 歲除(세제) – 歲暮

○ 永懷愁不寐 – 永懷(영회)는 끝이 없는 이런저런 생각. 寐는 잠잘 매. 愁不寐는 걱정으로 잠을 못 이루다.

○ 松月夜窗虛 – 松月은 松林의 月色. 窗은 창 창. 窓의 本字. 虛는 휑하다. 휑뎅그렁하다. 虛白.

| 詩意 | 아주 현실적인 계산으로 따져볼 때, 옛사람이 어려서부터 글 배우고 생산적인 일도 하지 않으면서 많은 독서로 詩를 지을 정도라면 물려받은 기본 재산으로, 衣食은 해결할 수 있었다고 볼 수 있다. 다만 전란이나 흉년 또는 각종 질병 등등으로 그 재산

이 줄어든다면, 또 知人들이 모두 관직에 진출했다면, 벼슬에 뜻을 두지 않을 수 없다.

사실 맹호연이 고향에서 생활하면서 道士를 방문하고 友人과 시를 증답하면서 교제할 수 있었다면 일단 衣食은 해결되는 상황이었다. 그러나 자식은 커가고 어찌할 것인가?

시인이라 하여 이슬 받아먹고 사는 사람이 아니다. 시인의 근심이 어찌 좋은 시를 쓰기 위한 고민뿐이겠는가?

1, 2句에서는 北闕과 南山이 3, 4句에서는 不才와 多病, 그리고 5, 6句에서는 白髮(백발)과 青陽으로 상징되는 세월이 모두 맹호연의 근심거리이다.

제목에는 근심이란 뜻이 조금도 보이지 않지만 이 시의 주제는 '愁' 이고 1에서 6구까지가 모두 맹호연을 잠 못 이루게 하는 걱정거리이다. 그런 근심을 더해 주는 것은 소나무에 걸친 달이었다. 이태백과 함께 술을 마시는 달이 아니었다.

自洛之越(자락지월)

皇皇三十載, 書劒兩無成.
山水尋吳越, 風塵厭洛京.
扁舟泛湖海, 長揖謝公卿.
且樂杯中物, 誰論世上名.

낙양을 떠나 越땅에 가다

허둥대며 살아온 30년에,
학문도 무예도 이룬 바가 없다.
山水를 그리며 吳越을 찾기는,
낙양의 세속이 이제는 싫어서다.
조그만 배 하나 호수에 띄우려고,
예를 갖춰 여러 공경과 작별했다.
그리고 술이나 즐기며 지내려니,
누구가 세상 공명을 논하겠는가?

| **詩意** | 장안과 낙양을 오가며 관직을 얻으려 애썼던 맹호연이었다. 결국 실의 속에 낙향한다. 고향으로 떠나기 전, 실의 속에 자기 慰安(위안)과 합리화가 필요했다. 《全唐詩》 160권 수록.

與諸子登峴山(여제자등현산)

人事有代謝，往來成古今.
江山留勝跡，我輩復登臨.
水落魚梁淺，天寒夢澤深.
羊公碑尚在，讀罷淚沾襟.

여러 벗과 현산에 오르다

사람의 일이란 돌고 도는 것이러니,
세월이 가거나 오면 옛과 지금이다.
江山엔 볼만한 고적도 남아 있나니,
우리들 다시금 높다란 곳에 올랐다.
물이 줄자 고기잡는 도랑이 드러나고,
날이 차니 夢澤湖는 水位가 낮아졌다.
옛날 羊祜의 비석을 찾아가서는,
읽고 나니 눈물이 옷깃을 적신다.

| 註釋 | ○ 〈與諸子登峴山〉 – 〈여러 벗과 현산에 오르다〉. 峴은 고개 현. 峴山은 西晉의 名將인 羊祜(양호, 221 – 278)의 善政을 기록한 비석〔墮淚碑(타루비)〕이 있는 산. 일명 峴首山(현수산). 지금의 湖北省 襄樊市(양번시)에 있다.

○ 人事有代謝 – 人事는 사람의 일. 인간의 성공과 실패. 謝는 사례할 사. 거절하다. 시들다. 떨어지다. 代謝(대사)는 興替(흥체).

번영과 쇠퇴가 교체되다. 돌고 돈다.

○ 往來成古今 – 往來는 세월이 가고 오다. 成古今 – 과거와 현재가 된다.

○ 我輩復登臨 – 我輩(아배)는 우리들.

○ 水落魚梁淺 – 水落(수락)은 수위가 낮아지다. 魚梁(어량)은 고기잡이를 위한 물구덩. 淺은 얕을 천. 드러나다.

○ 天寒夢澤深 – 夢澤深(몽택심)은 호수 운몽택의 水位가 낮아졌다. 갈수기에 水位가 떨어졌다. 평소의 地上에서 보면 물 있는 곳이 깊어졌다.

○ 羊公碑字在 – 羊公은 西晉의 名將 羊祜(양호). 碑字在는 비석〔墮淚碑(타루비)〕이 있다.

○ 讀罷淚沾襟 – 罷는 그만둘 파. 마치다. 沾은 더할 첨. 襟은 옷깃 금.

| 詩意 | 이는 紀行의 감상을 읊은 시이다. 首聯의 첫 구는 人間事를, 다음 구에서는 흐르는 시간을 언급하였다. 3구에서는 空間을 그리고 4구는 높은 곳에 올랐다 하여 제목을 요약하였다. 여기까지는 전반부에 속한다.

이어 5, 6 구에서는 높은 곳에서 내려다본 풍경을 묘사하면서 처량한 감정을 한층 돋웠다. 그리고 마지막 聯에서는 양호의 선정을 기록한 '타루비' 를 읽고 눈물을 흘렸다고 하였다.

그 눈물은 양호의 善政에 감동한 감격의 눈물인가? 아니면 이름도 없이 사라져갈 자신들의 無名이 서러워 흘린 것인가?

| 參考 | 羊陸之交와 타루비

– 羊祜(양호)와 陸抗(육항)의 交情 - 敵將과의 우호적인 교제.

西晉은 吳나라를 멸망시키려는 뜻이 있어 羊祜(양호)를 형주의 도독으로 삼았다. 吳나라는 陸抗(육항, 226 - 274년, 陸遜의 次子)에게 여러 군사를 감독케 하였다. 양호와 육항은 국경을 마주하였는데 사자들이 늘 왕래하였다. 육항이 양호에게 술을 보냈는데, 양호는 의심하지 않고 마시었으며 육항의 병에 양호가 조제한 약을 보냈는데, 육항은 그 자리에서 복용하면서 "羊叔子(양호)가 어찌 사람을 독살하겠는가!" 라고 말했다. 양호는 덕정을 펴기에 힘쓰면서 오나라 병사들에게도 너그러웠으니 교전할 때마다 날짜를 정한 다음에야 전투를 했고 엄습하지 않았다. 육항 역시 변방의 병사들에게 각자의 경계선만 지키면 될 것이니 작은 이득을 탐하지 말라고 했다.

양호의 덕정에 감화를 받은 襄陽(양양)의 백성들은 양호가 병사한 뒤 그의 덕정을 비석에 새겨 그가 즐겨 노닐던 峴山(현산)에 세웠다. 이후 많은 사람들이 그 비문을 읽으며 눈물을 흘렸다 하여 그 비석을 '墮淚碑(타루비)라 하였고 지금 湖北省 북부 襄樊市(양번시)에 서 있다.

양호는 산수자연을 좋아했고 문학에도 상당한 조예가 있었다고 한다. 지금 전해오는 양호의 글로는 〈雁賦(안부)〉, 〈讓開府表(양개부표)〉, 〈請伐吳表(청벌오표)〉가 있는데, 양호의 〈請伐吳表〉는 諸葛亮(제갈량)의 〈出師表〉와 나란한 명성을 누리고 있다.

宴梅道士房(연매도사방)

林臥愁春盡，開軒覽物華.
忽逢靑鳥使，邀入赤松家.
金灶初開火，仙桃正發花.
童顔若可駐，何惜醉流霞.

梅도사의 방에서 잔치하며

山林에 살며 봄이 진다고 걱정되어,
창문을 열고 화사한 경치 바라본다.
뜻밖에 소식 전하는 사람이 오더니,
신선의 집으로 나를 맞이해 들인다.
쇠솥에 새 불을 넣었고,
仙桃가 막 꽃을 피웠다.
만약 청춘을 머물게 할 수 있다면,
유하주에 취한들 무엇이 아까우랴!

| 註釋 | ○ 〈宴梅道士房〉 - 〈梅도사의 방에서 잔치하며〉. 梅氏 성을 가진 도사는 맹호연의 友人. 〈淸明日宴梅道士房〉로 된 판본도 있다.

○ 開軒覽物華 - 開軒(개헌)은 창문을 열다. 搴帷(건유, 휘장을 들어 올리다)로 된 판본도 있다. 覽物華(남물화)는 景物의 화려한 모습을 보다.

○ 忽逢青鳥使 – 青鳥使는 西王母의 내방을 알리기 위해 漢 武帝에게 온 파랑새. 使人, 使者. 여기서는 梅도사의 초청을 알려온 사람.

○ 邀入赤松家 – 邀는 맞을 요. 赤松家는 적송자의 집. 도사의 거주지. 赤松子는 본래 神農氏 시대에 비를 내리게 하는 雨師. 神仙을 의미. 漢의 張良은 적송자를 따라 노닐고 싶다고 하였다.

○ 金灶初開火 – 灶는 부엌 조. 金灶(금조)는 쇠 솥. 찻물을 끓이는 솥단지. 丹竈(단조, 煉丹을 하는 솥)로 된 판본도 있다. 初開火는 새 불을 붙이다. 보통 寒食 전후가 청명이니 한식을 지나 새로 불을 피웠다는 뜻.

○ 仙桃正發花 – 仙桃는 西王母가 漢 武帝에게 주었다는 복숭아. 正發花는 막 꽃이 피었다.

○ 何惜醉流霞 – 何惜(하석)은 어찌 아까우랴. 霞는 노을 하. 流霞는 神仙이 마신다는 술 이름. 여기서는 道士가 준비한 술. 어떤 사람이 10년 동안 도술을 배우다가 돌아왔다. 아내가 무엇을 배웠느냐고 묻자, 신선이 자기에게 유하주 한 잔만을 주었는데, 그 술을 마시자 배가 고프지도 목이 마르지도 않았다고 말했다.

| 詩意 | 淸明日이면 봄이 한창일 때이다. 그러니 春興을 즐기고 싶어 신록과 경물을 감상했을 것이다. 이는 '淸明日'에 대한 묘사이다.

그리고는 梅 道士의 초청을 받고 山房에 가고 차를 마시고 술을 마셨던 일들을 순차적으로 묘사하였다.

道士는 본래 道教의 성직자이지만 神仙을 따르려 하고 신선처럼 무병장수를 추구하는 사람들을 도사라 하였다. 서왕모는 여자 신선의 최고 지도자이다. 서왕모와 漢 武帝의 고사는 수많은 문학 작품에 언급된다.

여기서도 마찬가지이니 매도사의 심부름을 온 사람을 青鳥使라 하였다. 그밖에 赤松家, 金灶(금조), 仙桃, 流霞酒 등이 모두 신선과 관계되는 用語들이다.

이러한 遊仙의 뜻은 작자 마음속의 은거 의지와 일맥상통할 것이다. 그리고 자신을 초청해준 道士를 멋진 詩語로 칭송해주는 것도 시인이 베풀 수 있는 善行이 아니겠는가?

寄天台道士(기천태도사)

海上求仙客，三山望幾時.
焚香宿華頂，浥露采靈芝.
屢躡莓苔滑，將尋汗漫期.
倘因松子去，長與世人辭.

천태산 도사에게 보내다

동해서 神仙을 그리워했던 나그네,
얼마나 오래 三神山을 바라보았나?
華頂峰에서 향을 사르며 묵었고,
이슬에 젖으며 영지를 따왔다.
미끄런 이끼낀 바위를 밟으면서,
끝없는 기약을 그렇게 기다렸다.
만약에 赤松子를 따를 수 있다면,
영원히 속세의 인간과 절연하리라.

| 詩意 | 맹호연은 신선의 불로장생을 알고 있지만 그렇다고 믿거나 추구하지는 않았다. 불로장생은 꿈이면서 이룰 수 없는 기약(汗漫期)일 뿐이다. 赤松子는 張良이 따라가고 싶다던 신선의 이름이다. 《全唐詩》 160권에 수록.

過故人莊(과고인장)

故人具雞黍, 邀我至田家.
綠樹村邊合, 青山郭外斜.
開筵面場圃, 把酒話桑麻.
待到重陽日, 還來就菊花.

친우의 농장에 들려

벗이 닭잡고 술을 준비하고,
나를 불러서 농장에 갔었다.
綠樹는 마을 끝에 모여있고,
青山은 멀리 낮게 에워쌌다.
마당과 밭을 마주 본 술자리,
술잔을 들며 농사 일 말한다.
기다려 다음 중양절이 오면은,
여기서 함께 국화를 보자 권한다.

| 註釋 | ○ 〈過故人莊〉 – 〈친우의 농장에 들려〉.

故人은 '죽은 사람' 이 아니라 舊友, 곧 親友란 뜻이다. '孔子之故人曰原壤' 의 故人은 親友이다. 물론 死人, 前夫, 舊妻로 쓰일 때도 있다. 莊은 田家, 山居와 그에 딸린 園圃, 또는 別墅(별서, 別莊)를 莊이라 통칭한다.

이 시는 도연명의 시와 그 분위기가 아주 비슷하다. 어찌 보면 도연명의 핵심용어를 모두 차용한 것 같은 田園詩이다.

○ 故人具雞黍 – 具는 갖출 구. 具備하다. 雞는 닭 계. 鷄와 同. 黍는 기장 서. 기장으로 지은 밥이기보다는 기장으로 담근 술.

陶淵明의 〈移居 一首〉에 '隣曲時時來 抗言談在昔' 과 비슷하다. 닭 잡고 술을 준비했다면 손님에 대한 최고의 대접이었다. 주인의 성의에 대해서는 더 말할 필요가 없다.

○ 邀我至田家 – 邀는 맞이할 요(료).

○ 青山郭外斜 – 郭(곽)은 가장자리. 에워싸다.

○ 開筵面場圃 – 開筵(개연)은 술자리를 마련하다. 面 마주하다. 圃는 밭 포. 場圃(장포)는 타작하는 마당과 논밭.

○ 把酒話桑麻 – 桑麻(상마)는 뽕나무와 삼(麻). 농사이야기.

도연명의 〈歸田園居 二首〉에 '相見無雜言 但道桑麻長' 라는 구절이 있다.

○ 待到重陽日 – 重陽日은 9월 9일.

○ 還來就菊花 – 還來는 다시 와서. 就菊花(취국화)는 국화 곁에 가리라. 물론 술을 한 잔하겠다는 뜻이다. 就는 近也.

| 詩意 | 아주 담백한 田園詩이다. 美文으로 윤색하려는 의도는 하나도 안 보인다. 굵직한 선으로 쓱쓱 그린 그림이다.

이런 소탈한 시골 마을에서 마음에 맞는 친구와 둘이 막걸리를 마시는데 특별히 꾸며 그려낼 필요가 있을까? 그냥 '기분 좋게 마시다 보니 나도 취해 버렸어!' 라고 말하면 그 술자리 정경에 대한 묘사는 끝이다. 나머지는 읽는 사람이 머릿속으로 생각하면 된다.

친구 집에 가고 마을을 멀리서 둘러보고 마당을 내려다보며 술잔을 들고 농사 이야기를 할 것이다. 그리고 가을이 되면 또 오라고 권한다. 물론 맹호연도 기꺼이 그리고 꼭 가리라고, 또 菊花 곁에 서겠다고 생각하였다. 그래서 '就' 라 하였다.

'就' 一字가 이 시의 詩眼이다.

詩眼은 詩人의 眼目, 詩의 句中眼이다. 詩句 중의 한 글자는 시 전체의 품격을 말해주고, 시 전체의 기본 바탕을 결정짓는다. 또 시가 논리적으로 옳고 그르냐를 판단할 수 있는 기준이 되기도 한다.

도연명의 '採菊東籬下 悠然見南山' 에서 '見' 이 바로 詩眼이다. 이 '見' 을 '望' 으로 썼다면, 시인도 시의 품격도 다 떨어질 것이라고 蘇軾(소식, 東坡, 1036 – 1101)이 말했다.

만약 이 시에서 '待到重陽日하여 還來就菊花하리라.' 를 '還來對菊花' 또는 '還來採菊花' 로 아니면 '還來醉菊花' 로 고친다면 시의 맛이 크게 달라질 수 있다. 詩眼은 五言의 경우 句의 3번째, 七言의 경우 5번째 글자이다.

秦中感秋寄遠上人(진중감추기원상인)

一丘常欲臥，三徑苦無資.
北土非吾願，東林懷我師.
黃金然桂盡，壯志逐年衰.
日夕涼風至，聞蟬但益悲.

秦中에서 가을에 遠스님에게 주다

항상 조그만 동산에 은거하고 싶었지만,
실로 三徑의 뜨락도 부담이 되었습니다.
장안에 살기가 저의 소원이 아니기에,
東林에 계시는 나의 大師가 그립습니다.
비용은 계수나무 태우듯 다 없어지고,
큰뜻은 나이따라 해마다 줄었습니다.
아침 저녁에 찬바람이 불어오니,
매미 소리만 더더욱 슬퍼집니다.

| 註釋 | ○ 〈秦中感秋寄遠上人〉 - 〈秦中에서 가을에 遠스님에게 주다〉.

秦中은 關中이고 그 중심은 長安이다. 지금의 陝西省 남부 지역이다. 感秋는 가을을 느껴. 遠上人의 遠은 이름, 上人은 승려에 대한 존칭. 맹호연은 40세에 장안에 와서 과거에 응시하였으나 낙방하였고, 벼슬을 구했으나 얻지 못했다. 長安에서 지은 시이다.

○ 一丘常欲臥 – 一丘는 조그만 산. 臥는 歸隱.

○ 三徑苦無資 – 대문에서 본채에 이르는 사이의 조그만 정원. 작은 길(徑) 3개가 있어 삼경이라 한다. 도연명의 〈歸去來兮辭〉의 '三徑就荒 松菊猶存'의 三徑이다. 은거할 작은 別墅(별서). 苦無資(고무자)는 실로 그럴만한 밑천이 없다.

○ 北土非吾願 – 北土는 北地, 곧 長安. 도연명의 〈歸去來兮辭〉에 '富貴非吾願 帝鄕不可期'란 말이 있다.

○ 東林懷我師 – 東林은 동림사. 여기서는 遠上人이 거주하는 절.

○ 黃金然桂盡 – 黃金은 돈. 然은 燃과 같음. 태우다. 桂는 계수나무. 생활비는 연료를 충당하는데 다 썼다. 곧 생활비가 많아 감당을 못한다는 의미.

○ 壯志逐年衰 – 壯志는 젊은 날의 포부. 逐年衰(축년쇠)는 나이 따라 줄어든다.

○ 聞蟬但益悲 – 聞蟬(문선)은 매미소리를 듣다. 但益悲(단익비)는 더 서글퍼질 뿐이다.

| 詩意 | 전반 4구는 빨리 고향으로 돌아가고 싶은 작자의 심경을 묘사하였고, 후반 4구는 객지 생활의 어려움과 함께 작아지는 자신의 슬퍼지는 심경을 말했다. '東林懷我師'만을 제외한 나머지 구절은 遠上人과 관계가 없고 오로지 맹호연의 고초만이 가득하다. 그렇다면 결국 이런 제목을 빌어 객지의 설움을 묘사한 시이다.

이런 고통은 맹호연이 아니더라도, 실패자(루저)라면 누구나 느끼는 기분이다. 그렇다면 평소 맹호연의 시풍과 다르고, 그래서 맹호연의 작품이 아닐지도 모른다는 주장이 나오게 된다.

宿桐廬江寄廣陵舊遊(숙동려강기광릉구유)

山暝聽猿愁，滄江急夜流.
風鳴兩岸葉，月照一孤舟.
建德非吾土，維揚憶舊遊.
還將兩行淚，遙寄海西頭.

동려강에서 자면서 광릉의 옛 벗에게 주다

어둑한 산에 원숭이 울음 들리고,
푸르른 강은 급류로 흐르는 밤이다.
바람은 양안 나무 사이에 울고,
달빛은 한척 외론 배를 비춘다.
建德도 내가 머물 땅이 아니기에,
揚州에 사는 예전 벗이 그리웁다.
차라리 나의 두 줄기 눈물을,
멀리로 바다 서쪽 끝에 보낸다.

| 註釋 | ○ 〈宿桐廬江寄廣陵舊遊〉 - 〈동려강에서 자면서 광릉의 옛 벗에게 주다〉.

동려강은, 今 浙江省(절강성) 서북부 抗州市 동려현을 흐르는 강. 桐廬富春江이라고도 부른다. 廣陵(광릉)은 江蘇省의 번화한 도시인 揚州. 隋(수)의 대운하와 長江이 만나는 곳. 隋 煬帝가 龍舟를 타고 이곳 이궁에 내려와 있다가 최후를 맞이한다. 舊遊는 舊友.

○ 山暝聞猿愁 – 暝은 어둘 명. 猿愁(원수)는 원숭이의 애잔한 울음 소리.

○ 滄江急夜流 – 滄江은 푸른 강. 동려강의 다른 이름.

○ 風鳴兩岸葉 – 風鳴은 바람이 울다. 바람소리. 兩岸葉(양안엽)은 兩岸의 나뭇잎.

○ 月照一孤舟 – 밤은 나그네의 愁心이 많은 시간. 그런 나그네에게 달이 빠질 수 없다.

위락 시설과 음식점, 술집이 많은 우리나라에서 객지를 여행하는 사람은 달을 쳐다볼 이유가 없다고 한다.

○ 建德非吾土 – 建德(건덕)은 지명. 浙江省 동려현 남쪽. 吾土(오토)는 내 고향.

○ 維揚憶舊遊 – 維揚(유양)은 지명. 原名 廣陵, 今 江蘇省의 揚州市(양주시).

○ 還將兩行淚 – 兩行淚(양행루)는 두 줄기 눈물.

○ 遙寄海西頭 – 遙는 멀 요. 멀리, 멀리 있는. 海西頭는 동해의 서편. 광릉(양주)는 회수의 남쪽, 장강의 북쪽 동해의 서쪽에 있다 하였다. 지금 江蘇省의 양주를 해안도시라고 할 수는 없다. 하지만 長江의 하류로 바닷물이 들어오기에 고인의 시각으로는 쑥 들어온 바다의 서쪽 끝이라 생각했을 것이다.

| 詩意 | 동려강은 杭州 인근의 절경으로 알려졌다. 거기서 揚州까지는 우리나라 서울 부산과 거의 비슷한 거리이다. 맹호연도 여기선 나그네 신세 – 다만 친구가 있는 곳과 조금은 가깝다는 생각에서 친구에 대한 그리움을 토로하고 있다.

동려강 富春은 절경으로 유명한 곳이기에 나그네의 객수는 더 깊어지는 것이니라.

앞의 4구에서는 절경을 그렸다면, 뒤의 4구는 그리움을 묘사하였다. 객지에서의 밤은 그리움이 아니더라도 잠들기 어렵다.

留別王侍御維(유별왕시어유)

寂寂竟何待，朝朝空自歸.
欲尋芳草去，惜與故人違.
當路誰相假，知音世所稀.
秪應守索寞，還掩故園扉.

시어사인 王維를 떠나오면서

적막할 뿐 끝내 무엇을 기대했나?
날마다 빈손으로 홀로 돌아왔었소.
꽃다운 풀을 찾으려 나서면서,
친우의 곁을 아쉽게 떠난다오.
요직의 그 누가 힘써 주리오?
세상엔 知己가 드문 것이라오.
오로지 외로움을 이겨가면서,
돌아가 옛집 문을 닫고 살리오!

| 註釋 | ○ 〈留別王侍御維〉 – 〈시어사인 王維를 떠나오면서〉.

侍御는 관직명. 王維는 맹호연을 천거하였던 知人. 留別(유별)은 떠나는 사람의 입장에서 헤어지다. 送別과는 반대의 뜻이다.

○ 寂寂竟何待 – 寂은 고요할 적. 寂寂은 아주 적막하다. 竟은 다할 경. 끝. 何待(하대)는 무얼 기대하나?

○ 欲尋芳草去 – 尋 찾을 심. 芳草(방초)는 향기로운 풀. 芳草去(방

초거)는 은거하려 하다.

○ 惜與故人違 – 惜은 안타까울 석. 故人은 友人, 王維. 違는 어긋날 위. 헤어지다.

○ 當路誰相假 – 當路(당로)는 정계의 실권자. 인사권자. 假는 빌려주다. 힘써주다. 誰相假(수상가)는 누가 힘을 써 주겠나?

○ 知音世所稀 – 知音은 知人. 知己. 稀는 드물 희.

○ 秪應守寂寞 – 秪는 다만 지. 祗(공경 지)는 다른 글자.

○ 還掩故園扉 – 掩은 가릴 엄. 닫다. 故園 – 옛집. 扉는 문짝 비. 사립문.

| 詩意 | 山水田園 시인의 과거에 이런 슬픔이 있는 줄 누가 알리오?

首聯은 너무 침통하다. 이력서 백여 장을 보내 놓고 핸드폰을 바라보다가 다시 PC를 켜고 또 다른 스타일로 이력서를 작성하며 사진 값도 걱정해야 하는 우리나라 젊은이보다 더 서글펐을 것이다.

왜? 맹호연은 이미 40이 넘었다.

長安까지 왔고 知人의 도움을 받아가며 애를 썼지만 이제는 포기하고 돌아가려는 頷聯(함련)에는 왕유에 대한 미안함이 넘쳐난다.

그러면서 頸聯(경련)에는 누구라 할 것은 아니지만 요로에 있는 사람들은 '왜 나를 몰라주는가?' 라는 분노와 함께 자기 합리화를 추구한다. 본래 세상에는 知音이 많지 않다는 것! 이것이 내 몫이려니 운명이려니 하고 그냥 잊어버리기에는 너무 가슴이 미어진다.

맹호연의 의지는 尾聯에 확실해진다. 적막한 고향에 가서 이제 세상에 대한 욕망을 접겠다는 서러움이 뚝뚝 떨어진다.

맹호연은 그렇게 돌아왔다. 하기야 王維의 가슴도 아프기만 하다. 왕유는 전에 친우 綦毋潛(기무잠)이 과거에 낙방하고 고향으로 갈 때 전별의 시를 지었었다. 이번에는 맹호연을 송별하고 있다.

秋登蘭山寄張五(추등란산기장오)

北山白雲裏，隱者自怡悅.
相望試登高，心隨雁飛滅.
愁因薄暮起，興是清秋發.
時見歸村人，沙行渡頭歇.
天邊樹若薺，江畔洲如月.
何當載酒來，共醉重陽節.

가을에 蘭山에 올라 張五에게 보내다

北山 흰 구름 속에서 그대는,
숨어서 혼자 즐기며 지낸다.
서로 보고파 높은 데 올라보니,
마음은 기러기 따라 날아간다.
수심은 어스름 저녁에 내리고,
흥취는 해맑은 가을에 생긴다.
마을을 찾는 사람 가끔 있는데,
모래밭 질러와 나루터서 쉰다.
하늘가 수풀은 풀같이 깔렸고,
강가의 모래톱은 달처럼 희다.
언젠가 그대 함께 술단지 끼고,
중양절에 같이 마시고 취할까?

| 註釋 | ○ 〈秋登蘭山寄張五〉 - 〈가을에 蘭山에 올라 張五에게 보내다〉.

蘭山(난산)을 萬山으로 쓴 판본도 있다. 寄(기)는 詩體의 한 가지. 寄贈(기증)한다는 의미. 蘭山(石門山)은, 今 四川省 동남단 宜賓市(의빈시) 高縣의 남쪽에 있는 산. 난초가 많이 자란다고 한다.

張五는 장씨 집안의 다섯째 아들, 張文儃(장문천)이란 이름으로 된 판본도 있으나 그 인물에 대한 상세 내용은 미상.

○ 隱者自怡悅 - 隱者는 張五. 怡는 기쁠 이. 悅은 기쁠 열. 怡悅(이열)은 喜樂과 同.

○ 相望試登高 - 試는 시험할 시. 試圖하다. 중국 민간신앙에서는 費長房(비장방)이 汝南사람 桓景(환경)에게 역병을 피하는 방법으로 온 가족을 데리고 登高하게 했다는 이야기가 전해 온다.

○ 心隨雁飛滅 - 隨는 따를 수. 滅은 없어질 멸. 내 마음은 기러기 따라 북으로 날아간다는 뜻.

○ 愁因薄暮起 - 薄은 엷을 박. 暮는 저물 모. 薄暮는 어스름 초저녁.

○ 興是淸秋發 - 淸秋는 상쾌한 가을. 위의 愁因~의 對句.

○ 時見歸村人 - 時見은 가끔 볼 수 있다. 友人을 볼 수 없다는 안타까운 심경을 엿볼 수 있다.

○ 沙行渡頭歇 - 沙는 모래 사. 모래벌판. 渡頭 - 나루터, 埠頭(부두). 歇은 쉴 헐.

○ 天邊樹若薺 - 若은 같을 약. 薺는 냉이 제(풀이름). 樹若薺(수약제)는 나무가 풀처럼 나지막하게 보이다. 작자의 눈에 들어오는 遠景을 표현한 말.

○ 江畔洲如月 – 畔은 두둑 반. 洲는 물가 주. 모래톱. 洲如月은 작자가 내려다보는 近景. 天邊~의 對句.

○ 何當載酒來 – 何當은 언제 ~ 할 수 있을까? 載酒來 – 술을 가지고 오다. 꼭 상대방이 온다(來)는 의미는 아님.

○ 共醉重陽節 – 漢 이후 道家의 陰陽觀으로 六은 陰數, 九는 陽으로 인식하여 음력 9월 9일을 重九, 또는 重陽이라 하였다. 이날은 마을의 높은 곳에 올라 술을 마시며 고향을 생각하거나 조상을 제사했다. 9월 9일을 重陽節, 登高節, 또는 菊花節이라고 부른다. 九九는 '久久'와 音이 같아(이를 諧音이라 한다) '長久' 하다는 뜻에서, 조상의 제사를 지내고 노인들을 공경하는 여러 행사를 한다.

| 詩意 | 남쪽의 蘭山에서 友人 張五가 있는 北山을 바라보며 友人에 대한 그리움을 묘사했다.

1, 2구에서 작자는 북산을 바라보며 벗을 그리워하는 묘사이고, 3, 4구에서 작자는 어둠이 내리는 저녁에 더욱 憂愁를 느끼고, 한편 청명한 가을의 감흥을 돋으면서 시선을 돌려 아래를 내려다본다. 그곳에는 귀가하는 마을 사람들이 나루터에서 쉬고 있다. 작자는 생각했으리라. '저 사람들은 어둑어둑한 저녁에 돌아가 식구들과 어울리겠지!'

5, 6구에서는 시선을 다시 멀리 돌리고 속으로 다짐한다. 장차 우리가 서로 높은 곳에 올라 함께 마시고 함께 취하리라.

夏日南亭懷辛大(하일남정회신대)

山光忽西落，池月漸東上.
散髮乘夕涼，開軒臥閑敞.
荷風送香氣，竹露滴淸響.
欲取鳴琴彈，恨無知音賞.
感此懷故人，中宵勞夢想.

여름 날 南亭에서 辛大를 그리며

서산에 걸린 해 어느새 지면서,
연못에 뜬 달이 천천히 떠오른다.
머리 풀고 저녁 찬바람 쏘이며,
활짝 트인 정자 한가히 누웠다.
연꽃에 스친 바람 향기를 실어오고,
죽엽에 맺힌 이슬 맑게도 떨어진다.
거문고 당겨 한 곡조 타려해도,
들으며 즐길 이 없어 한이로다.
이러니 더욱 옛 벗이 그리워서,
한밤에 애써 꿈에서 보았노라.

| 註釋 | ○ 〈夏日南亭懷辛大〉 - 〈여름 날 南亭에서 辛大를 그리며〉. 南亭은 남쪽에 있는 정자. 辛大는 신씨 큰아들. 排行이 첫째라는

뜻. 맹호연의 〈西山尋辛諤〉이란 시가 있어 辛諤(신악)으로 추정. 그 외 자세한 것은 알 수 없다.

- ㅇ 山光忽西落 – 山光은 산위의 白日. 忽은 소홀할 홀. 갑자기, 돌연.
- ㅇ 池月漸東上 – 池月은 못 위로 뜨는 달. 漸은 물 스며들 점. 점점, 점차로. 山光과 池月을 순차적으로 묘사하면서 멋진 對句를 만들어냈다.
- ㅇ 散髮乘夕涼 – 관을 벗고 머리를 풀어헤치고. 乘은 타다. 이용하다. 곱하다. 乘風은 바람 쏘이다. 駕風(가풍). 夕 – 저녁의 서늘한 기운.
- ㅇ 開軒臥閑敞 – 軒은 추녀 헌. 창문(窗, 窓). 敞은 탁 트일 창. 지붕은 있으나 사방에 벽이 없이 트인 공간. 臥閑敞(와한창)은 조용하고 열린 곳에 누워있다.
- ㅇ 荷風送香氣 – 荷는 연꽃 하. 荷風은 연꽃을 스친 바람.
- ㅇ 竹露滴淸響 – 竹露는 대나무에 맺힌 이슬. 이슬은 초저녁에도 맺힌다. 滴은 물방울 적. 방울져 떨어지다. 響은 울림 향. 荷風과 竹露는 멋진 對句이다.
- ㅇ 欲取鳴琴彈 – 鳴은 울 명. 소리를 내다. 琴彈 – 거문고를 타다.
- ㅇ 恨無知音賞 – 賞은 감상하다. 들어주다. 知音 – 伯牙와 鍾子期의 伯牙絶絃의 故事. 자신이 등용되지 못한 설움을 간접적으로 표현했다고 볼 수도 있다.
- ㅇ 感此懷故人 – 感此는 이렇게 생각하니, 이러한 감회 속에서. 故人은 朋友.
- ㅇ 中宵勞夢想 – 宵는 밤 소. 中宵는 한밤중에. 勞는 가슴 아프다.

勞心. 夢想은 꿈꾸듯 그리워하다.

| 詩意 | 달 밝은 여름밤에 정자에서 시원한 바람을 쏘이며 멀리 있는 친구를 그리며 읊은 시다. 시의 제목을 〈夏夕南亭懷辛大〉라고 한 책도 있다.

1~3聯은 여름밤의 南亭 부근의 경관과 풍취를 그렸으며, 4~5聯은 친구를 그리워하는 심정을 그렸다.

맹호연은 특히 자연의 경관에 대한 묘사가 생생하고 아름다우며 동시에 대구를 잘 활용하고 있다.

특히 山光忽西落와 池月漸東上의 대구와 荷風送香氣와 竹露滴淸響의 대구는 절묘하다.

4~5聯에서 시인은 자기를 알아주는 知音의 벗이 없어 거문고도 타지 않고 그대로 잠이 들자, 꿈속에 벗이 보였다고 읊었다.

淸의 沈德潛(심덕잠)은 '荷風送香氣 竹露滴淸響' 은 '아름다운 경관이며 아름다운 구절' 이라고 평했다. 한마디로 淸淡하고 閑雅(한아)한 풍취를 나타낸 구절이다.

宿業師山房待丁大不至(숙업사산방대정대부지)

夕陽度西嶺，群壑倏已暝.
松月生夜涼，風泉滿清聽.
樵人歸欲盡，煙鳥棲初定.
之子期宿來，孤琴候蘿徑.

스승의 산방에서 자며 丁大를 기다렸으나 오지 않다

석양이 산마루를 넘어가니,
모든 골짜기 갑자기 어둡도다.
소나무 걸린 달에 밤기운이 차고,
냇물을 스친 바람 시원스레 들려온다.
나무꾼 돌아오니 더 올 사람 없고,
안갯속 날던 새도 둥지에 들었도다.
그대와 함께 묵기로 약조했지만,
거문고 홀로 타며 덩굴길서 기다렸다.

| 註釋 | ○ 〈宿業師山房待丁大不至〉 – 〈스승의 산방에서 자며 丁大를 기다렸으나 오지 않다〉. 業師는 학업을 배운 스승, 불교나 도교 계통의 스승일 것이나 자세히는 알 수 없다. 丁大는 정씨 일가의 큰아들, 丁鳳이라는 설도 있으나 자세한 것은 알지 못한다.

○ 夕陽度西嶺 – 度는 넘다. 건너다. 渡(건널 도)와 同.

○ 群壑倏已暝 – 壑은 골자기 학. 倏은 갑자기 숙. 暝은 어둘 명.

瞑(눈감을 명)은 다른 字. 모든 골짜기가 홀연히 어둠에 묻히다.

○ 松月生夜涼 – 松月은 소나무에 걸린 달. '소나무와 달' 이라 새길 수 없는 것은 다음 句에 오는 風泉을 '바람과 샘물' 이라 나누어 생각할 수 없기 때문이다.

○ 風泉滿淸聽 – 滿淸聽은 낭랑한 소리 가득하다.

○ 樵人歸欲盡 – 樵는 땔나무 초. 땔나무를 준비하다. 나무를 하다. 歸欲盡은 귀가했으니 더 올 사람이 없을 것이다.

○ 烟鳥棲初定 – 烟은 연기 연(煙과 同). 나무를 태워 발생하는 연기가 아니라 저녁에 생기는 안개나 엷은 구름이라고 생각해야 한다. 글자 그대로 '煙氣(연기)' 라고 생각하면 風趣가 사라진다. 棲는 살 서. 깃들다.

○ 之子期宿來 – 之子는 是子, 之는 此. 이 사람, 내가 기다리는 丁大. 《詩經 周南》에 '之子于歸 言秣其馬~' 라는 말이 있다. 之子는 '嫁子(시집가는 사람)' 이란 뜻도 있다. 期는 기약하다.

○ 孤琴候蘿逕 – 候는 물을 후. 기다리다. 蘿는 새삼 넝쿨 나. 가늘고 길에 자라는 덩굴식물. 逕은 지름길 경. 좁은 산길.

| 詩意 | 자연묘사가 뛰어나고 아름답다. 특히 2련의 '松月生夜涼 風泉滿淸聽' 對句는 시각과 청각, 촉각으로 함께 느낄 수 있는 맑고 그윽한 기운이 넘친다. 3련의 '樵人歸欲盡 烟鳥棲初定' 은 은근히 '그대만이 안 온다는 뜻' 이 숨어있다. 기다려도 오지 않는 우인에 대한 섭섭함이 '之子期宿來 孤琴候蘿逕' 에 그대로 담겨있다.

夜歸鹿門歌(야귀녹문가)

山寺鐘鳴晝已昏, 漁梁渡頭爭渡喧.
人隨沙岸向江村, 余亦乘舟歸鹿門.
鹿門月照開煙樹, 忽到龐公棲隱處.
巖扉松徑長寂寥, 惟有幽人自來去.

밤에 녹문산에 돌아오다

山寺의 종소리 날은 이미 저물었고,
어량의 나루는 먼저 건너려 시끄럽네.
사람들 강가 언덕 따라 강마을로 가고,
나도 역시 배를 타고 녹문에 돌아왔네.
녹문 달빛에 흐릿한 나무가 뚜렷하고,
어느 사이에 방덕공 은거처에 이르렀네.
바위굴 사립과 좁은 솔 길은 늘 적막하니,
오로지 숨어 사는 사람만이 오갈 뿐일세.

| 註釋 | ○ 〈夜歸鹿門歌〉 – 〈밤에 녹문산으로 돌아오면서 지은 노래〉.

鹿門山은 孟浩然의 고향인 湖北省 襄陽(양양) 동남쪽에 있는 산, 그가 은거한 곳이다. 맹호연의 號는 鹿門居士이다. '맹호연은 녹문산에 은거하고 시를 지면서 한적하게 살았다. 그 후, 장안에 와서 진사에 낙방하자 다시 양양으로 돌아갔다.(孟浩然隱鹿門山

以詩自適, 來遊京師. 進士不第, 還襄陽.)'《舊唐書 文苑傳 下》

○ 山寺鐘鳴晝已昏 – 鐘鳴(종명)은 종이 울다. 鳴鐘으로 쓴 판본도 있다. 晝는 낮 주. 畫(그림 화)와 혼동하기 쉽다.

○ 漁梁渡頭爭渡喧 – 漁梁(어량)은 강물을 막고 통발을 놓고 고기를 잡는 곳, 여기서는 지명. 湖北省 襄陽(양양)의 漁梁洲(어량주). 後漢 말 龐德公(방덕공)이 이곳에 은거했었다. 渡頭(도두)는 나루터. 喧은 시끄러울 훤.

岑參(잠삼)의 〈巴南舟中卽事(파남주중즉사)〉에 쓴 '渡口欲黃昏, 歸人爭渡喧' 와 비슷한 느낌이 온다.

○ 人隨沙岸向江村 – 隨沙岸은 모래 언덕을 따라. '沙路(모랫길)' 로 된 판본도 있다.

○ 鹿門月照開烟樹 – 烟樹(연수)는 안갯속에 흐리게 보이는 나무.

○ 忽到龐公棲隱處 – 龐은 클 방. 성씨. 龐公(방공)은 後漢 末年의 名士)의 襄陽(양양) 사람이다. 荊州刺史(형주자사) 劉表(유표)가 여러 차례 불렀으나 응하지 않고 처자식을 데리고 녹문산에 들어가 약초를 캐며 은거했다. 司馬徽(사마휘, 水鏡), 諸葛亮(제갈량, 臥龍), 徐庶(서서, 字 元直) 등이 방공의 好友였다. 이 사람의 조카인 龐統(방통)이 바로 鳳雛(봉추)이다. 《三國演義》는 유비가 이들을 만났고 그 뒤에 제갈량을 三顧草廬(삼고초려)한다. 曹操 휘하의 장수로 관우의 수공으로 七軍을 잃고 패전해서 죽은 장수 龐德(? – 219)은 이와 상관없는 인물이다.

○ 巖扉松徑長寂廖 – 巖扉(암비)는 암석에 의지한 출입문, 혹은 석굴 앞의 사립문. 長은 늘, 항상. 寂은 고요할 적. 廖는 공허할 요(료).

○ 惟有幽人自來去 – 幽人(유인)은 속세를 피한 은거자. 隱逸(은일). 孟浩然 自稱.

| 詩意 | 작가 맹호연이 밤에 녹문산에 있는 隱棲處(은서처)로 돌아오면서 지은 시다. 그곳은 공교롭게도 옛날의 방덕공(龐德公)이 숨어살던 곳이다. 그래서 맹호연은 자기와 방덕공을 동일시(同一視)하기도 했다. 즉 '어느덧 옛날에 방덕공이 숨어살던 곳에 당도했다(忽到龐公棲隱處).' 고 한 '방덕공의 은신처는, 곧 자신의 은신처' 이다. 그러므로 그곳의 巖扉(암비 – 석굴의 사립문), 송경(松徑 – 송림의 오솔길)' 은 옛날이나 지금이나 '항상 적막하고 조용하며(長寂廖)', '다만 숨어사는 사람만이 오갈 뿐이다.(唯有幽人自來去)' 라고 했다.

전체를 크게 2단으로 나눈다. 1단은 1~2연으로, 해가 기운 어량의 나루터에서 모든 사람들이 저마다 자기 처소로 돌아가는 광경을 사실적으로 그렸다. 2단은 3~4연으로, 자기의 은신처인 녹문산의 한적한 정취를 그렸다. 그러므로 서로 대비시켜서 시끄러운 속세를 떠나 한적한 산속에 은거하는 자신을 돋아나게 했다. 맹호연의 칠언고시의 대표작의 하나로, '超凡淸幽(초범청유)한 閑情(한정)' 을 잘 나타냈다.

007
常建(상건)

常建(상건, 708 – 765)은 山水田園詩派의 詩人이다. 玄宗 開元 15년(727)에 王昌齡(왕창령)과 함께 진사과에 합격하고, 盱眙(우이) 縣尉(현위)가 되었다.

성격이 매우 耿直(경직)하였고 權貴에 매달리지 않았기에 벼슬길에서 뜻을 얻지 못했고, 鄂州(악주)의 武昌(今 湖北省)에 은거하였다.

常建의 시어는 淸新自然하였으며, 意境이 淸幽하면서도 깨끗하여 명리를 잊어버린 은사의 심경을 잘 나타내었다는 평을 듣는다. 《全唐詩》 144권에, 그의 시 57首가 전한다.

三日尋李九庄(삼일심이구장)

雨歇楊林東渡頭, 永和三日盪輕舟.
故人家在桃花岸, 直到門前溪水流.

삼월삼일 李九의 농장을 찾아가다

비가 그치고 버드나무 숲 동쪽 나루에서,
옛날 왕희지처럼 작은 배를 저어 갔다.
벗의 집은 복사꽃 핀 언덕에 있어,
대문 앞의 물가에 곧장 바로 왔다.

| 詩意 | 제목의 三日은 음력 삼월 삼일 곧 삼짇날인데 이날은 사람들이 모여 술을 마시며 담소하는 놀이를 즐겼다. 承句의 '永和 三日' 은 東晋 永和 9년(353) 三月三日에 王羲之(왕희지)와 그 벗들이 난정에 모여 脩禊(수계)하며 시를 지었던 날이다.

상건은 벗인 李九를 찾아간 경과만을 읊었고 그 나머지는 독자들의 생각에 맡겨 두었다.

塞下(새하)

鐵馬胡裘出漢營, 分麾百道救龍城.
左賢未遁旌竿折, 過在將軍不在兵.

새하곡

무장한 말 전투복에 漢의 군영서 출전하여,
여러 갈래 나눠 진격하여 龍城을 구원한다.
흉노는 도주치 않았고 우리 깃대는 꺾였으니,
잘못은 장군에 있지 병졸에 있지 않았다.

| 詩意 | 唐詩에 사용된 漢은 거의 唐을 지칭하니 〈長恨歌〉의 '漢皇重色~'은 당나라 玄宗이고 이 시의 漢營은 당나라 군영이다. 左賢은 흉노의 좌현왕이니 흉노 장수를 의미하며 깃대가 꺾였다는 것은 패전했다는 말이다.

패전은 언제나 장수의 책임이니, 이는 동서고금을 통해 확실한 진리이다. 무능한 장수는 패전 후에 언제나 변명을 한다.

常建의 〈塞下曲 四首〉는 별도의 작품이다. 《全唐詩》 144권 수록.

宿王昌齡隱居(숙왕창령은거)

清溪深不測，隱處唯孤雲.
松際露微月，清光猶爲君.
茅亭宿花影，藥院滋苔紋.
余亦謝時去，西山鸞鶴羣.

왕창령의 은거에서 자다

清谿는 깊이를 알 수 없고,
隱處엔 오로지 흰 구름 떴다.
松林엔 조각달이 드러나니,
清光은 그대를 위해 빛난다.
띠풀 정자엔 꽃 그림자 어렸고,
약초 마당엔 이끼 더미 자란다.
이몸 역시 시속을 떨쳐내고서,
서산 鸞鶴(난학)과 함께 살고파라.

| 註釋 | ㅇ 〈宿王昌齡隱居〉 – 〈왕창령의 은거에 묵으면서〉. 王昌齡(왕창령)은 盛唐의 변새 시인으로 유명. 常建과 왕창령은 같이 급제한 벼슬길 同期이자 詩友였다. 《全唐詩》 144권 수록.

ㅇ 隱處唯孤雲 – 唯는 오직 유. 孤雲은 세속에 얽매이지 않는 孤高한 자유를 상징한다.

ㅇ 松際露微月 – 松際는 소나무 숲 사이. 露는 이슬 로, 이슬은 덧

없음의 상징. 나타나다. 드러나다, 드러내다. 微는 작을 미. 微月은 희미한 달빛.

○ 茅亭宿花影 – 茅亭(모정)은 띠로 지붕을 덮은 정자. 宿은 잘 숙. 머물다.

○ 藥院滋苔紋 – 藥院은 약초를 심어놓은 집안의 뜰. 滋 불을 자. 늘어나다. 자라나다. 번식하다. 苔는 이끼 태. 紋은 무늬 문.

○ 余亦謝時去 – 余는 나 여. 작자. 謝는 사례할 사. 사양하다. 관계를 끊다. 물러나다. 時는 時俗 俗世. 去는 동작이 멀어진다는 의미이다. 속세와 단절하고 속세를 떠나간다는 의미.

○ 西山鸞鶴羣 – 西山은 왕창령의 은거지. 鸞은 난새 난. 봉황의 한 종류, 상상속의 새. 神鳥. 鸞鳳(난봉) – 난새와 봉황새. 賢人과 君子. 鶴은 학 학. 신선이 타고 다니는 새(仙鳥). 羣은 무리 군. 무리 지어 살다. 함께 어울리고 싶다.

| 詩意 | 왕창령이 은거하는 仙境의 정취를 읊은 시다.

1聯에서는 낮의 풍경을 淸溪와 孤雲을 중심으로 묘사하였다.

2, 3聯에서는 밤의 정취를 소나무 사이로 얼굴을 내밀고 있는 조각달과 그 맑은 달빛에 얼룩진 꽃 그림자와 무더기로 자라나는 이끼에 초점을 맞추었다. 그리고 4聯에서는 자기도 속세를 버리고 서산에 와서 난새와 학으로 상징되는 賢人 君子와 함께 하고 싶다는 감회를 피력했다. 淸의 沈德潛(심덕잠)은 '맑고 투철한 문장 속에 영특한 깨달음이 있다(淸澈之筆 中有靈悟).' 라고 평했다.

題破山寺後禪院(제파산사후선원)

清晨入古寺, 初日照高林.
曲徑通幽處, 禪房花木深.
山光悅鳥性, 潭影空人心.
萬籟此俱寂, 惟聞鐘磬音.

파산사 뒤 선원에서 짓다

이른 새벽 옛 절을 찾아가니,
금방 떠오른 해가 깊은 숲을 비춘다.
구부러진 길은 한적한 곳에 이어졌고,
선방 둘레엔 꽃과 나무가 우거졌다.
작은 새들은 숲의 풍광을 즐기고,
텅빈 마음은 못에 비친 그림자다.
온갖 소리 모두 잠잠한데,
오지 종과 석경 소리만 들린다.

| 註釋 | ㅇ 〈題破山寺後禪院〉 - 〈파산사 뒤 선원에서 짓다〉.

破山寺는 江蘇省 동남부의 長江 서남안의 常熟市 虞山鎭에 있는 興福寺이다. 南朝 齊나라(479 - 502 존속) 때 어떤 고관이 자신의 집을 절로 만들었다고 한다.

ㅇ 清晨入古寺 - 清晨(청신)은 동틀 무렵. 새벽녘. 이른 새벽.

ㅇ 曲徑通幽處 - 曲徑(곡경)은 구부러진 좁은 길.

○ 山光悅鳥性 – 山光은 산림의 風光. 鳥性(조성)은 새의 마음? 새. '새는 숲속에서 즐겨 놀고' 의 뜻.

○ 潭影空人心 – 潭은 깊은 담. 연못. 潭影(담영)은 연못에 비친 그림자. '나의 마음은 물그림자처럼 비었다.'

○ 萬籟此俱寂 – 籟는 퉁소 뇌(뢰). 萬籟(만뢰)는 세상의 모든 소리.

○ 惟聞鐘磬音 – 鐘은 쇠북 종. 磬은 경쇠 경. 石磬(석경) – 옥이나 돌로 만든 악기.

| 詩意 | 마음에 품은 바가 있기에 아니면 평소 구하는 바가 있기에 이른 새벽에 절을 찾았을 것이다. 시인이 품은 뜻이 심원하고 홍취가 남다르기에 아름다운 구절이 나올 수 있는 것이다.

1에서 4구까지는 그냥 절의 풍경을 묘사했다. 사원과 그리고 더 그윽한 곳에 자리 잡은 선방의 경치이다. 그곳에서 시인이 본 것은 산새와 연못에 비친 그림자이다.

산새는 그냥 숲에서 산다. 산새의 본성이 조용한 곳을 좋아하는 근성이 있어서가 아니라 그냥 사는 것이다. 그리고 연못, 아니면 물에 비친 내 모습은 어떤가? 내가 황금덩어리를 들고 있다 하여 그림자가 누렇게 보이나? 내가 탐욕의 주체라 하여 내 그림자와 노승의 그림자가 다른가? 그림자는 '空' 이다.

'潭影空人心' 이 바로 핵심 구절이다. 5~8구에 모두 佛道가 드러나 보이지만 핵심은 역시 '空' 이다. 空이니 善하고 善하니 自樂할 수 있고, 自樂하면 超然하고 超然하니 空이 아니겠는가?

008

王灣(왕만)

王灣(왕만, 693 – 751, 號 爲德)은 玄宗 즉위 초에 진사과에 급제하고 開元 초부터 여러 관직을 역임하였으며, 시인 綦毋潛(기무잠)과 交遊했다고 한다. 현종 때 천하의 희귀본을 모아 편찬 일에 참여하였고 나중에 洛陽尉를 역임하였다.

閏月七日織女(윤월칠일직녀)

耿耿曙河微, 神仙此夜稀.
今年七月閏, 應得兩回歸.

윤달 칠석날의 직녀

환하게 빛나던 은하도 희미해졌고,
신선도 이런 날은 거의 볼 수 없다.
올해의 칠월은 윤달이라서,
당연히 두 차례 만나러 가야 하네.

| 詩意 | 牽牛織女(견우직녀)의 전설은 중국이나 우리나라나 마찬가지이다. 윤달 7월이니, 은하를 두 번 만나겠다는 논리는 그리움의 핑계이다.

次北固山下(차북고산하)

客路青山外，行舟綠水前.
潮平兩岸闊，風正一帆懸.
海日生殘夜，江春入舊年.
鄕書何處達，歸雁洛陽邊.

北固山 아래에 묵으면서

나그네 가는 길 青山 밖을 지나가고,
떠나갈 배는 푸른 물 앞에 기다린다.
조수가 높으니 양안은 탁 트였고,
바람이 좋으니 돛을 높이 올렸다.
바다의 해는 어스름에 떠오르고,
강변의 봄은 묵은 해에 찾아왔다.
고향에 보낸 편지 어디쯤 갔겠나?
돌아간 기러기는 낙양쯤 갔겠지!

| 註釋 | ○ 〈次北固山下〉 – 〈북고산 아래에 묵으면서〉. 次는 버금 차. 머물다. 숙박하다. 여행 중 숙소, 본래 군사가 1일 머무는 것을 舍(사), 2일 머무는 것을 信, 3일 이상 주둔하는 것을 次라 한다는 설명이 있다. 이를 보면 '공부할 것, 알아야 할 것이 얼마나 많으며 끝이 없다.' 는 것을 알 수 있다.

北固山은, 今 江蘇省 長江 남안 鎭江市 北으로 長江에 凸모양

으로 닿아 있는 산. 높이는 겨우 55m이지만 산세가 험하여 '京口第一山' 이라는 美名이 붙었다. 이 산에 《삼국연의》에 劉備가 吳에 가서 손권의 누이와 결혼하는 무대로 알려진 甘露寺(감로사)가 있다.

제목을 〈江南意〉로, 그리고 詩句의 내용을 달리한 판본도 있으나 '海日生殘夜, 江春入舊年' 만은 똑같다.

○ 行舟綠水前 – 이 지역은 南船北馬의 표현 그대로 여행이라면 으레 배를 타고 간다.

○ 潮平兩岸闊 – 潮平은 潮水가 들어와 長江의 수위가 높아져 양안과 평평해졌기에 南北 兩岸이 광활하게 보인다는 뜻. 강에 이는 파도가 잔잔하니 양쪽 땅이 넓게 보인다는 해석도 통한다. 長江의 하류 부분이며, 또 海水가 올라오는 지역이니 그 넓이를 짐작할 수 있다. 闊은 트일 활.

○ 風正一帆懸 – 風正은 江風이 고르다. 배가 가는 방향으로 바람이 분다는 뜻. 帆은 돛 범. 懸은 매달 현.

○ 海日生殘夜 – 海日은 바다에서 뜨는 해. 殘夜(잔야)는 먼동이 트려할 때의 어둠.

○ 江春入舊年 – 江春은 강변의 봄. 舊年은 지난 해.

이 두 구절은 '殘夜가 밝으며 해가 뜨고, 묶은 해가 가고 강변에는 새봄이 왔다' 는 뜻을 도치시켜 표현하였다. 그리고 이 구절에는 '나그네가 되어 각지를 떠돌다 보니 날이 지고 다시 밝는 곧 날이 가는 줄도 모르며, 해가 바뀌고 새 봄이 오는 줄도 알지 못한다.' 는 나그네의 탄식이 들어 있다.

동지가 지나면서 낮이 길어지고, 陽의 기운이 태동한다. 곧 새봄의 동지 이후, 섣달그믐 이전에 이미 시작되었다. 그래서 작년에 이미 들어와 있다고 표현했을 것이다. 논리적으로도 맞는 구절이다. 대개 음력 설 전후가 입춘 절기이다.

이 구절은 경치를 읊었을 뿐이다. 日과 春은 생명을 갖고 있기에 모든 사람들이 좋아하고, 그 생명력은 떠오르고(生) 또 시작되기에(入) 사람들이 느낄 수 있다. 이 시는 공간과 시간, 자연에서 계절의 순환을 우리에게 일러주고 있다.

○ 鄕書何處達 – 鄕書는 고향에 보내는 서신. 何處達 – 어디쯤 갔을까? 인편에 보낸 편지가 어디쯤 갔는지 모르겠다.

'어떻게 보내야 하는가?' 라면 處에 대한 풀이가 없다.

'어디로 보내야 하나?' 는 鄕書는 본가로 가야 한다는 목적지가 처음부터 정해졌기에 부적합하다.

'어디에 갔는가?' 라면 엉뚱한 곳에 배달되었다고 걱정하는 번역이 된다.

| 詩意 | 왕만이 남긴 시 10首가 전해오는데(全唐詩 115권) 本 〈次北固山下〉가 제일 유명하며 '海日生殘夜, 江春入舊年' 은 盛唐 詩 중에서도 아름다운 구절로 인구에 회자되고 있다.

이 구절은 당시의 名相 張說(장열)의 稱賞을 받았는데 張說은 이 구절을 政事堂에 써 붙이고 文人들에게 作詩의 典範으로 삼으라고 권했다고 한다.

이 시는 전체적으로 풍경에 대한 묘사이다. 바다인지 강인지 알 수 없는 그 큰 강을 여행한다면 호탕한 마음도 생길 것이다. 그러나 강변에 서있는 나그네 마음은 고향 생각뿐이다. 이는 여행을 해 본 사람이라면 다 체험했을 것이다.

이 시인은 객지에서 새 날을 맞이하고 새 봄이 왔다는 것을 느꼈다. 春光暖日에 綠水靑山을 가면서, 그리고 북고산의 절경을 보면서 고향이 떠오를 수밖에 없었을 것이다.

'海日生殘夜 江春入舊年' – 이 구절은 경치를 읊었을 뿐이다. 그러나 여기에는 情이 배어 있다. 그리고 기묘한 표현이기에 느낌이 더 피부에 와 닿는다. 그리고 생각할수록 그 표현이 기묘하면서도 스케일이 크고 생각이 깊었다는 것을 알 수 있다. 또 자연현상이나 논리적으로도 전혀 어긋나지 않는다.

동해 바다에서 日出을 보았던 사람이라면 '海日生殘夜' 하는 것을 체험했을 것이다. 그리고 冬至만 지나면 봄이며 新春이니 '江春이 舊年에 入했음' 을 느낄 수 있다. 하여튼 좋은 詩, 좋은 구절이다.

009

劉昚虛(유신허)

劉昚虛(유신허, 생졸년 미상, 昚은 삼갈 愼의 古字, 字는 全乙)이다. 개원 연간에 과거를 거쳐 崇文館校書郎을 지냈다. 孟浩然, 王昌齡과 交友했다. 그의 시는 幽情興遠하고 생각이 깊으며 詞語가 기이하다는 평을 받는다. 《全唐詩》 256권에, 그의 시 15수가 수록되었다.

闕題(궐제)

道由白雲盡，春與青溪長.
時有落花至，遠隨流水香.
閑門向山路，深柳讀書堂.
幽映每白日，清輝照衣裳.

제목을 모름

길은 흰구름 사이로 없어졌고,
봄날 淸溪는 쉬지 않고 흐른다.
가끔 낙화가 흘러오는데,
멀리 흐르는 물 따라 향기롭다.
열린 대문은 산 길을 바라보고,
書室 건물엔 버들만 무성하다.
해가 나면 늘 그늘이 지고,
밝은 빛은 내 옷을 비춘다.

| 註釋 | ○ 〈闕題〉 - 〈제목을 모름〉 제목은 있었는데, 지금은 전해지지 않는다는 뜻. 無題가 아님. 闕은 대궐 궐. 빠지다. 모자라다. 틈새. 헐다.

○ 道由白雲盡 - 길은 白雲이 있는 곳에서 없어졌다. 산속 깊은 곳까지 이어졌다.

○ 春與青溪長 - 春은 青溪를 따라 길다. 봄은 淸溪에서 무르익었

다. 靑은 淸溪가 되어야 하는데, 白雲의 對偶를 맞추기 위해 靑溪라 하였다. 이런 경우를 借字對(차자대)라 한다.

ㅇ 閑門向山路 – 閑門은 방문객이 없어 문은 늘 조용하다. 열린 대문.

ㅇ 幽映每白日 – 幽映(유영)은 그림자가 어른거리다. 그늘진다.

| 詩意 | 굉장히 한적하고 안온하며 속세의 티끌이 내려앉을만한 공간이 없고, 주인의 여유와 너그러움이 느껴지는 봄 풍경이다. 대개의 시는 장소를 옮기며 이런저런 경치를 묘사하는데, 이 시는 독서당에서 본 정경만을 그렸다.

독서당 주변에는 버들이 무성하고 버들은 시냇가에 있고, 시내에는 봄이 무르익었고 낙화가 떠나려온다. 때문에 출입하는 사람이 없으니 한적한데 길을 마주보고 열렸고 그 길은 멀리 산까지 이어져 있다는 그림이 떠오른다.

'思苦하면 語奇라.' 하였으니, 대우를 의식하며 공을 들인 표시가 나는 시이다. 白雲과 靑溪, 落花와 流水, 閑門과 深柳, 幽映과 淸輝 등이 매 聯마다 대우를 이루었다.

그렇다고 해서 기이한 글자나 표현이 없어도 전체적으로 완벽한 敍景을 이루었다. 前 4句는 시인이 들어있지 않은 敍景이고, 後 4句는 시인이 보이긴 하지만 거의 동작이 없는 존재로 그려졌다. 시 전체적으로 禪意가 느껴진다.

茙葵花歌(융규화가)

昨日一花開, 今日一花開.
今日花正好, 昨日花已老.

人生不得長少年, 莫惜床頭酤酒錢.
請君有錢向酒家, 君不見茙葵花.

접시꽃 노래

어제는 한 송이 피었고,
오늘도 한 송이 피었다.
오늘 핀 꽃이 한창 보기 좋으나,
어제 핀 꽃은 벌써 시들해졌다.

인생이 언제나 젊은이로 살 수 없나니,
책상위 술 살 돈을 아깝다고 생각마오.
그대에 권하노니, 돈이 있다면 술집에 가시오.
그대는 접시꽃이 시드는 것을 보지 못했는가?

| 詩意 | 茙葵花(융규화)는 사전에 '접시꽃' 이라고 나왔다. 一名 蜀葵. 茙은 접시꽃 융. 빽빽한 모양. 葵는 해바라기 규. 酤酒錢은 술을 살 돈. 酤는 술 살 고.

막 피어난 꽃은 무슨 꽃이든 예쁘다. 샛노랗고 풍성한 호박꽃도 볼수록 예쁘고, 돼지새끼도 태어났을 때는 정말 귀엽고 예쁘다. 아침 이슬에 젖은 무궁화는 얼마나 싱싱하고 고운가! 그러나 저녁이면 시들어 버린다. 인생 또한 그렇다는 뜻이다.

010
王維(왕유)

一. 詩人 王維

1. 詩序

荊溪白石出, 天寒紅葉稀.
山路天無雨, 空翠濕人衣. 〈山中〉

荊溪 흰 돌이 드러나 보이고,
추운 날 붉은 단풍도 드물다.
산길에 본디 비가 아니 내렸는데,
떠도는 푸른 기운 옷에 스며든다. 〈山中〉

蘇東坡(소동파)는 王維(왕유)의 이 시에 대해 '詩中畵' 라고 했다. 시에는 흰색과 붉은색이 선명하다. 그리고 산속의 푸른 기운이 내 옷에 스며들 것 같다고 하였으니, 실체가 없는 공중의 푸름을 옷에 물들여 시각으로 느끼게 했고 또 만져질 것 같은 촉각으로 전환시켰다.

이는 일종의 通感(통감)이라고 할 수 있다. 이 시는 초겨울 산속의 공기마냥 신선하고도 청량하여 왕유의 뛰어난 審美意識(심미의식)을 직접 느낄 수 있다.

왕유는 조숙한 천재였다. 詩書畵는 물론 음악에도 보통 사람이 생각할 수도 없는 그런 경지에 이르렀다. 그런 천재성에 불교 신앙을 바탕으로 검소하게 생활하면서 자연을 관조했으며 자신을 성찰하였다. 왕유의 시는 그림이며, 그의 그림은 시라는 평을 들었다.

唐(618 – 907) 290년간은 중국 詩歌의 황금시기였으니, 최고의 대가들이 출현하여 활약하였으며 수많은 名篇이 창작되고 愛誦(애송)되었다. 唐詩 황금시대는 李白과 杜甫, 그리고 왕유가 활동했던 玄宗 開元과 天寶 연간인 8세기 전반이었다.

이 시기에 飄逸(표일)한 이백, 沈鬱(침울)한 두보, 淸雅(청아)한 孟浩然, 精緻(정치)한 王維, 眞率(진솔)한 儲光義(저광희), 悲壯(비장)한 高適(고적)과 岑參(잠삼) 등이 활약했으니 가히 唐詩의 최전성기라 할 수 있었다.

唐詩를 대표하는 詩仙이며 詩俠(시협)이라 부르는 李白(701 – 762), 詩聖으로 그의 시는 詩史라는 별호로 불리는 杜甫(712 – 770), 그리고 陶淵明과 謝靈運(사령운)의 산수 전원시 전통을 이어 최고의 경지로 끌어올렸으며, 詩佛이라 불리는 王維(699? – 761 / 701? – 761)가 함께 생존했었다는 그 자체가 驚異(경이)였다.

밤하늘을 빛내는 그 수많은 별들, 그중에서 가장 큰 빛인 이백과 두보 詩의 우열을 논하는 자체가 난센스다. 이백과 두보가 없다면 왕유가 최고라는 말에도 동의할 수 없다. 시인은 우열이 아니라 그 시의 개성으로 말해야 한다.

그냥 '唐詩를 三分天下하여, 李白(仙), 杜甫(聖), 王維(佛)가 하나씩 나눠가졌다.' 고는 말할 수 있다.

2. 詩佛

왕유의 시는《全唐詩》125~128권에 315題 386首가 전해온다.

盛唐의 玄宗 시대(재위, 712－756)는 별만큼이나 많은 시인들이 빛을 내며 文運이 크게 융성한 시기였다. 그 시기에 王維는 李白(701－762)과 杜甫(712－770)와 함께 시단의 큰 별이었다. 호탕한 이백을 詩仙, 유가적 사상을 바탕으로 사실적이고 현세적이었던 두보를 詩聖이라며 그의 시를 詩史라고 한다. 그리고 불심을 바탕으로 천재적 언어감각과 내면적 성찰로 산수 전원시의 전통을 계승 발전시킨 왕유를 보통 詩佛이라 부른다.

많은 사람들은 '李杜가 없었다면 摩詰(마힐, 王維의 字)이 최고' 라는 말을 하는데, 詩의 高下를 습관처럼 논하는 사람들에게도 이백과 두보의 우열을 판별해야 할 이유도 없거니와 판별도 불가능한 일이다. 그렇다면 왕유 역시 李杜와 개성의 차이를 말할 수 있지만 꼭 그 우열을 따질 수는 없을 것이다.

왕유는 李杜와는 다른, 詩歌의 새 경계를 개척하고 성취하였다.

山水詩의 조예와 시가의 神韻(신운)을 논한다면, 왕유의 시는 李杜와 마찬가지로 가장 존중받을 만한 典範(전범)이며 意境(의경)의 새로운 개척이라고 말할 수 있다.

이백과 두보는 10여 세 차이가 있지만 같이 여행을 했고 서로 시를 주고받았다. 왕유와 이백은 나이가 비슷했는데 두 사람의 왕래나 시의 증답은 없었다고 알려졌다. 그러나 왕유와 두보는 함께 肅宗(재위 756－762)을 섬기면서 시를 주고받았다. 두보는 '왕유는 명성이 난 지 오래다' 며 왕유의 명성을 인정했으며 명성이 京畿에 널리 알려졌

음을 칭송하였다.[1]

뒷날 唐 代宗(재위 762 – 779)은 왕유의 동생 王縉(왕진, 字 夏卿)이 올린 왕유 문집《王右丞集》을 받고 직접 조서를 내려 왕유를 '天下文宗(천하 문장의 우두머리)' 이라고 칭찬하였다.[2] 帝王의 인정이 才藝와 능력을 측정하는 기준이 될 수는 없지만 살아서 世人의 인정과 그 시문이 알려지지 않았더라면 제왕의 이러한 평가도 없었을 것이다.

또 왕유와 친교가 있었던 苑咸(원함, 710 – 758)은 자신의 〈酬王維〉의 序에서 왕유를 '當代 詩匠(시장)' 이라고 찬양하였다. 이를 본다면, 시인 왕유의 명성은 살아 생전에 널리 알려졌다고 볼 수 있다.

왕유는 소년 시절에 長安에 이사하였고 유학하면서 詩書畵는 물론 뛰어난 음악적 재능으로 일찍부터 王公 사이에 널리 알려졌었다. 한때 濟州에 폄직되었던 시기 외에는 주로 장안에서 생활하였기에 그의 文名은 날로 융성했다. 왕유는 律詩의 기초를 다졌다고 알려진 沈佺期(심전기)와 宋之問(656? – 712) 이후의 대 시인으로 알려졌으며 당시에 王昌齡(왕창령), 儲光羲(저광희, 706? – 760), 崔顥(최호, 704? – 754) 등과 함께 開元 시단을 대표했었다. 이렇듯 장안에서 관직과 은거를 계속하면서 文名을 누린 왕유의 행운은 이백이나 두보보다 훨

---

1 杜甫 〈奉贈王中允維〉(五律) – '中允聲名久, 如今契闊深. 共傳收庾信, 不比得陳琳. ~' (中允은 太子中允. 왕유의 관직명.)
杜甫 〈解悶〉 十二首 중 제 8首 (七絶) – '不見高人王右丞, 藍田丘壑自長吟. 最傳秀句寰區滿, 未絶風流相國能.'

2 〈代宗皇帝批答手勅〉. "勅. 卿之伯氏, 天下文宗, 位歷先朝, 名高希代 ~"

씬 나았다.

이백이 한때 현종의 적극적인 장려를 받았지만 이백의 일생 전체로 볼 때는 짧은 기간이었고, 인생의 대부분을 장안 이외의 지역에서 떠돌았다. 또 두보는 일생동안 실패와 좌절 속에 각지를 유랑했고, 장안에 머물 적에도 그 생활은 여전히 어려웠으며, 開元(713 – 741)과 天寶(742 – 755) 연간에 두보의 文名은 널리 알려지지는 않았다. 특히 안사의 난 이후 두보가 겪은 가난과 고생은 후세 독자들에게도 슬픔이었다.

이렇게 비교한다면 왕유의 일생은 비교적 순탄하였고 자신의 큰 뜻을 펴지 못했다지만 그 생활은 여유롭고 평온하였다.

3. 음악, 그림, 지조

왕유는 조숙한 천재였다.

《新唐書 文藝傳》의 〈王維傳〉에 '왕유는 9세에 글을 지을 줄 알아 아우 縉(진)과 함께 이름이 났었고 우애가 좋았으며 … 草書와 隷書(예서)에 뛰어났고 그림을 잘 그려 개원과 천보 연간에 명성이 높아 권세가 귀인들이 上客으로 대우하였는데, 寧王(영왕), 薛王(설왕) 등 여러 왕이 師友로 대접하였다.' [3]라고 기록되었다.

---

3 《新唐書 文藝傳》 列傳 第127. 王維, 字摩詰. 九歲知屬辭, 與弟縉齊名, 資孝友. … 維工草隷, 善畫, 名盛於開元, 天寶間, 豪英貴人虛左以迎, 寧,薛諸王待若師友. 畫思入神, 至山水準遠, 雲勢石色, 繪工以爲天機所到, 學者不及也.

왕유는 음악에도 조예가 깊었다. 왕유는 그림을(奏樂圖) 보고 무슨 곡을 연주 중인가를 알아 맞혔다고 한다.[4] 왕유 자신도 악기 연주에 재능을 보였고 악곡을 지었다. 왕유의 시가 중 악부제인 〈送元二使安西 / 一名 渭城曲〉은 당시의 대중가요로 宋代까지 유행했다는 사실만으로도 그의 음악적 재능이 얼마나 뛰어났는가를 알 수 있다.

왕유는 그림에 남다른 재주가 있었다. 왕유는 자신이 '前世에 詞客이 아니었다면 틀림없이 畵員(화원)이었을 것이라.' 고 말했다.[5] 왕유의 그림으로 지금 전하는 작품은 매우 적고 작품의 진위도 확실하지 않지만, 그간의 여러 기록을 볼 때 神韻(신운)이 넘치는 작품이었다고 짐작할 수 있다.

북송의 대시인이며 시, 서, 화에 두루 능했던 蘇軾(소식, 東坡居士, 1036 – 1101)은 왕유가 그렸다는 鳳翔(봉상) 開元寺의 벽화를 보고 크게 감탄하였으며, 소식은 왕유를 평하여 '摩詰(王維)의 시를 음미하면 시 속에 그림이 있고, 마힐의 그림을 보면 그림 속에 시가 있다.(味摩詰之詩, 詩中有畵, 觀摩詰之畵, 畵中有詩.)' [6]라고 하였다. 일반적으로 왕유는 '南宗 山水畵의 開祖' 라고 일컬어지고 있다.[7]

---

4 《舊唐書 文苑傳》 王維傳 – …人有得〈奏樂圖〉, 不知其名, 維視之曰, "〈霓裳〉第三疊一拍也." 好事者集樂工按之, 一無差, 咸服其精思.

5 '… 宿世謬詞客, 前身應畵師. 不能捨餘習, 偶被世人知. …' 王維 〈題輞川圖〉 (본문 역주 참고).

6 〈東坡題跋 · 書摩詰藍田烟雨圖〉

7 중국 산수화의 北派(北宗畵)는 唐代 화가 李思訓(이사훈, 651 – 716. 李林甫의 큰아버지)에서 시작하여 宋代의 畫家 李唐, 馬遠, 夏圭 등이 계승 발전시켰다. 南派(南宗畵)는 王維를 濫觴(남상, 시작)으로 하여

사실 아무리 唐의 盛世이었다지만 왕유와 같은 全 方位의 예술가를 찾기는 쉽지 않다. 어쩌면 이렇듯 다양하고 걸출한 예술가적 기질이 있었기에 현실에서 출세나 경쟁에서는 부진할 수밖에 없었을 것이다. 진사과 합격 후(721년) 첫 관직에서 폄직을 당하여, 지금의 山東省 濟南市에서 6년이나 장안에 복귀를 기다렸으나 희망을 포기하고 관직을 사임할 수밖에 없었다.(727) 그리고 嵩山(숭산)과 終南山에 은거하다가 張九齡의 천거로 右拾遺(우습유)에 임용되었다.(개원 22년, 734)

이후 왕유는 두보와 같은 그런 심한 역경은 없었지만 그렇다고 순풍을 탄 관직생활은 결코 아니었다. 중년 이후 李林甫가 정권을 장악하고 있을 때 여러 가지 압제를 받았지만 그렇다고 벼슬을 버리지 않고 半官半隱의 생활을 계속하였다. 왕유는 安祿山의 난에 僞職(위직)을 받아 고초를 겪기도 했지만 숙종의 인정을 받았는데, 나중에 가장 높이 오른 직책은 尙書右丞이었으니, 곧 尙書(6部의 장관)의 보좌관이었다. 이 때문에 왕유는 후인들이 王右丞이라 호칭한다. 왕유는 權貴에 고개를 숙일 수 없다는 이백과 같은 광적인 傲氣(오기)[8]도 없었으며 陶淵明처럼 하찮은 녹봉 때문에 허리를 굽힐 수 없다며 관직을 사임하지도 않았다.[9] 그만큼 왕유에게는 연약한 일면이 있었다. 그렇

宋代 畫家 米芾(미불)에 이어져 水墨山水로 발전하였다. 왕유는 산수화뿐만 아니라 人物, 佛畵, 花竹의 그림에도 능했는데, 특히 산수화의 새로운 경지를 개척하여 '南宗畫之祖'로 추앙받고 있다. 明代의 화가 董其昌(동기창)은 중국 문인화의 시조로 왕유를 꼽았다.

8 '~. 安能摧眉折腰事權貴, 使我不得開心眼.' 李白, 〈夢遊天姥吟留別〉.

9 '我豈能爲五斗米折腰向鄕里小兒~' 〈宋書 隱逸傳〉.

다 하여 누구도 왕유가 그의 고결한 지조를 버렸다고 말할 사람은 이 세상에 없을 것이다.

왕유는 모친 崔氏의 영향으로 佛家에 귀의하였고 형제가 모두 부처를 받들며 항상 소찬을 들고 육식이 아닌 채식을 했으며 무늬 놓은 옷을 입지도 않았다. 왕유의 만년이 비교적 평온했지만 그렇다고 상심할 일이 없었겠는가? 그러나 왕유는 불문의 귀의하고 의지했기에 그런 상심을 삭일 수 있었다.[10]

왕유는 성당 시절의 대 시인으로서 자신의 고결한 지조를 끝까지 지켰기에 그 사후에도 명성을 누렸다. 그런 지조를 지킬 수 있었던 것은 그의 예술적 재능과 함께 산수에 은거하면서, 또 佛門에 귀의하여 온유한 성품을 기르며 금욕에 가까운 절제로 자연을 즐길 수 있었기에 가능했을 것이다.

4. 왕유 詩의 특색

왕유의 시는 그 형식에서 四言과 五言, 七言古詩와 近體詩(絕句, 律詩)는 물론 六言絕句까지 모든 형식을 다 망라하고 있다. 그만큼 왕유는 시인으로서 이백이나 두보에 뒤지지 않았으며, 李杜와 마찬가지로 詩題의 다양성과 개성 있는 표현으로 그의 다재다능한 詩才를 유감없이 발휘하였다. 왕유의 시에 대하여 '五古와 七古는 왕유를

---

10 '~. 一生幾許傷心事 不向空門何處銷.' 王維, 〈歎白髮〉. 본문 주석 참고.

명가로 꼽는다. 五律과 七律과 五絶은 왕유를 正宗으로 삼는다. 또 七絶은 왕유를 羽翼으로 여긴다.'는 평가가 있다.[11]

왕유의 오언절구도 매우 뛰어났으니 〈鹿柴〉의 '空山不見人', 〈竹里館〉의 '獨坐幽篁裏', 〈辛夷塢(신이오)〉의 '木末芙蓉花', 〈鳥鳴澗〉의 '人閑桂花落' 4句가 아주 妙句라고 인정받고 있으며, 왕유의 '家住孟津河'로 시작되는 〈雜詩〉 三首는 東晋과 南朝 宋의 民歌風에 가깝다는 평가를 받고 있다.

왕유의 七律로 많은 사람들이 특히 수작으로 평가받는 시는 〈酬郭給事〉의 '禁裏疎鐘官舍晩, 省中啼鳥吏人稀.' 聯과 〈輞川別業〉의 '不到東山向一年, 歸來才及種春田.'의 聯은 淡白自然의 표현이 우수하고, 〈積雨輞川莊作〉은 필세가 막힘이 없으며, 〈酌酒與裴迪〉은 一氣可成의 慷慨(강개)가 嚴整(엄정)하다는 평가를 받고 있다.

왕유의 七絶은 편수가 많지 않지만 모든 작품이 세인의 讚賞을 받고 있다. 〈渭城曲〉은 千古의 絶唱으로 당의 白居易나 북송의 蘇軾(소식) 등이 극찬하였다. 그리고 '惟有相思似春色, 江南江北送君歸.' 〈送沈子福歸江東〉은 시인의 情誼(정의)와 山水景觀을 하나로 절묘하게 융합하였다. 왕유의 〈少年行〉(四首)의 '相逢意氣爲君飮, 繫馬高樓垂柳邊.'은 성당의 기상을 가장 잘 표출하였으며, '柳條拂地不須折, 松樹披雲從更長.' 〈戲題輞川別業〉의 起承轉結의 4구가 모두 완벽한 대구로 짜여졌다.

---

11 高棅(고병, 1350 - 1423)은 閩中十才子의 한 사람. 《唐詩品彙》 저술. '五古七古以王維爲名家, 五律七律五絶以王維爲正宗, 七絶以王維爲羽翼.'

오언고시는 시인의 감정이나 정서를 확실하게 표현할 수 있다는 장점이 있어 오언율시만큼 아름다운 가작이 많다. 왕유의 〈終南別業〉, 〈渭川田家〉, 〈春中田園作〉은 많은 사람들이 五律 못지않은 명작이라고 인정하고 있다.

그리고 〈送綦毋潛落第還鄉〉의 '吾謀適不用, 勿謂知音稀'나 〈送張五歸山〉의 '當亦辭官去, 豈令心事違.' 같은 구절은 謝靈運(사령운)의 시구보다 더 청신하다는 평가를 받고 있으며, 〈贈裴十迪〉 같은 작품은 도연명의 시풍에 가깝다고 한다.

칠언고시는 高適, 岑參, 王維, 李頎(이기) 등이 함께 거명되지만 왕유의 七古는 李頎(이기)[12]에 미치지 못한다는 평가가 있다.

왕유의 四言詩에 〈酬諸公見過〉가 있는데, 이는 楚辭의 〈九歌〉를 본떴는데 우수한 詩才를 표출했지만 독창적 성과는 아니라는 평가가 있다.

후세 사람들은 왕유의 산수 전원시를 높이 평가하는데, 이는 왕유가 관직 초기에 겪은 오랜 폄직과 실의 속에 장기간 은거의 산물이라 할 수 있다. 물론 거기에는 타고난 문학적 소질 외에 그의 회화를 통해 사물을 보는 미적 감각과 음악적 재능, 그리고 禪心(선심)의 수행에 의해 높은 수준의 산수 전원시 창작이 가능했다고 볼 수 있다.

왕유 산수시의 일반적 특징은 靜寂(정적)이다. 시인은 자신과 자연산수를 정적 속에 완전히 하나로 융합하였다. 왕유의 시에는 盛唐의 시대풍조를 느낄 수 있고 적극적인 사명감이나 이상의 실현하고자

12 왕유는 李頎(이기), 綦毋潛(기무잠), 高適(고적), 錢起(전기), 丘爲(구위), 杜甫(두보) 등과 시인으로 교유하며 화답하였다.

하는 기상, 웅장한 산천의 기세를 묘사한 〈漢江臨泛〉 같은 산수시도 있다. 그러나 전체적으로 왕유의 산수시는 정적 속에 소극적인 인생관을 표출하고 있다.

王維의 은거생활이라면 輞川(망천)을 떠올린다. 망천의 경치 20경을 읊은《輞川集》의 첫 수는 〈孟城坳〉이다. 여기 〈맹성요〉는 〈輞川集〉의 서문이며 왕유 인생관의 요약이다.

〈孟城坳〉

新家孟城口, 古木餘衰柳.
來者復爲誰, 空悲昔人有.

〔〈맹성요〉 국역과 【詩意】는 五. 輞川閑居(망천한거)의 본문 참고.〕

왕유는 여기서 '萬物에 常主는 없다'는 자신의 인생관과 심경을 표출하였다. 이는 도연명의 '人生似幻化하니 終當歸空無(〈歸田園居〉 四首)'와 같은 주제이다.

'雨中山果落, 燈下草蟲鳴.' 〈秋夜獨坐〉

雨中에 산속 열매가 떨어지고,
등불에 풀섶 벌레가 슬피운다.

밤비에 산에서는 열매가 떨어지고 왕유의 방 창문 아래서는 풀벌레가 울고 있다. 참 조용하고 한가롭다. 시인은 밖의 세상이 어떻게 돌아가든 관심이 없다. 그냥 한 生이 늙어갈 것이다. 그리고는 언젠가는 죽을 것이다. 산수나 자연 속에 안주하다 보니 아주 소극적인 삶이거나 인생관으로 연결될 수밖에 없었을 것이다.

이 세상에 결점이 없는 사람은 없다. 본래 모든 일에 '無巧不成拙(巧가 없다면 拙도 없다).' 이라 했다. '荷花出水有高低(수면 위에 핀 연꽃도 고저가 다르다).' 라 하였으며, '見事看長短, 人面識高低.(일의 장단을 먼저 알아야 하고, 사람 인품의 높낮이를 알아야 한다.)' 고 하였다. 누구에게든 高低長短(고저장단)은 있는 것이니, 王維의 詩를 논한다면 低나 短이 왜 안 보이겠는가? 그러나 필자가 아직 연구의 깊이가 없어 '그의 短이 바로 이것이다' 라는 말을 아직 못하고 있다.

왕유는 약 1300년 전의 시인이다. 죽은 지 1250여 년이 지났지만 왕유의 생평을 돌아보고 그의 시를 읽는 것이 어찌 기쁘지 않겠는가?

※ 王維의 114편을 수록 해설하면서 왕유 초기의 시를 제외하고서는 분류 주제에 따랐으며, 시의 형식과 창작 시기 등을 정확히 구분하여 수록하지는 않았다.

二. 天才의 開花와 시련

題友人雲母障子(제우인운모장자)

君家雲母障, 時向野庭開.
自有山泉入, 非因采畫來.

友人의 雲母 병풍에 짓다

그대 집의 雲母 가리개,
갖다 뜰을 향해 세웠네.
경치 본디 거기에 있었으니,
그린 채색 그림이 아니었네.

| 註釋 | ㅇ 〈題友人雲母障子〉 – '友人의 雲母 병풍에 짓다.'

題는 글을 짓다. 이마. 첫머리. 雲母는 대리석의 일종으로, 광물 이름. 중국인들은 이 운모에서 구름이 생겨난다고 믿었다. 또 운모를 長服하면 몸이 가벼워져 神仙처럼 나를 수 있다고 생각했다. 障子는 가림막. 병풍. 子는 한 개씩 셀 수 있는 물건의 붙는 접미사. 예 : 帽子(모자), 椅子(의자).

○ 自有山泉入 – 自有는 저절로 그렇다. 山泉은 山水의 경치.

| 詩意 | 왕유는 15세에 家鄕을 떠나 장안에 이주하였다. 이 시는 왕유 15세의 작품으로 현존하는 왕유의 시 중 가장 빠른 것으로 알려졌다.

운모 병풍은 귀족의 실내 장식용품이다. 왕유의 재능으로 귀족 가문에 출입하며 쉽게 친교를 맺었을 것으로 추정할 수 있다.

글자도 쉬운 자를 사용했고, 또 어떤 典故도 없이 아주 자연스럽게 써 내렸다. 운모의 무늬 자체가 자연이라서 인공적으로 그리거나 만들지 않았다 하면서 뜰의 자연에 일치시켰다. 짧은 5언 절구이지만 깊은 뜻이 담겨있다.

시가 좋으냐, 나쁘냐는 시의 길이에 있지 않고, 천재 소년의 절묘한 표현은 나이의 다소와 상관이 없다. 왕유가 일찍부터 여러 王公의 인정을 받은 것은 결코 우연이나 외모 때문은 아니었을 것이다. 그리고 자연을 향유하려는 왕유의 미의식이 일찍부터 싹이 텄다는 사실도 알 수 있다.

息婦人(식부인)

莫以今時寵, 難忘舊日恩.
看花滿眼淚, 不共楚王言.

식부인

생각지 마오! 오늘 총애로,
예전 恩情을 잊을 거라고.
꽃을 보아도 눈물만 가득,
楚王과 말을 하지 않았다.

| 註釋 | ○ 〈息夫人〉 – '식부인.' 一作 〈息夫人怨〉, 〈息嬀怨(식규원)〉. 왕유 20세에 지었다는 原註가 있다.

息(식)은 제후국 이름이다. 戰國시대의 강국인 楚 文王은 息侯의 부인이 미인이라는 말을 듣고 息侯를 잡아 죽이고 그 부인을 강제로 데려갔다. 그 息夫人은 문왕의 총애를 받으면서 아들을 둘이나 낳았지만 초왕과는 한마디도 말을 나누지 않았다.

어느 날 초왕이 그 연유를 묻자, 식부인이 울면서 말했다. "吾一婦人, 而事二夫, 縱不能死, 其又奚言(나는 여인으로 二夫를 섬기며 죽지도 못했는데, 또 무슨 말을 하겠습니까?)" 《左傳》 莊公 14年 참고.

○ 莫以今時寵 – 莫은 금지사. ~하지 말라. 以는 以爲, 생각하다.

| 詩意 | 당 말기 僖宗(희종) 때, 孟棨(맹계)가 지은 《本事詩》란 책 〈情感〉편에 의하면, 玄宗의 형인 寧王(영왕, 李憲, 예종의 장남, 玄宗 李隆基는 예종의 三男.)은 무소불위의 권력과 향락을 즐기는 호색한이었다. 영왕은 이웃에 사는 떡장수의 아내가 미인이라는 말을 듣고 떡장수에게 상당한 재물을 주고 그 아내를 강제로 데려갔다.

1년이 지난 뒤 영왕은 떡장수 아내를 치장시킨 뒤 떡장수를 불러 서로 만나게 했다. 그 모습을 여러 사람이 지켜보게 하였으니, 이는 악취미이고 일종의 가혹행위라 할 수 있다. 그 자리에 20세의 젊은 왕유도 있었다.

영왕은 떡장수 아내에게 "아직도 전 남편이 그리운가?" 라고 물었다. 떡장수 아내는 아무 말 없이 서서 그냥 눈물만 흘렸다. 영왕은 이 장면을 본 문객들에게 시를 지어 달라고 부탁했다. 왕유는 곧 시를 지어 읊었다.

왕유는 초왕의 역사적 사실로 寧王을 깨우쳤으니, 젊은 날의 왕유는 권력자에게 바른말을 할 수 있는 기개가 있었다. 영왕은 떡장수의 아낙을 돌려보냈다.

唐代에는 시문학의 발달과 함께 시인들의 활동 또한 매우 활발하였다. 따라서 詩를 이해하기 위한 방편으로 시인들의 逸話(일화)를 기록한 저술이 나왔다. 당 말기 僖宗(희종) 光啓 2년(886)에, 孟棨(맹계)는 이런 일화를 수록한 《本事詩》를 저술하였다. 맹계의 자세한 생애는 알려지지 않았다.

中國語에서 '本事' 란 '재능이나 능력' 이라는 뜻과 함께 '詩나 詞, 희곡 등의 작품에 관계되는 사실' 을 지칭한다. 곧 문학으로서 '本事' 란 시인이 언제 어떤 사유로 그 작품을 지었는가에 관한 사실적인 기록이다. 이 本事의 대상은 詩나 詞 등 문학작품이며, 시나 시인을 이해하기 위한(以事明詩) 사실적 자료이다. 이는 어디까지나 시가 그 중심이고, 시를 이해하기 위한 雜記的(잡기적) 내용이 많지만 시와 시인의 정황을 이해하는데 큰 도움을 준다.

이후 本事는 하나의 文體로 인정받아, 문학의 한 영역으로 자리를 잡았으며 宋代에도 많은 저술들이 나왔다.

九月九日憶山東兄弟(구월구일억산동형제)

獨在異鄕爲異客，每逢佳節倍思親.
遙知兄弟登高處，徧揷茱萸少一人.

九月九日에 산동의 형제들을 그리다

홀로 타향에서 나그네로 지내면서,
매번 명절에는 친척 생각이 갑절이다.
멀리서도 알지니, 형제들 登高하여,
수유가지 모두 꽂고 한 사람 없음을!

| 註釋 | ○ 〈九月九日憶山東兄弟〉 - 〈九月九日에 山東의 兄弟들을 그리다〉.

9월 9일(上九日) 重陽節에, 登高의 풍습을 소재로 고향의 형제를 그리는 시이다. 이 시는 왕유 17세 때 장안에서 지은 시라고 알려졌다. 여기서 山東은 태산의 동쪽 지금의 山東반도가 아니다. 殽山(효산)과 그곳의 函谷關(함곡관) 以東을, 또는 西嶽인 華山(화산) 동쪽을 포괄하여 지칭하는 말이다. 王維의 祖籍은 山西의 祁縣(기현)이고, 아버지가 蒲州(포주)로 이사하였기에 정확히는 河東人이나 일반적으로 山東이라 하였다.

○ 徧揷茱萸少一人 - 徧은 두루 편. 揷은 꽂을 삽. 茱萸(수유)는 낙엽교목인 산수유. 少는 적다. 모자라다.

| 詩意 | 어떤 시인의 느낌이나 감정이 다른 사람의 마음속에 있는 생각과 일치하거나 공유한다면 읽는 사람의 마음은 시인에게 동화된다. 이 7언 절구의 평이한 口語的 표현은 진심을 담았기에 다른 사람에게 감동으로 전해진다.

왕유는 '遙知(멀리서도 알리라).' 라는 말로, 자신의 고향 그리는 마음과 산동 형제들도 자신을 생각할 것이라 하여 형제들을 하나의 끈으로 연결 지었다. 起承轉結이 확실하고 詩題가 뚜렷하며, 진솔한 감정을 꾸밈없이 피력하였기에 널리 알려진 시이다.

절구는 3, 4句가 전편의 關鍵(관건)이 된다. 시의 주제를 분명히 드러내주고 신선한 意境을 열어주거나 새로운 구상에 의한 설득이나 전환이 이루어지는 것이 모두 3, 4구의 운용에 달렸다.

이 시에서 왕유는 '고향 생각이 간절하며, 고향 생각에 마음이 아프다.' 고 말하지 않았다. 산동의 내 형제들도 '내가 이곳 장안에 있다는 것을 알고 있을 것이다.' 라고만 말했다.

이 구어적 표현으로 친족 형제들과 왕유의 마음을 하나로 분명하게 이어놓아 제목과 완전하게 일치시켰다. 동시에 산동 형제들이 즐기는 모습이 저절로 연상되게 만들어 詩意를 한층 풍부하게 하였기에 멋지고 좋은 시가 되었다.

絶句의 간단명료하고 세련된 구어적 표현은 때로 시에 생명을 넣어주고 감동을 부여하여 名品詩로 탄생케 한다.

少年行(소년행) 四首 (其一)

新豐美酒斗十千, 咸陽遊俠多少年.
相逢意氣爲君飮, 繫馬高樓垂柳邊.

젊은이의 노래 (1 / 4)

新豐의 美酒는 한 말에 만 냥인데,
咸陽의 노는 협객엔 소년이 많도다.
만나면 의기로 벗에게 술을 사며,
화려한 술집앞 버들에 말을 맨다.

| 註釋 | 〈少年行〉 – 〈젊은이의 노래〉.

왕유는 목숨보다 의리를 중히 여기며, 慷慨(강개)한 心地로 공명을 이루며 위국충절하는 소년 유협의 모습을 그려내었다.

이는 왕유 초기의 작품으로 알려졌다.

一首는 소년 유협의 호협을 묘사하였다. 재물을 경시하고 의리를 중히 여기는 의기가 충만하다. 우연히 만나 고급 누각에 올라 통음을 하며 즐기는 유협소년의 기개는 盛唐의 기질을 대변하는 것 같다.

○ 新豐美酒斗十千 – 新豐은 漢 高祖 유방이 고향 豊邑을 본떠 새로 만든 시가지. 술의 가격은 과장. 좋은 술이라는 뜻.

○ 咸陽遊俠多少年 – 咸陽은 秦나라의 수도 이름. 漢 高祖의 長陵, 惠帝의 安陵, 景帝의 昭陵, 武帝의 茂陵, 宣帝의 平陵 등 5

陵이 함양 근처에 있어 유협들이 자주 출행하였다.

| 詩意 | 이 시는 악부시의 雜曲歌辭이다. 신풍, 함양의 지명은 모두 唐 수도 長安의 근교였다.

遊俠(유협)은 의리를 중히 여기는 협객이지만, 여기서는 위세를 부리며 개인적인 친교를 맺고 있는 귀족 자제들을 지칭한다. 이들의 의기란 것이 나를 위해 한 자리를 마련해 준다면 나도 그렇게 해야 한다는 의리일 것이다.

少年行(소년행) 四首 (其二)

出身仕漢羽林郎，初隨驃騎戰漁陽.
孰知不向邊庭苦，縱死猶聞俠骨香.

젊은이의 노래 (2 / 4)

종군하여 漢의 우림군 낭관으로 입사했고,
처음으로 표기장군 따라 漁陽에 출전했다.
변방 고생이 이리 힘들 줄 어찌 알았겠나?
설령 죽어도 유협 기개를 후세에 전하리라.

| 註釋 | ㅇ 〈少年行 其二〉 – 유협의 出戰을 묘사. 漢代의 관직명 사용.

ㅇ 出身仕漢羽林郎 – 出身은 관리가 되다. 羽林郎은 황제 호위를 담당하는 우림군의 郎官. 勢家大族의 자제를 선발. 無定員.

ㅇ 初隨驃騎戰漁陽 – 驃騎는 漢의 표기장군 霍去病(곽거병). 漁陽은 幽州, 今 北京市 일원. 흉노와 접전지역이었다.

ㅇ 孰知不向邊庭苦 – 孰知(숙지)는 어찌 알았겠는가? 邊庭苦는 변방 군사의 고통. 孰은 누구 숙. 어찌.

ㅇ 縱死猶聞俠骨香 – 縱死(종사)는 설령 죽더라도. 聞은 알려지다. 평판.

| 詩意 | 출전하여 전사하여도 좋다는 기개를 묘사하였다. 羽林, 驃騎(표기)는 모두 漢代의 관직명. 漁陽은 漢代에 흉노와 접경 지역이었고 唐代에는 안록산의 군사 근거지였다.

少年行(소년행) 四首 (其三)

一身能擘兩雕弧, 虜騎千重只似無.
偏坐金鞍調白羽, 紛紛射殺五單于.

젊은이의 노래 (3 / 4)

온몸의 힘으로 능히 두 강궁을 당겼고,
적기가 수없이 에워싸도 두렵지 않았다.
金鞍에 걸터 앉아 흰 깃 화살을 고르고,
분분히 활을 쏘아 여러 적장을 사살했다.

| 註釋 | 〈少年行 其三〉 - 一首와 달리 전장에서 勇戰하여 큰 공을 세우는 내용을 묘사하였다.

- ○ 一身能擘兩雕弧 - 擘은 강궁을 당기다. 엄지손가락 벽. 강궁을 팔힘으로 또는 한 발로 밟고 활을 당기었다. 雕弧(조호)는 활 몸체에 그림을 그려 넣은 강궁.
- ○ 虜騎千重只似無 - 虜騎는 적의 기병. 虜는 적병. 이민족. 포로. 千重은 천 겹. 無는 無人之境.
- ○ 偏坐金鞍調白羽 - 金鞍(금안)은 좋은 안장. 調는 고르다. 조절하다.
- ○ 紛紛射殺五單于 - 紛紛은 이리저리 連射하다. 五單于(5선우)는 전한 宣帝 때 흉노의 내부 분열로 5선우가 세력을 다투었다. 선제 때 처음으로 흉노 선우가 입조하여 稱臣했다.

| 詩意 | 漢代의 역사적 사실로 唐代의 돌궐, 토번과의 분쟁에서 승리하고 큰 공을 세운다는 희망과 기원을 묘사하였다.

少年行(소년행) 四首 (其四)

漢家君臣歡宴終, 高議雲臺論戰功.
天子臨軒賜侯印, 將軍佩出明光宮.

젊은이의 노래 (4 / 4)

조정의 君臣이 환영하는 연회를 베풀었고,
운대의 높다란 전각에서 戰功을 의론했다.
천자가 임하여 제후 인수를 하사하니,
장군은 인수를 차고 明光宮을 나선다.

| 註釋 | ○ 高議雲臺論戰功 – 論戰功은 전공을 論功하다.

○ 天子臨軒賜侯印 – 臨軒은 전각의 난간까지 나와서. 侯印은 제후의 인수.

○ 將軍佩出明光宮 – 佩出은 패용하고 나오다. 明光宮은 漢 무제가 세운 궁궐명.

| 詩意 | 1首에서 4수까지 관리나 장군의 입신출세를 단계별로 묘사하였다. 첫 수는 유협의 호탕한 젊은 시절을, 2수는 전장에 처음 나가 고생을 겪었고, 3수는 격전을 치루며 대공을 세웠으며, 4수는 戰場에서 대공을 세우고 개선하여 논공행상 후 제후가 되어 揚名한다는 먼 장래의 이상과 포부를 묘사하였다.

이는 唐代 귀족들의 현세적 욕망과 이상을 차례대로 서술하였다. 이런 모든 과정을 겪고 人臣으로서는 최고의 영광을 누렸으며 長壽와 함께 후손의 번창까지 다 누렸던 사람은 먼 뒷날 郭子儀(곽자의)이었다.

郭子儀(곽자의, 697~781년)는 武科에 장원급제한 장수로 安史의 난을 평정하는데 공을 세웠다. 현종, 숙종, 대종, 덕종을 섬기면서 2차례 재상을 역임하였고 85세까지 長壽했는데, 그의 아들 8명과 7명의 사위가 모두 출세를 했기에 唐代에 가장 유복한 사람으로 알려졌다. 郭子儀는 자신이 천하의 안위를 책임지는 자리에 30년이나 있었다. 그의 공은 천하에 제일이었으나 황제도 의심하지 않았으며 지위가 신하 중 최고였으나 백성들은 그를 질시하지 않았다.

洛陽女兒行(낙양여아행)

洛陽女兒對門居, 纔可容顏十五餘.
良人玉勒乘驄馬, 侍女金盤鱠鯉魚.
畫閣朱樓盡相望, 紅桃綠柳垂簷向.
羅幃送上七香車, 寶扇迎歸九華帳.
狂夫富貴在青春, 意氣驕奢劇季倫.
自憐碧玉親教舞, 不惜珊瑚持與人.
春窗曙滅九微火, 九微片片飛花璅.
戲罷曾無理曲時, 妝成秖是薰香坐.
城中相識盡繁華, 日夜經過趙李家.
誰憐越女顏如玉, 貧賤江頭自浣紗.

낙양 여인의 노래

낙양 여인이 대문 건너 살고 있는데,
알맞게 고운 용모에 열다섯 남짓이다.
남편이 玉 재갈 물린 총마로 외출하면,
시녀는 金 쟁반에 잉어회를 올린다.
단청에 붉은 누각이 서로 맞보고 있는데,
붉은 桃花와 버들은 처마 밑에 우거졌다.
비단 휘장을 두른 七香車 타고 나갔다가,
보석 일산 아래 九華帳을 치고 돌아온다.

철없는 지아비는 부귀에 나이도 어려서,
교만한 기분에 사치는 石崇보다 더하다.
소첩을 좋아하여 춤 가르친다 돈을 쓰고,
산호도 아깝지 않다며 남에게 마구 준다.
봄날 새벽 창가에 九微燈을 끌 때면,
구미등 불꽃은 꽃 같은 보석이 된다.
잡담을 다하면 이것저것 생각도 하지 않고,
단장이 끝나면 할일 없어 좋은 향을 피운다.
성안에 아는 집은 모두 권문세가이니,
낮이나 밤이건 황실 친척을 방문한다.
누가 사랑하리? 玉같은 越 땅의 미녀가
가난해 강에서 비단을 빨래해야 하는데!

| 註釋 | ㅇ 〈洛陽女兒行〉 - 〈낙양 여인의 노래〉.

歌行體 樂府詩로 첫 구절을 그냥 제목으로 썼는데, 체계로는 新樂府辭에 속한다. 왕유 16세 또는 18세의 작품이라는 原註가 있다.

ㅇ 洛陽女兒對門居 - 洛陽은 唐나라의 제2都로 보통 東都라 불렸다. 낙양은 국방이라는 측면에서 보면 長安만 못하지만 다른 지리적 利點이나 경제적, 문화적 측면에서 결코 장안에 뒤지지 않았으며, 장안의 관청이 그대로 낙양에도 설치되어 황제가 낙양에 머물 때 정상적인 정사가 집행되었다.

젊은 바람둥이 남편이 있기에 女兒를 아가씨나 처녀라고 번역할 수 없다. 居는 '앉아있다' 로도 번역할 수 있다.

○ 纔可容顔十五餘 – 纔는 겨우 재. 才(cái). 겨우, 그럭저럭. 수량이나 능력이 조금 부족하다는 의미. 纔可는 적당하다. 알맞다(恰好). 딱. 알맞게. 容顔은 얼굴.

○ 良人玉勒乘驄馬 – 良人은 郎君. 玉勒(옥륵)은 옥을 장식한 말 재갈. 驄은 말 이름 총. 총마는 白毛와 黑毛가 뒤섞인 말. 이 구절을 부군이 洛陽 女兒를 親迎하는 장면으로 풀이할 수도 있다.

○ 侍女金盤鱠鯉魚 – 鱠는 회 회. 회를 뜨다. 鯉는 잉어 이(리). 이 구절을 결혼 納采(납채)할 때의 모습으로 풀이할 수도 있다.

○ 畫閣朱樓盡相望 – 畫閣(화각)은 단청을 올린 집. 朱樓는 붉은 칠을 한 누각. 귀족이나 부자의 집 건물. 盡相望는 모두 서로 보고 있다. 큰 건물이 연이어 있다는 뜻.

○ 紅桃綠柳垂簷向 – 垂는 드리다. 닿다. 簷은 처마 첨.

○ 羅幃送上七香車 – 젊은 부인의 외출 모습을 묘사한 구절. 幃는 휘장 위. 七香車는 香木으로 만든 수레.

○ 寶扇迎歸九華帳 – 寶扇(보선)은 자루에 보석이 박힌 日傘(일산). 九華帳은 수레의 화려한 비단 가리개. 여기까지를 화려한 혼례의 모습을 묘사했다고 볼 수도 있다.

○ 狂夫富貴在靑春 – 狂夫(광부)는 분별력이 없는 지아비.

○ 意氣驕奢劇季倫 – 驕奢(교사)는 교만하고 사치하다. 劇은 심할 극. 季倫(계륜)은 西晋 石崇(석숭, 249 – 300)의 字. 西晋의 官吏이면서 상인들의 금품을 갈취하는 도적질로 巨富가 되어 호화와 사치를 다하다가 권력자의 미움을 받아 처형되었다. 부자의 사치와 교만과 멸망을 이야기할 때에 꼭 등장하는 사람이다.

- 自憐碧玉親教舞 – 自憐은 스스로 사랑하다. 碧玉은 남조 梁 汝南王의 첩 이름. 그러나 바로 위에 石崇(석숭)이 등장하기에 여기서는 석숭의 애첩인 綠珠(녹주)로 해석해야 한다. 綠珠는 碧玉과 같은 뜻이다. 親教舞는 직접 춤을 가르치다. 애첩에게 춤을 배우라는 명목으로 거금을 던지는 바람둥이 지아비의 분별없는 행동.
- 不惜珊瑚持與人 – 不惜은 아까워하지 않다. 석숭과 王愷(왕개)는 서로 그 財富를 다투었다. 석숭이 왕개의 산호를 고의로 부수고 그보다 더 큰 산호로 배상했다는 고사를 말한다. 持與人은 갖다가 남(人)에게 주다.
- 春窗曙滅九微火 – 曙는 새벽 서. 九微火(구미화)는 燈(등) 이름.
- 九微片片飛花璅 – 璅는 옥돌 소. 옥 부딪는 소리 쇄. 花璅(화소)는 꽃 같은 불꽃.
- 戲罷曾無理曲時 – 戲는 탄식할 희. 농탕치다. 잡담하다. 理曲은 도리에 맞는지(理), 그른지(曲)에 대한 생각도 없다.
- 妝成祗是薰香坐 – 妝成(장성)은 단장이 끝나다. 祗는 공경할 지, 어조사 지. 마침.
- 城中相識盡繁華 – 繁은 많을 번. 번성하다.
- 日夜經過趙李家 – 趙李家는 漢 成帝의 황후 趙飛燕의 집안이나 婕好(첩여) 李平의 집. 皇親이나 貴族의 大家.
- 誰憐越女顏如玉 – 誰憐(수련)은 누가 좋아하리? 누가 사랑하겠는가? 越女顏如玉은 얼굴만 예쁜 越(월)의 미녀. 가난했던 시절의 西施(서시).
- 貧賤江頭自浣紗 – 江頭는 강가. 浣紗(완사)는 비단을 빨래하

다. 西施를 두고 하는 말. 아무리 얼굴이 예쁘더라도 타고난 신분이 낮거나 가난하면 별 볼일이 없다는 뜻.

| 詩意 | 이 시는 장안 귀족의 화려하고 浮華(부화)한 생활을 읊었다. 나이 열다섯 전후 결혼을 한 뒤 화려한 생활을 묘사하였고, 후반에는 옛날 부자와 미인의 생활을 묘사하여 때를 못 만나면 그냥 끝이라는 결론을 말하고 있다.

왕유는 조숙한 천재로 15세에 〈過始皇墓〉, 17세에 〈九月九日憶山東兄弟〉를 지었으며, 18세에 本〈洛陽女兒行〉을, 19세에 〈桃源行〉을 지었다고 한다. 이 시는 《全唐詩》 125卷에 실려 있으며, 《唐詩三百首》에도 수록되어 비교적 널리 알려졌다.

위 〈洛陽女兒行〉의 '意氣驕奢劇季倫' 에서 季倫(계륜)은 고대 중국 부자의 대명사처럼 통하는 石崇(석숭, 249 – 300)의 字이다. 본래 석숭이란 사람은 어려서부터 총명하고 용기와 책모도 있었다. 그의 부친 石苞(석포)는 여섯째 아들인 석숭이 자신보다 더 큰 부자가 될 것이라면서 자기 재산을 석숭에게는 하나도 불려주지 않았다. 석숭은 여러 관직을 거쳐 侍中(시중)의 자리에 올랐고 晋武帝(司馬炎)의 인정을 받았으나, 다음 惠帝가 즉위한 뒤에 형주자사로 지방에 전출된다. 석숭은 형주에 있으면서 형주 상인들의 돈을 뜯어 거대한 부를 형성했다. 그 뒤 관직생활에 풍파가 있었으나 賈(가)황후의 모친과 그 집안사람들에게 철저하게 아부하며 세력을 넓혔다.

석숭은 사치와 방종과 향락의 극치가 어떤 것인가를 보여 주었다. 석숭과 또 다른 부호 王愷(왕개)는 서로 사치 경쟁을 했었다. 석숭이 잔치를 할 때 시중을 드는 미녀들이 권하는 술을 손님이 다 마시지 않으면 시중을 든 미녀를 그 자리에서 죽여 버렸다.

석숭에게는 綠珠(녹주)라는 애첩이 있었다. 애첩인 녹주는 요염하고도 피리를 잘 불었고 미인으로 알려졌다. 西晋 八王의 亂(291 – 306)은 16년 동안 계속된 서진 왕족(司馬氏)들의 난이었다. 이 8왕의 난을 통해 권력을 잡은 司馬倫(사마륜)의 부하인 孫秀(손수)가 석숭에게 녹주를 요구했으나, 석숭은 애첩을 내 주지 않았다. 손수는 석숭이 모반하며 난을 일으키려 한다고 무고하였다.

석숭을 체포하려고 사람이 왔을 때, 석숭은 녹주와 함께 누각에서 술을 마시고 있었다. 사실을 알게 된 녹주는 "당신 눈앞에서 죽겠다."면서 높은 누각에서 뛰어내려 죽었다. 석숭을 체포한 관리가 "재물이 재앙인줄 알았으면 왜 진작부터 베풀지 않았느냐?" 하면서 그 자리에서 석숭을 죽였다.

중국인들이 부호의 몰락을 얘기할 때 꼭 등장하는 사람이 바로 석숭이다.

桃園行(도원행)

漁舟逐水愛山春，兩岸桃花夾去津.
坐看紅樹不知遠，行盡青溪不見人.
山口潛行始隈隩，山開曠望旋平陸.
遙看一處攢雲樹，近入千家散花竹.
樵客初傳漢姓名，居人未改秦衣服.
居人共住武陵源，還從物外起田園.
月明松下房櫳靜，日出雲中雞犬喧.
驚聞俗客爭來集，競引還家問都邑.
平明閭巷埽花開，薄暮漁樵乘水入.
初因避地去人間，及至成仙遂不還.
峽裏誰知有人事，世中遙望空雲山.
不疑靈境難聞見，塵心未盡思鄉縣.
出洞無論隔山水，辭家終擬長游衍.
自謂經過舊不迷，安知峰壑今來變.
當時只記入山深，青溪幾曲到雲林.
春來遍是桃花水，不辨仙源何處尋.

桃源의 노래

물따라 배타고 봄날의 山水를 즐기는데,

양쪽의 桃花는 떠나온 나루까지 피어있다.
배타고 꽃구경에 얼마를 왔는지 몰랐는데,
행인도 없는 냇가엔 사람도 보이지 않았다.
산길 입구 구부리고 지나 굽은길 다시 도니,
산이 열린 듯 훤히 트이며 평지가 나타났다.
멀리 뵈는 한 곳에 큰 나무가 줄지었는데,
가까이 가니 많은 집에 꽃과 대나무 널렸다.
나무꾼이 먼저 중국식 이름을 말해 주었으며,
사람들은 아직 秦나라 의복을 바꾸지 않았네.
사람들 함께 무릉원에 모여 살면서,
속세를 떠나 이곳에 농토를 일구었네.
달 밝은 소나무 아래 집들은 정갈하고,
해 뜨니 구름 속에서 닭과 개가 시끄럽네.
속인이 왔단 말에 놀라 서로 모여 들어,
다투어 집에 가자며 어디서 왔느냐 묻네.
새벽에 마을 안에 꽃을 쓸어 길을 열고,
해지자 어부와 나무꾼 물길 따라 돌아오네.
그전에 전란을 피해 속세를 떠나 와서는,
신선이 되어선 끝내 되돌아가지 않았네.
골안에 인간 세상 있으랴 누가 알리오?
속세서 멀리 보면 텅비인 구름 산일뿐!
선경을 의심 안 했으나 듣고 보질 못해,

세속의 마음 그냥 있어 고향이 그리웠다.
골짝을 나와 응당 냇물 따라 돌아와서,
가족을 떠나 길이 거기 노닐라 생각했다.
다녀온 길을 오래 헷갈리지 않겠다 했지만,
계곡을 다시 보니 바뀔 줄 어찌 생각했나?
그땐 다만 산속 깊이 들어갔다 생각했는데,
청계를 여러 번 돌아도 구름 쌓인 숲이었다.
봄이 됐으니 두루두루 계곡 물이 흐르고,
선경을 구분 못하나니 어디서 찾겠는가?

| 註釋 | ○ 〈桃源行〉 – '桃源의 노래'.

왕유가 도연명의 〈桃花源詩〉를 다시 고쳐 쓴 시로, 왕유가 열아홉 살에 지었다고 한다. 옛 명인의 詩意를 알고 그를 나름대로 고쳐 써보는 것도 의미 있는 배움의 한 방법일 것이다.

○ 漁舟逐水愛山春 – 逐水(축수)는 물을 따라 가다.

○ 兩岸桃花夾去津 – 夾은 낄 협. 去津은 배 떠나가는 나루. 古津으로 된 판본도 있다.

○ 坐看紅樹不知遠 – 紅樹는 桃花.

○ 行盡青溪不見人 – 行盡(행진)은 사람들이 다니지 않는. 行人이 끊어진 듯.

○ 山口潛行始隈隩 – 潛行(잠행)은 허리를 굽히고 걷다. 隈隩(외오)는 구불구불 가서 깊숙하다. 隈는 굽이 외. 구부러진 길. 隩는 굽이 오. 깊숙하니 멀다.

○ 山開曠望旋平陸 – 山開는 산길이 끝나고 앞이 트이다. 曠은 밝을 광. 曠望(광망)은 확 트이다. 旋은 돌 선. 되돌아오다. 갑자기. 平陸은 평평한 땅. 들판. 여기까지는 선경을 찾아온 과정을 묘사하였다.

○ 遙看一處攢雲樹 – 遙는 멀 요. 攢은 모일 찬. 雲樹(운수)는 구름에 닿을 듯 큰 나무.

○ 近入千家散花竹 – 近入은 가까이 가보다. 散花竹은 花樹와 竹林이 널려있다.

○ 樵客初傳漢姓名 – 樵客(초객)은 그곳에 사는 나무꾼. 初傳은 처음으로 말하다. 漢姓名은 중국식 성명. 말하자면 그들이 이민족이 아니고 같은 중국인이라는 뜻.

○ 居人未改秦衣服 – 秦衣服은 秦 시대의 의복.

○ 居人共住武陵源 – 武陵은 郡名. 今 湖南省 常德市. 源은 근원, 시내의 상류.

○ 還從物外起田園 – 物外는 世外. 세상을 떠나. 起田園(기전원)은 농토를 일구었다.

○ 月明松下房櫳靜 – 房櫳은 집. 櫳은 짐승을 가두는 우리 농. 창살이 있는 창문.

○ 日出雲中雞犬喧 – 喧은 시끄러울 훤. 닭이 울고 개가 짖다. 인간이 신선이 되어 승천할 때 그 집에 살던 닭이나 개도 같이 승천하니 선계에도 닭과 개가 산다고 했다.

○ 驚聞俗客爭來集 – 爭來集은 다투어 모여들다.

○ 競引還家問都邑 – 競引(경인)은 서로 먼저 오라고 하다. 問都邑은 사는 곳을 묻다, 또는 세속의 일을 묻다.

○ 平明閭巷埽花開 – 閭巷(여항)은 마을. 埽는 쓸 소. 掃와 同.

○ 薄暮漁樵乘水入 – 薄暮(박모)는 초저녁. 저녁 어스름. 漁樵는 고기를 잡거나 나무하러 갔던 사람들.

○ 初因避地去人間 – 避地(피지)는 戰亂을 피할 수 있는 땅.

○ 及至成仙遂不還 – 遂不還은 그래서 속세로 돌아가지 않았다. 여기까지는 仙境의 모습을 묘사하였다.

○ 峽裏誰知有人事 – 峽은 골짜기 협. 有人事는 인간 세계의 일이 있다. 인간이 살고 있다.

○ 世中遙望空雲山 – 遙望은 멀리서 보면.

○ 不疑靈境難聞見 – 靈境은 신선의 세계. 신선의 세계를 의심하지는 않았지만 아무도 실제로 보거나 듣지 못했다는 뜻. 여기서부터는 선경을 나와 속세로 돌아온 뒤의 이야기이다.

○ 塵心未盡思鄕縣 – 塵心未盡(진심미진)은 속세의 마음이 다 없어지기 않다. 鄕縣(향현)은 살던 마을.

○ 出洞無論隔山水 – 出洞은 선경을 나오다. 隔山水는 산과 물을 지나오다.

○ 辭家終擬長游衍 – 辭家는 집을 떠나다. 擬는 헤아릴 의. 본뜨다. 생각하다. 游衍(유연)은 마음껏 노닐다. 衍은 넘칠 연.

○ 自謂經過舊不迷 – 經過는 지나온 길, 자신이 다녀온 길. 舊는 오래도록. 迷는 헤맬 미.

○ 安知峰壑今來變 – 壑은 골짜기 학. 今來 요즈음에.

○ 當時只記入山深 – 只는 다만 지.

○ 青溪幾曲到雲林 – 青溪幾曲은 청계를 몇 번 돌아서.

○ 春來遍是桃花水 – 遍是는 두루두루 ~이다. 桃花水는 복숭아

꽃잎이 떠다니는 물. 봄의 시냇물. 春水.

○ 不辨仙源何處尋 – 仙源은 仙境.

| 詩意 | 陶淵明의 〈桃花源詩〉에는 詩 본문보다 더 멋진 서문이 있는데, 그 〈桃花源詩〉 서문에 등장하는 어부의 고향은 武陵이다.

그래서 '武陵桃源' 이라 했는데, 이 말은 경제적 가난과 정치적 탄압, 그리고 부패 관리의 횡포에 시달리는 중국 사람들에게 영원한 이상향으로 각인되었다.

왕유의 이 시를 보면 그가 젊은 시절부터 山水를 좋아했고 仙道의 영향을 받았음을 알 수 있다. 젊은 王維가 도연명의 〈桃花源詩〉를 읽고 느낀 생각은 도연명과 달랐다.

도연명이 생각한 이상향은 피난한 뒤에 다시 본래 고향으로 돌아가지 않았기에 세상과 단절되었고, 옛날 그대로 살아온 속세지만 세금이나 강제 동원이 없기에 누구나 행복한 세상이었다.

그러나 왕유는 피난을 간 그들이 신선이 되었다고 그렸다. 물론 俗塵(속진)을 털어낸다면 누구나 신선이 되겠지만 갑자기 신선이 되어 속세와 절연할 수 있다니?

아마 보통 사람이라면 그렇게 되기를 기대하기 어려울 것이다.

도연명의 도화원, 곧 세금이 없는 인간세계에서 살 가능성은 얼마든지 있으니 외부와 단절만 하면 된다. 그러기에 왕유가 그린 이상세계보다 도연명의 이상세계가 더 리얼하게 사람들에게 다가왔고, 그래서 더 많은 사람이 도연명의 도화원을 기억해 왔다.

이 시의 시작부터 6句까지는 선경을 찾는 과정이다. 그리고 멀리 보이는 선경에 대한 묘사는 7구부터 22구까지 이어진다.

23句부터는 세 번째 단락으로 선경을 떠나왔다가 다시 돌아가지 못하는 아쉬움에 대한 묘사이다.

李陵詠(이릉영)

漢家李將軍, 三代將門子.
結髮有奇策, 少年成壯士.
長驅塞上兒, 深入單于壘.
旌旗列相向, 簫鼓悲何已.
日暮沙漠陲, 戰聲煙塵裏.
將令驕虜滅, 豈獨名王侍.
旣失大軍援, 遂嬰穹廬恥.
少小蒙漢恩, 何堪坐思此.
深衷欲有報, 投軀未能死.
引領望子卿, 非君誰相理.

이릉을 노래하다

前漢의 장군 李陵(이릉)은,
三代에 걸친 장군 가문이었다.
어려서도 책략이 뛰어났으며,
젊은 시절 장사로 성장하였다.
변새의 건장한 병졸을 거느리고,
선우의 진영에 깊숙이 진격했다.
여러 깃발이 마주보며 휘날리고,
피리 불고 북을 쳐도 슬픔을 어찌 멈추랴?

해가 지는 끝없이 넓은 사막에서,
고함 치며 연기와 먼지가 뒤섞였다.
장군은 건방진 적을 섬멸하라 했지만,
흉노 족장을 어찌 잡을 수 있겠나?
이미 대군의 지원도 기대할 수 없어,
결국 천막에 갇히는 치욕을 당했다.
漢의 은혜를 어려서부터 입었으니,
어찌 이러한 치욕을 견딜 수 있으랴!
깊은 속마음 뒷날 보국하려 했기에,
몸을 던져서 그냥 죽을 수 없었다.
목을 느려 蘇武를 전송하며 말했으니,
"그대 아니면 누가 나를 변호하리오!"

| 註釋 | ○ 〈李陵詠〉 – 〈이릉을 노래하다〉.

李陵(이릉, 字 少卿)은 前漢에서 飛將軍으로 잘 알려졌으며, 흉노와 대소 70여 전투를 치룬 名將인 李廣(? – 前 119)의 손자이다.

○ 漢家李將軍 – 漢家는 漢朝. 李將軍은 李陵.

○ 三代將門子 – 三代는 祖父 李廣 – 先考 李當戶 – 유복자 李陵.

○ 結髮有奇策 – 結髮은 머리를 묶다. 成童이 되다. 15세 소년. 奇策은 韜略(도략).

○ 長驅塞上兒 – 長驅는 거느리고 출정하다. 塞上兒는 변방의 건아.

○ 深入單于壘 – 單于(선우)는 흉노의 왕. 흉노는 漢 高祖 때부터 漢을 괴롭혔다. 흉노의 인구는 漢 1, 2개 郡의 인구에 불과했지만, 한은 흉노에게 굴욕적 강화를 맺고 그들의 요구를 대부분 수용했어도 해마다 변경을 노략질 당했다. 前漢 宣帝 이전에 한의 황제와 흉노 선우는 대등한 관계였다. 壘는 보루 루. 성채.

○ 簫鼓悲何已 – 簫鼓(소고)는 피리와 북.

○ 日暮沙漠陲 – 沙漠陲는 사막의 끝. 陲(변방 수) 境界. 근처. 끝.

○ 戰聲煙塵裏 – 煙塵(연진)은 불타는 연기와 흙먼지.

○ 將令驕虜滅 – 驕虜는 교만한 적. 흉노. 滅은 殲滅(섬멸)하다.

○ 豈獨名王侍 – 어찌 그들을 굴복시킬 수 있겠는가? 불가능했다. 名王은 흉노 선우 아래의 왕. 左, 右賢王. 侍는 漢에 入侍하다.

○ 旣失大軍援 – 援은 원군. 도움. 이릉의 소부대는 흉노 직할지 깊이 진격하여 후방과 연계나 후원을 기대할 수도 없었다. 엄격히 말하면, 이릉의 패배는 지휘관의 공명심이 부른 상황 파악의 부재였고 실책이었다. 지휘관의 용기만으로 승패가 결정되지는 않는다.

○ 遂嬰穹廬恥 – 포로가 되는 치욕을 당했다는 뜻. 嬰은 어린아이 영. 둘러치다. 감싸 안다. 穹廬(궁려)는 흉노의 천막. 둥근 천막. 텐트. 恥는 치욕.

○ 何堪坐思此 – 何堪은 어찌! 어찌 이를 감당하랴. 坐는 부사로 까닭 없이 저절로, '심히(深也)' 라는 뜻으로도 쓰인다. 坐歎은 심히 탄식하다.

○ 深衷欲有報 – 深衷은 깊은 충성심. 衷은 속마음 충.

○ 引領望子卿 - 引領은 목을 빼다. 여기서는 간절히 소망하다. 子卿은 蘇武(소무)의 字. 이릉은 흉노 선우의 공주와 결혼하고 살면서 포로가 된 소무를 찾아가 만났으며 소무를 도와주기도 했다. 소무가 19년 만에 억류생활에서 풀려 漢에 귀국할 때 이릉은 울면서 소무를 전송했다.

○ 非君誰相理 - 理는 변호하다. 이는 이릉이 돌아가는 소무에게 한 말이라고 보면 詩意가 잘 통한다.

| 詩意 | 이릉은 李廣의 장남인 李當戶의 유복자로 태어나 武帝 天漢 2년(前 99)에 5천 보병을 거느리고 흉노 선우와 8일간 맞싸웠으나 원군도 없는 막다른 상황에서 衆寡不敵(중과부적)으로 결국 투항하였다. 그러나 이 때문에 일족은 멸문의 화를 당했다.

이릉의 투항은 흉노에 사신으로 갔다가 끝까지 굴복하지 않다고 돌아온 蘇武(소무)의 행적과 비교된다.

이릉의 투항을 변호한 司馬遷(사마천)은 이 때문에 宮刑의 치욕을 당했다. 《漢書》 54권, 〈李廣蘇建傳〉 참고.

이 시는 왕유가 19세 때 지었다는 주석이 있다.

이 시에서 왕유는 이릉의 漢室에 대한 변함없는 충성을 서술하고 이릉에 대한 동정을 표현하였다. 옛 영웅에 대한 詠史詩가 비록 현실감은 없다지만 젊은 날 왕유의 기백을 느낄 수 있다. 왕유가 이해한 李陵의 충성심은 뒷날 安史의 亂(安祿山과 史思明의 난, 755 - 763)에서 唐왕조의 회복과 융성을 갈구한 사상으로 연결된다고 할 수 있다.

夷門歌(이문가)

七雄雄雌猶未分，攻城殺將何紛紛.
秦兵益圍邯鄲急，魏王不救平原君.
公子爲嬴停駟馬，執轡愈恭意愈下.
亥爲屠肆鼓刀人，嬴乃夷門抱關者.
非但慷慨獻良謀，意氣兼將身命酬.
向風刎頸送公子，七十老翁何所求.

이문의 노래

戰國 七雄의 승부를 알 수 없을 때,
攻城 殺將이 어찌 그리 많았던가?
秦兵이 한단을 포위하고 맹공하는데,
魏王은 平原君을 도와주지 않았다.
侯嬴을 모시려 信陵君이 찾아와서는,
고삐를 잡고 더욱 공경하며 기다렸다.
朱亥는 고기집서 짐승을 잡았고,
후영은 여전히 夷門 문지기였었다.
후영은 강개한 마음으로 奇策을 말하고,
의기를 다해 목숨으로 보답하려 했었다.
北向하여 자살해 수급을 公子께 보냈으니,
칠십 노인이 무엇 때문에 그리했겠는가?

| 註釋 | ○ 〈夷門歌〉 – 夷門은 전국시대 魏國의 도읍 大梁(今 河南省 開封市)의 동쪽 성문 이름. 歌는 악부 시가체의 하나인 歌行. 曲에 맞춰 부르는 노래를 歌, 반주나 곡이 없이 그냥 부르는 노래는 謠(노래 요)이다. 시문 중에서 노래로 부를 수 있는 것이 歌이니 詩體의 한 가지이다.

○ 七雄雄雌猶未分 – 七雄은 전국시대 제후국의 강자 齊, 楚, 燕, 趙, 韓, 魏, 秦의 7개국. 雄雌는 자웅을 겨루다.

○ 攻城殺將何紛紛 – 紛紛은 어수선하게 많은 모양.

○ 秦兵益圍邯鄲急 – 邯鄲(한단)은 趙의 도읍. 今 河北省 남부의 邯鄲市. 急은 위급하다. 魏 安釐王(안리왕) 12년에, 秦은 趙의 도성을 포위 공격했다. 趙의 平原君이 魏에 파병을 요청했지만, 위 안리왕은 秦을 겁내어 군사를 내지 않았다. 평원군을 도와야 하는 信陵君은 다급했다. 후영은 신릉군에게 병부를 훔쳐 군사를 우선 동원하고, 朱亥(주해)와 함께 조 평원군을 도우라는 계책을 말해 주었다.

○ 魏王不救平原君 – 魏王은 安釐王(안리왕). 平原君은 趙 惠文王의 동생. 戰國 4公子 중 한 사람.

○ 公子爲嬴停駟馬 – 公子는 魏 信陵君(名, 无忌 무기). 嬴은 侯嬴(후영), 夷門의 문지기.

○ 執轡愈恭意愈下 – 執轡는 고삐를 잡다. 轡는 고삐 비. 후영이 신릉군 앞에 겸양하지 않는데도 신릉군은 더욱 공손하게 은자 후영을 모시었다. 신릉군은 長者로 자신을 낮춰 인재를 모신다는 마음을 바꾸지 않았다.

○ 亥爲屠肆鼓刀人 – 亥는 朱亥(주해, 人名). 도살업에 종사했다.

《史記 魏公子列傳》에 나온다. 屠肆(도사)는 정육점. 鼓刀人는 짐승을 잡는 사람. 白丁.

○ 嬴乃夷門抱關者 – 抱關者는 성문 관리인.

○ 非但慷慨獻良謀 – 非但은 ~할 뿐만 아니라. 不但과 同. 慷慨(강개)는 의기가 격앙되다. 아낌없이 주다. 良謀는 奇謀.

○ 意氣兼將身命酬 – 身命은 목숨. 酬는 보답하다.

○ 向風刎頸送公子 – 向風은 북쪽을 향하다. 刎頸(문경)은 자살하다. 刎은 목 벨 문. 후영은 위 공자 신릉군에게 병부를 훔쳐내 군사를 동원하여 평원군을 도우라는 계책을 말했고, 그 계책이 성공하자 자살하였다.

○ 七十老翁何所求 – 七十老翁은 侯嬴(후영) 자신.

| 詩意 | 唐나라에서도 漢代처럼 義俠의 풍조가 유행했었다.

젊은이라면 대의를 위하여, 또 知己에 보답하기 위해서라면 기꺼이 身命을 바칠 수 있어야 한다. 식객 3천을 거느리는 公子가 성문 문지기나 도살업을 하는 사람을 위하여 자신을 낮춰가며 아래 士人을 예우하였고, 또 士人은 자신을 알아주는 長者에게 의기나 목숨으로 보답했다는 史書를 읽고 왕유는 감동했을 것이다.

칠십 노인 후영이 재물이나 명예를 얻으려 자결하는 것이 아니며, 知己에 대한 보답이 진정한 의리라고 왕유는 생각했을 것이다.

宿鄭州(숙정주)

朝與周人辭，暮投鄭人宿.
他鄉絶儔侶，孤客親僮僕.
宛洛望不見，秋霖晦平陸.
田父草際歸，村童雨中牧.
主人東皐上，時稼遶茅屋.
蟲思機杼悲，雀喧禾黍熟.
明當渡京水，昨晚猶金谷.
此去欲何言，窮邊狥微祿.

鄭州에서 숙박하다

아침에 洛陽 사람과 이별하고,
저녁에 鄭州 근처에 투숙했다.
타향에 동행할 사람 아무도 없으니,
고단한 나그네 오직 하인과 친하다.
되돌아 보아도 낙양은 뵈지 않고,
늦가을 장마에 땅거미가 내린다.
농부는 풀밭길 사이로 돌아오고,
어린아이는 빗속에 소를 돌본다.
주인은 동쪽 산아래 좋은 땅이 있어,
철따라 지은 작물이 집에 가득하다.

귀뚜라미 베짜라고 소리 내어 울고,
참새들도 지저귀니 가을건이 철이다.
날이 새면 京水를 건너야 하는데,
어제는 부잣집에서 하루를 묵었다.
여길 지나며 무슨 말을 남기리오.
먼먼 타향을 박봉 따라 가야한다.

| 註釋 | ㅇ 〈宿鄭州〉 – 〈鄭州에서 숙박하다〉.

鄭州는, 今 河南省의 省都(省會)로 춘추시대 이후 大邑이었다.

ㅇ 朝與周人辭 – 周人은 洛陽 사람. 낙양은 東周의 도읍. 唐朝의 副都.

ㅇ 暮投鄭人宿 – 鄭人은 鄭州. 鄭은 춘추시대부터 존속한 국명. 鄭州 성내에 도착하지 못하고 주변 농촌에 투숙하였다.

ㅇ 他鄕絕儔侶 – 儔侶는 벗(友伴), 동행하는 사람. 儔는 짝 주. 侶는 짝 여(려). 벗하다.

ㅇ 孤客親僮僕 – 여행 중에 전적으로 僮僕(동복, 하인)의 도움을 받아야 하기에 하인과 가까웁다고 표현하였다. 이는 나그네의 회포가 어떤가를 아주 잘 그려낸 名句로 알려졌다.

ㅇ 宛洛望不見 – 宛洛은 宛邑과 洛陽, 河南省의 洛陽을 지칭. 이런 말을 同義復詞라고 한다.

ㅇ 秋霖晦平陸 – 3일 이상 계속되는 비를 霖(장마 림)이라 한다. 晦는 그믐 회. 어둡다.

ㅇ 田父草際歸 – 田父는 農夫. 草際는 풀밭.

ㅇ 主人東皐上 – 東皐는 동쪽에 있는 논. 皐는 약간 높은 곳의 水

田이라는 註가 있다.

○ 時稼遶茅屋 – 遶 두를 요. 둘러치다. 茅屋(모옥)은 초가.

○ 蟲思機杼悲 – 蟲은 귀뚜라미〔蟋蟀(실솔), 促織〕. '促織鳴 懶婦驚(귀두라미가 울면 게으른 여인은 깜짝 놀란다).' 라는 속담이 있다. 機杼(기저)는 베틀. 杼는 베를 짜는 도구인 북. 鼓(북 고)가 아니다.

○ 雀喧禾黍熟 – 禾黍(화서)는 벼와 기장. 일반적으로 농작물을 지칭. 熟은 익울 숙.

○ 明當渡京水 – 京水는 鄭州 외곽의 강. 明當~ 二句에서는 여행 중의 초조한 심사와 노정에 대한 불안을 느낄 수 있다.

○ 昨晩猶金谷 – 金谷은 洛陽 서북의 金谷園. 西晋의 부호 石崇(석숭)의 대 저택.

○ 此去欲何言 – 여길 지나며 무슨 말을 하랴. 세상사 하도 일이 많으니 무슨 말을 하랴? 폄직되어 가는 시인의 울적한 심사를 드러내었다.

○ 窮邊徇微祿 – 窮邊은 궁벽한 城邑. 徇은 求하다. 營求. 경영하다. 微祿(미록)은 薄俸(박봉).

| 詩意 | 이 시는 玄宗 開元(713 – 741) 9년(721)에, 왕유가 濟州司馬參軍으로 폄직되어 임지로 가던 중 鄭州 근교에서 지은 시로 알려졌다. 투숙한 농가에서 본 것과 여행의 감회 속에 폄직되어 떠나 가야 하는 마음고생이 잘 그려져 있다.

他鄕~의 2구에는 여행길의 감회를 서술하였고, 田父~의 구절은 전원 풍경을, 蟲思~는 농촌 추수철을 묘사하였으며, 明當~은 초행의 먼 길에 대한 나그네의 불안감이 잘 그려져 있다.

初出濟州別城中故人(초출제주별성중고인)

微官易得罪，謫去濟川陰.
執政方持法，明君照此心.
閭閻河潤上，井邑海雲深.
縱有歸來日，各愁年鬢侵.

濟州로 전출되면서 성안의 지인과 작별하다

미천한 자리는 죄에 쉽게 걸리나니,
濟水의 남쪽에 폄직 당해 떠나간다.
上官은 언제나 법에 의거 다스리나,
明君은 下官을 내칠 뜻이 없으셨다.
마을은 큰 강가에 자리했지만,
성안엔 바다안개가 자주 낀다.
만약에 이 몸 다시 돌아갈 날이면,
한 많은 세월 귀밑머리 희었으리라.

| 註釋 | ㅇ〈初出濟州別城中故人〉 - 〈濟州로 전출되면서 성안의 지인과 작별하다〉. 一作〈被出濟州〉.

왕유는 開元 9년(721)에, 진사에 급제하고 궁정음악을 담당하는 太樂署의 부책임자인 太樂丞(태악승)에 임명되었다. 얼마 뒤에 伶人(영인)에게 天子만이 즐길 수 있는 黃獅子 춤을 추게 했다는 죄에 걸려 濟州의 司倉參軍(재물, 곡식창고 관리 담당)으로 폄직되었다. 당시 濟州(제주, 今 山東省 聊城市와 泰安市 일부를 관할)의 치소는 盧縣〔今 山東省 서부 聊城市(요성시) 관할의 茌平縣(치평현)〕이었는데, 天寶 13년(754)에 황하의 물길이 바뀌면서 함몰되어 사라졌다.

- 謫去濟川陰 – 濟川은 濟水. 河南省 王屋山에서 발원하여 山東省을 거쳐 황하와 나란히 바다로 빠졌는데, 뒷날 그 하류가 황하에 합류되어 濟水란 명칭은 없어졌다고 한다. 陰은 강물의 남쪽.
- 執政方持法 – 당시 집정 재상은 張說(장열). 持法은 법대로 집행하다. 그때 왕유의 상관인 太樂令 劉貺(유황)의 부친 劉知幾(유지기, 《史通》의 저자)와 張說은 사이가 안 좋았다고 한다. 왕유와 유황은 함께 폄직되었다.
- 閭閻河潤上 – 閭閻(여염)은 마을. 고대에는 25家를 閭(마을 문 여)라 하고, 마을의 샛길을 閻(마을 길 염)이라 하였다. 河潤은 강물에 의해 비옥해진 땅.
- 井邑海雲深 – 井邑은 城邑. 井田制에 의한 마을 9개가 1邑. 海雲深은 바다안개가 짙다.
- 縱有歸來日 – 縱은 설령 ~한다면.
- 多愁年鬢侵 – 鬢侵은 구레나룻이 세다. 鬢은 살쩍 빈. 귀밑머리. 侵은 희게 되다(染白).

| 詩意 | 하급관리는 조그만 잘못에도 법에 의거 처리된다. 첫 구절 '微官易得罪'에는 言外의 뜻이 깊다. '執政方持法'의 句는 집정자에게 미움을 받으면 내쫓기는 현실을 말한 것이니, 여기에는

왕유의 원망과 울분이 짙게 깔려있다.

이 구절은 가히 '怨而不怒' 의 설법이다. 그리고 '明君無此心' 이라 하여 玄宗은 자신의 폄직과 관련이 없다 하였지만 실제는 託諷〔탁풍, 諷刺(풍자)〕이라 할 수 있다.

'閭閻河潤上 井邑海雲深' 은 제주의 低濕(저습)한 지대를 설명하였고 '縱有歸來日 多愁年鬢侵' 을 통해 돌아갈 기약도 없는 암울한 처지를 개탄하였다.

喜祖三至留宿(희조삼지유숙)

門前洛陽客，下馬拂征衣.
不枉故人駕，平生多掩扉.
行人返深巷，積雪帶餘暉.
早歲同袍者，高車何處歸.

祖三이 와서 留宿하여 기쁘다

낙양서 오신 손님이 문 앞에 와서,
말에서 내려 겉옷의 먼지를 털었다.
벗님의 수레 여기에 오지 않았다면,
평생에 사립 열어놓을 일 없었으리.
길가던 사람 마을 안으로 찾아들고,
쌓인 눈은 저녁노을을 받고 있다.
어릴 적부터 옷을 함께 입은 사이니,
이제 귀하신 벗님 이디 가실 것인가?

| 註釋 | ㅇ 〈喜祖三至留宿〉 - '祖三이 와서 留宿하니 기쁘다.'

祖三은 조씨 형제 중 셋째인 祖詠(조영, 祖咏으로도 표기, 699-746?). 조영은 洛陽 출신으로, 開元 12년(724) 진사과에 합격하고서 잠시 관직에 있다가 汝墳(여분, 今 河南省 洛陽市 관할의 汝陽縣)에서 평범하게 생을 마쳤다. 조영은 왕유, 儲光羲(저광희), 邱爲(구위) 등과 교유했는데, 특히 조영은 왕유와 우정이 깊어 酬唱(수창)

한 작품이 많은데 주로 자연 경물을 읊거나 은일의 생활을 묘사하였다. 五絶인 〈終南望餘雪〉과 七律인 〈望薊門〉이 대표작이고 明代에 편찬된《祖詠集》이 있다.

- ㅇ 下馬拂征衣 – 拂은 먼지를 털다. 征衣(정의)는 여행 중에 입는 간편복.
- ㅇ 不枉故人駕 – 不枉은 오시지 않는다면. 枉은 존귀함을 굽혀 낮추다. 일종의 겸사이다. 枉駕는 枉臨, 枉屈과 同. 屈尊見訪의 뜻.
- ㅇ 平生多掩扉 – 多는 다만. 부사로 쓰였다. 掩扉는 사립문을 닫다. 사립문을 열어 놓을 일도 없을 것이다. 약간 과장의 뜻. 掩은 가릴 엄. 닫다. 扉는 문짝 비. 사립문.
- ㅇ 積雪帶餘輝 – 積雪이 餘輝(여휘, 夕陽)를 받고 있다.
- ㅇ 早歲同袍者 – 同袍는 옷을 같이 나눠 입을 수 있는 벗. 전우. 형제와 같은 벗.
- ㅇ 高車何處歸 – 高車는 덮개가 높은 수레. 여기에는 벗의 전도양양한 관운을 기원하면서 자신의 폄직에 대한 답답하고 울적한 심경이 담겨있다.

| 詩意 | 이 시는 개원 13년 겨울, 왕유의 임지인 제주에서 지은 시이다. 왕유의 오랜 벗인 祖詠은 급제하여 江東 임지로 부임하면서 濟州에 들려 하룻밤을 같이 지냈다.

제주에서 울적한 생활을 하던 차에 낙양에서 사귄 옛 벗의 방문은 큰 기쁨이었다. 왕유에게 조영은 옷을 나눠 같이 입을 수 있는 형제 같은 사이였기에 조영의 방문과 유숙은 큰 기쁨이었으나 다음 날 헤어져야만 했다. 왕유의 이 시를 받고 조영도 〈答王維留宿〉의 시로 화답했다. 조영은 거기서 왕유를 '4년이나 만나지 못했다고 술회하면서 만나 손을 잡고 이야기도 다 하지 못했는데 다시 헤어져야 한다.(四年不相見, 相見復何爲, 幄手言未畢, 却令相別離.)' 고 아쉬움을 토론했다.

送別(송별)

送君南浦涙如絲，君向東周使我悲.
爲報故人憔悴盡，如今不似洛陽時.

송별

그대를 남포서 보내니 눈물만 줄줄 흐르고,
그대는 낙양에 가지만 나는 슬프기만 하다.
벗들께 알려주오. 이미 늙어 버린 나도,
지금은 낙양에 있을 때와 같지 않다고.

| 註釋 | ○ 〈送別〉 – 왕유는 祖詠을 전송하며 아쉬운 이별의 정이 남아 다시 7언 절구를 지어 아쉬움을 토로하였다.

○ 送君南浦涙如絲 – 南浦는 남쪽 나루터. 앞서 조영을 만났을 때 헤어지면서도 눈물이 줄줄 흐른다는 말은 안했다. 그러나 보내고 나니 눈물이 줄줄 흐를 수밖에 없다.

○ 爲報故人憔悴盡 – 故人은 友人 祖詠. 憔悴盡(초췌진)은 시인이 많이 초췌해졌다는 뜻.

| 詩意 | 나이를 먹을수록 또 고향을 떠나온 지가 오랠수록, 아니면 신변의 일이 뜻과 같지 않을 때 고향이 그립고 또 신세가 처량하다는 생각을 한다. 그런데 반갑게 만났다 다시 헤어져야 하니, 어찌 눈물을 흘리지 않겠는가? 보내는 사람의 슬픔을 아무런 가감도 없이 자연스레 썼기에 그 이별을 내가 겪는 것 같다.

寒食汜上作(한식사상작)

廣武城邊逢暮春, 汶陽歸客淚沾巾.
落花寂寂啼山鳥, 楊柳青青渡水人.

한식날 汜水(사수)에서 짓다

廣武城 근처 도착하니 때는 늦봄인데,
汶陽을 떠난 나그네 눈물로 수건 적신다.
낙화는 쓸쓸히 지고 산새들 지저귀며,
버들은 푸른데 汜水를 건너는 나그네!

| 註釋 | ○ 〈寒食汜上作〉 - 〈한식날 汜水(사수)에서 짓다〉 제목이 〈途中口號〉, 〈寒食汜水山中〉으로 된 책도 있다. 汜水(사수)는 今 河南省 鄭州市 관할의 滎陽市에 있는 廣武山 서쪽을 흐르는 강.

○ 廣武城邊逢暮春 - 廣武城은 楚(項羽)와 漢(高祖)의 격전지. 今 河南省 滎陽市 소재. 동서 양쪽에 성이 있다. 暮春(모춘)은 늦봄. 보통 음력 3월.

○ 汶陽歸客淚沾巾 - 汶陽(문양)은, 今 山東省 泰安市 서남쪽. 왕유가 폄직되어 근무하던 濟州을 지칭. 淚沾巾(누첨건)은 눈물이 수건을 적시다.

○ 落花寂寂啼山鳥 - 寂寂은 쓸쓸한 모양, 적막한 모양. 적적은 나그네의 心事. 산새울음은 봄의 소리이다. 소리 없는 落花와 새 울음소리는 서로 對가 된다.

○ 楊柳靑靑渡水人 - 버들은 움직임이 없고 나그네는 강을 건너간다. 靜과 動을 한 구에 다 그려내었다. 楊柳가 靑靑한 것은 봄이 한창이라는 뜻. 곧 제목의 한식의 절기를 보충 설명하고 있다. 슬프다는 뜻이 없어도 그런 상황을 나그네가 겪는다면 슬플 것이다. 渡水人는 汜水를 건너는 王維 자신.

| 詩意 | 왕유는 개원 9년(721), 제주에 폄직되어 5년을 근무하였으나 장안에 돌아올 희망이 없었다. 개원 14년(726), 관직을 사임하고 장안으로 돌아가던 중 사수에서 한식을 만나 이 시를 지었다. 1구와 3구가 짝이 되어 봄날의 정경을 서술하고, 2구와 4구는 나그네의 心思와 모습을 묘사하였다.

送綦毋潛落第還鄕(송기무잠낙제환향)

聖代無隱者，英靈盡來歸.
遂令東山客，不得顧采薇.
旣至君門遠，孰云吾道非.
江淮度寒食，京洛縫春衣.
置酒臨長道，同心與我違.
行當浮桂櫂，未幾拂荊扉.
遠樹帶行客，孤城當落暉.
吾謀適不用，勿謂知音稀.

낙방하여 환향하는 기무잠을 보내며

聖代에 숨어 은거한 사람 없고,
英材는 모두 조정에 모여들었소.
東山客 같이 賢人인 그대가,
고사리 뜯게 할 수는 없다오.
이번 실패로 벼슬서 멀어졌다지만,
누가 우리의 도가 틀렸다 하리오?
長江과 淮水를 한식 무렵에 건넜고,
長安의 洛水서 다시 봄옷을 지었네.
떠나면 길가는 큰 거리 술자리서,
마음이 같았던 옛 벗과 이별하네.

먼길에 응당 배를 저어 가리니,
머잖아 사립 밀고 들어 가겠네.
길따라 나무와 벗하며 가는 나그네,
고적한 여기엔 저녁 햇살이 비칠 뿐.
大志를 비록 이루지 못했지만,
知己도 없다 말하지 않겠지요.

| 註釋 | ○ 〈送綦毋潛落第還鄕〉 - 〈낙제하고 환향하는 綦毋潛(기무잠)을 보내며〉.

進士科에 낙제하고 고향으로 돌아가는 친구 기무잠을 송별하며 쓴 시다. 기무잠(692 - 749?, 字 孝通)은 형남(荊南, 今 湖北省 荊州市 江陵縣) 사람으로, 기무는 복성, 잠이 이름. 開元 14년(726)에 진사에 올랐다. 나중에 右拾遺와 著作郞을 역임하였다. 그러다가 천보 원년(742)에 관직을 버리고 강동으로 돌아갔다. 그때 왕유는 〈送綦毋校書棄官還江東〉이라는 시를 지어 전송했다.

기무잠은 王維, 李頎(이기), 儲光羲(저광희), 韋應物(위응물) 등과 교유하였는데, 불교를 좋아했고 산수 전원시를 즐겨 지었다. 이 시는 기무잠이 급제하기 전, 왕유가 濟州에서 돌아와 장안에 있을 무렵의 시이다. 왕유가 濟州로 폄직되기 전에 지은 시라는 주장도 있다.

○ 聖代無隱者 - 聖代는 聖王의 治世. 聖明한 帝王이 학문과 덕행이 높은 인재를 잘 등용하기에 세상을 등진 隱者가 없다는 뜻. 《論語 泰伯》에 '子曰, 篤信好學, 守死善道. ~天下有道則見, 無

道則隱. ~'라 하여 孔子도 治世에 隱居는 바람직하지 않다는 견해를 표명했다. 당 현종 전반기의 선정을 '開元의 治'라 하지만, 그래도 수많은 인재가 등용되지 못했기에 金門遠이라 하였다.

○ 英靈盡來歸 – 英靈은 英才. 靈은 영특한 사람. 來歸는 제자리에 돌아오다. 聖天子에게 귀의하고 국가를 위해 헌신하다.

○ 遂令東山客 – 遂는 이를 수. 결국, 끝내. 東山客은 隱者. 東晋의 謝安(320 – 385. 字 安石)은 東山〔浙江省 會稽(회계)〕에 은거하다가 東晋 穆帝(목제) 升平 4年(360)에 桓溫(환온)의 司馬로 출사하였는데(東山再起), 나중에는 동진의 국정을 책임졌었다. 여기서는 謝安 같이 영특한 그대의 뜻.

○ 不得顧採薇 – 不得은 ~하게 해서는 안 된다. 顧는 돌아볼 고. 薇는 고비 미. 고사리. 採薇(채미)는 고사리를 꺾어 먹는 은자의 생활. 伯夷(백이)와 叔齊(숙제).

○ 旣至君門遠 – 漢代의 궁궐 金馬門. 궁문 곁에 銅馬가 있었기에 대궐이나 궁전을 金門이라고 불렀다. 벼슬을 받을 사람들은 金門 앞에 모여 함께 입궐하여 황제를 알현했다. 遠은 멀리 있다. 곧 과거에 실패했다. '君門遠(황제가 있는 곳에서 멀다)'로 된 판본도 있다.

○ 孰云吾道非 – 孰은 누구 숙. 의문대명사. 吾道非는 우리의 도가 잘못되었다. 孰云吾道非를 '그대의 뜻한 바가 어긋나고 과거에 낙방하리라고 누가 생각했을까?'로 풀이할 수도 있다. 그러나 여기서는 '그대가 멀리 대궐에 와서 과거를 본 일을 잘못이라고 말할 사람이 누가 있겠느냐?'를 택한다.

- 江淮度寒食 – 淮는 강 이름 회. 江淮는 長江(揚子江)과 淮水. 度寒食(도한식)은 과거를 보기 위하여 두 강을 건너올 때가 寒食 무렵이었다. 度는 渡(건널 도). 寒食은 冬至 다음 105일째, 대개 淸明節 2, 3일 전이다.
- 京洛縫春衣 – 京은 長安, 洛은 洛水 일대. 京洛을 東京인 洛陽으로 풀기도 하지만 채택하지 않는다. 황하의 가장 큰 지류가 渭水(위수, 渭河)이고, 長安(現, 西安市)은 바로 위수 남쪽에 자리하고 있다. 장안에서 위수를 따라 동으로 내려가면 渭南이 있고 거기서 약간 동쪽 더 가면 洛水(洛河)가 합류한다. 말하자면 洛水는 渭水의 지류이다. 낙수를 합류한 위수는 더 흘러 潼關에서 황하 본류에 합쳐진다. 이 시에서 京洛은 長安 지역을 의미한다. 洛陽 근처에서 黃河에 합류하는 洛河는 渭水의 지류인 洛水와 다른 별개의 강이다. 縫은 꿰맬 봉. 지금 京洛에서 봄옷을 짓는다는 것은 1년이 지났다는 의미이다.
- 同心與我違 –《易經 繫辭(계사) 上》에 二人同心 其利斷金(二人이 同心이면 그 날카롭기가 쇠도 끊는다)라는 말이 있다.
- 行當浮桂棹 – 浮는 뜰 부. 桂棹(계도)는 배의 美稱(미칭). 棹는 노 도. 배의 상앗대. 櫂(도)와 同.
- 未幾拂荊扉 – 未幾는 얼마 안 되어, 곧. 荊扉는 柴扉(시비, 사립문)와 同. 拂은 먼지를 털고 밀고 들어간다는 뜻.
- 遠樹帶行客 – 遠樹는 가는 곳의 나무들. 가는 길에 나무들이 있을 것이고 그런 나무들과 동행할 것이라는 詩的 표현. 帶는 띠 대. 帶同하다. 같이 가다.
- 孤城當落暉 – 暉는 빛날 휘. 落暉(낙휘)는 落日의 餘暉(여휘), 석

양의 햇살.

○ 吾謀適不用 – 吾謀는 우리들의 뜻. 급제를 바라는 기무잠과 왕유의 소원.

○ 勿謂知音稀 – 勿謂는 말하지 말라. 勿은 금지사. 知音은 知己와 同.

| 詩意 | 이 詩題는 《全唐詩》 125卷에 실려 있고, 《唐詩三百首》에도 실려 있어 매우 널리 알려진 시인데 《王右丞集》에는 제목을 〈送別〉이라고 했다.

실제로 기무잠은 개원 14년(726)에 과거에 합격했다. 그러므로 이 시는 그전에 쓴 것이다. 낙방해도 실망하거나 원망하지 말라고 달래며, 동시에 이별을 아쉬워한 시다.

1, 2聯에서는 기무잠이 과거에 응시한 것을 긍정적으로 찬동했다.

3聯은 해석상 이견이 있을 수 있다. 즉 '멀리 대궐에 와서 응시한 것을 누가 잘못이라고 말하랴?' 라고 풀이할 수도 있고, 한편 '이미 금문, 즉 높은 벼슬에 이르는 길이 벌어졌으며, 그렇게 어긋나리라고 누가 생각했으랴?' 로도 풀이할 수도 있다.

4聯은 '결국 떠나야 할 그를 위해', 5聯에서는 '송별연을 베풀었다' 고 읊었다. 그리고 6연에서는 '배를 타고 돌아갈 기무잠의 모습' 을 상상했다. 7, 8聯은 헤어질 때의 섭섭함과 서로의 우정을 굳게 믿자는 당부의 말이다. 특히 7聯의 '遠樹帶行客' 과 '孤城當落暉' 는 對句로 이별의 쓸쓸한 정취를 돕고 있다.

三. 超脫(초탈)과 佛心

이백을 詩仙(시선), 두보를 詩聖이라 하듯, 왕유의 별호 詩佛을 누구나 다 인정하고 있다. 왕유는 앞에서 언급했듯이 그 형제들까지 모친의 영향을 받아 불교에 심취하였고 불심이 돈독하였으며, 사찰을 방문하고 많은 禪師(선사)와 교류하였으며, 退朝(퇴조)해서는 향을 피우며 홀로 앉아 禪頌(선송)을 했다니, 그의 일상은 禪僧(선승)처럼 검소하였다.

왕유의 이름인 維와, 字인 摩詰(마힐)을 합하면 在家 佛弟子인 維摩詰(유마힐)이 된다. 유마힐은 淨名(정명)이란 뜻인데, 維摩詰經(維摩經)은 왕유가 가장 좋아하며 즐겨 읽었고 詩作 중에 자주 인용하였다.

왕유는 禪宗(선종)의 禪師들과 교류를 통해 불교 이론을 터득하고 실천하였다. 大乘佛教(대승불교)의 일파인 선종은 大乘佛性論, 곧 중생은 모두 佛性을 갖고 있기에 누구나 성불할 수 있다는 이론이다.

《유마경》에서는 在家 수행을 강조하는데, 왕유는 세간의 고통을 피하지 않으면서도 涅槃樂(열반락)만을 추구하지 않는 경계에 이르렀다. 왕유가 중년 이후에 관직에 머물면서도 망천에 은거생활을 하는 半官半隱(반관반은)의 생활을 할 수 있었던 것은 이러한 불교 수행, 즉 居士禪을 생활화했기에 가능했을 것이다.

왕유의 시에 나타나는 空과 寂(적), 習靜(습정), 安閒(안한), 觀照(관조)의 경지 또한 생활 모습의 자연스러운 발로라고 할 수 있다. 왕유가 묘사한 산수시에는 왕유의 澄心(징심, 澄은 맑을 징)과 觀照(관조)의 심미의식이 잘 나타나 있으며 때로는 그가 忘我(망아)의 단계에 도달했다고 느낄 수 있다.

왕유의 〈輞川集(망천집)〉에 묘사된 모든 구절이 禪의 경지가 아닌 것이 없으며 불심과 연결되었다. 〈鹿柴(녹채)〉의 '但聞人語響' 이나, 〈辛夷塢(신이오)〉의 '澗戶寂無人', 그리고 〈鳥鳴澗〉의 '夜靜春山空'의 구구절절이 모두 空과 寂인데, 왕유는 이런 자연의 空寂과 閒靜(한정)에 자신을 몰입시켰다.

왕유의 入禪은 面壁修行(면벽수행)하는 선승의 禪境이 아니라 일상생활에서 누구와도 어울리며 살아가는 생활 속의 禪이었다.

書事(서사)

輕陰閣小雨, 深院晝慵開.
坐看蒼苔色, 欲上人衣來.

보이는 대로 쓰다

가랑비 그치고 옅은 구름 낀 날,
외딴집 사립문 아직도 닫혀있다.
한가히 푸른 이끼 보고 있으니,
내옷에 물들어 올라 오려 한다.

| 註釋 | ㅇ 〈書事〉 – 〈보이는 대로 쓰다〉. 눈앞의 사실을 書寫하다. 書事는 卽事. 어떤 일이나 사물에 대한 느낌을 묘사한 시에 卽事라는 제목을 붙인다. 뒤에 수록한 〈山中〉과 비슷한 느낌을 준다.

ㅇ 輕陰閣小雨 – 輕陰은 약간 흐린 날. 閣은 멈추다, 그치다. 閣은 擱(놓을 각, 멎다)과 通. 小雨는 가랑비.

ㅇ 深院晝慵開 – 深院은 매우 외진 집. 晝는 白晝, 慵은 게으를 용.

ㅇ 坐看蒼苔色 – 蒼苔(창태)는 푸른 이끼.

ㅇ 欲上人衣來 – 사람 옷을 물들이려 한다. 來는 동작이나 상태가 話者에게 접근을 뜻한다.

| 詩意 | 참으로 멋진 詩다!

아마 젊은 날에 지었을 것이다. 40세가 넘어가면 일에 얽매이고 서두르는 것이 몸에 배서 이런 생각을 하지 못한다. 몸이 한가롭다면 더 없이 좋다. 그러나 그보다는 몸이 매인 곳이 없어야 한다. 무엇이 진정한 자유인가? 마음의 자유이다. 俗人은 우선 몸이 매인다. 그러다 보면 마음의 자유가 구속당한다. 그러니 마음에 여유가 없다. 마음의 여유가 없는 삶이 얼마나 각박한가!

1句의 閣(擱)으로 시인의 상상은 시작된다. 가랑비가 그쳤으나(閣) 흐린 날이다. 두 번째 구절은 당연한 진행이다. 평소 맑은 날에도 찾아오는 이 없었으니, 이런 날에 굳이 일찍부터 사립문을 열어놓으랴?

이 詩의 反轉은 3句에서 일어난다. 한가히 앉아 응달에 새파랗게 자라는 이끼를 바라본다. 이럴만한 시인의 여유가 상상력을 발동시킨다.

그래서 결론은 4句! 이끼의 푸른 물감이 靈感처럼 시인의 옷을 물들여 온다. 파란빛이 물감이 되어 내 옷을 적셔 올라올 것이라고 상상하는 시인은 얼마나 행복한가!

이렇듯 미세한 관찰과 마음의 쓸림과 느낌은 이런 생활에 익숙한 사람만이 느낄 수 있는 경지이며 風格이다. 이는 〈山中〉의 '山路元無雨 空翠濕人衣' 와 같은 구상과 구성인데, 이는 정적을 표현하는 참신한 풍격일 것이다.

山中寄諸弟妹(산중기제제매)

山中多法侶，禪誦自爲群.
城郭遙相望，唯應見白雲.

산중에서 여러 아우들에게 보내다

산중에 불법을 닦는 이가 많아,
참선과 독경에 절로 함께 한다.
성곽은 멀리로 바로 보이지만,
오로지 백운만 눈에 들어온다.

| 註釋 | ㅇ 〈山中寄諸弟妹〉 - 〈산중에서 여러 아우들에게 보내다〉.

이 시는 지은 시기를 알 수 없지만 시 내용으로 보아 어린 아우나 누이가 집에 있을 때, 아마 30대 초반이었을 것으로 추정할 수 있다. 왕유는 〈山中示弟〉(五古), 〈別弟妹二首〉(五律) 등의 시를 남겨 형제에 대한 남다른 정을 묘사하였다.

ㅇ 山中多法侶 - 山中은 잠시 집을 떠나 절에 기거했을 것이다. 法侶(법려)는 道伴(도반).

ㅇ 禪誦自爲群 - 禪誦(선송)은 入禪과 誦經.

ㅇ 唯應見白雲 - 아우들이 있는 성곽을 보느라면 저절로 흰 구름이 눈에 들어온다는 뜻.

| 詩意 | 요즈음 말로 단기 출가나 템플스테이를 했을 것이다. 왕유

의 독실한 불심에 어린 아우를 챙겨야 하는 장남의 책임감이 느껴진다. 속세를 완전히 잊을 수 없으면서도 백운으로 상징되는 隱逸(은일)의 한가함이 느껴진다.

皇甫嶽雲溪雜題(황보악운계잡제) 五首

〈鳥鳴澗〉

人閑桂花落，夜靜春山空.
月出驚山鳥，時鳴春澗中.

皇甫嶽이 사는 雲溪서 지은 여러 제목의 詩 5首

〈새가 우는 시내〉

한가한 마음 桂花는 지는데,
고요한 봄밤 인적도 끊긴 산.
떠오른 달에 산새가 놀라고,
가끔은 봄철 냇가서 지저귄다.

| 註釋 | ○ 〈皇甫嶽雲溪雜題〉 - 〈皇甫嶽이 사는 雲溪서 지은 여러 제목의 시〉.

다음의 〈萍池〉까지 5首이다.

왕유는 開元 16년(728) 전후에 처음으로 강남 지역을 여행한 것으로 알려졌다. 皇甫嶽은 재상 皇甫恂(황보순)의 아들이라 생각된다. 皇甫는 복성. 雲溪는 위치 미상이나, 今 浙江省(절강성) 紹興市의 若耶山(약야산) 기슭의 若耶溪, 一名 浣沙溪(완사계, 西施가 비단을 빨래하던 냇물)로 추정한다. 雜題는 여러 제목의 詩를 하나로 모은 것. 雜은 集聚(집취), 多의 뜻.

〈鳥鳴澗〉 - 〈새가 우는 시내〉. 澗은 산 계곡을 흐르는 시내 간.

○ 人閑桂花落 - 桂花는 상록교목인 계수나무 꽃.

○ 時鳴春澗中 - 鳴은 울 명. 澗은 계곡의 시내 간.

| 詩意 | 《輞川集》의 〈鹿柴(녹채)〉나 〈辛夷塢(신이오)〉의 자매편이라 할 정도로 느낌이 비슷하다. 봄밤은 싱그럽다. 봄밤에 인적도 없는 산속이다. 마음이 淸淨無事하니 그 주변의 자연 경물도 또한 그러할 것이다. 桂花(계화)는 절로 피었다 홀로 지고, 인적이 끊긴 산에 달이 뜨고, 무심한 새들이 놀라 날다가 산속 냇가에서 지저귄다. 桂花落도 소리가 없고, 달이 뜨며 산새가 놀란다 하여도 산속은 여전히 조용하다.

春山에는 생명력이 넘친다. 閒靜(한정)한 시인에게는 이러한 것이 느껴지지만 一切皆空(일체개공)일 뿐이다. 1, 2구는 閒靜(한정)을, 3, 4구는 動靜(동정)을 그렸지만 시인의 마음은 平靜(평정) 뿐이다.

계화가 떨어지고 산새가 울고… 조용한 산속의 움직이는 풍경이다. 둥근 달이 떠오르면서 산새를 깨우니 산새가 놀란 양 지저귄다. 그리고 조용해졌다가 가끔 시냇가에서 지저귄다. 산새들이 울어대기에 더 고요하다는 느낌이 온다. 그렇다면 시끄럽다는 소음은 인간이 만든다. 밤이 깊으면서 꽉 채운 고요와 안정!

왕유의 이런 산수시는 그림과 같아 읽는 사람은 저절로 마음이 끌린다.

蓮花塢(연화오)

日日采蓮去，洲長多暮歸.
弄篙莫濺水，畏濕紅蓮衣.

연꽃 핀 방죽

날마다 연밥을 따러 나갔다가,
기다란 섬이라 늘 늦어 돌아온다.
상앗대 저어도 물이 튀지 않게,
불그런 꽃잎이 젖을까 걱정한다.

| 註釋 | 〈蓮花塢〉 – 〈연꽃 핀 방죽〉. 塢(오)는 물을 막기 위해 쌓은 둑. 防築(방축)이 원음인데, 우리말로는 방죽이라 한다.

○ 日日采蓮去 – 日日은 날마다. 蓮은 蓮實(蓮子). 연밥.

○ 洲長多暮歸 – 洲는 연밥을 따는 물가.

○ 弄篙莫濺水 – 弄篙(농고)는 상앗대를 젓다. 濺은 물 뿌릴 천.

○ 畏濕紅蓮衣 – 濕은 적시다. 紅蓮衣은 연꽃의 붉은 花瓣(화판, 꽃잎).

| 詩意 | 이는 왕유《輞川集》의 〈白石灘(백석탄)〉과 느낌이 비슷하다. 해질녘의 방죽(저수지)의 둑에는 아지랑이 같은, 보이지 않는 기운이 깔리면서 고요하다. 연밥을 딴 여인들은 많은 이야기를 하며 노 저어 돌아온다. 연꽃만큼 아름답고 잔물결처럼 생동감이 넘친다.

鸕鷀堰(노자언)

乍向紅蓮沒，復出清蒲颺.
獨立何離褷，銜魚古査上.

가마우지 방죽

어느 새 붉은 연꽃 사이로 사라지더니,
다시 또 푸른 부들 틈새서 날아오른다.
홀로 서서 젖은 깃털 흔들더니,
고기 물고 강가 말뚝에 앉았다.

| 註釋 | ○ 〈鸕鷀堰〉 – 〈가마우지가 있는 방죽〉.

鸕鷀(노자)는 가마우지라는 물새이다. 잠수해서 물고기를 잡아먹는다. 鸕는 가마우지 노(로). 鷀는 가마우지 자. 堰은 방죽 언. 곧 저수지나 연못.

○ 乍向紅蓮沒 – 乍向(사향)은 어느새, 잠깐 사이. 乍는 잠깐 사. 沒은 사라지다. 떨어지다.

○ 復出清蒲颺 – 清蒲는 푸른 부들. 颺은 날아오르다. 날릴 양(량).

○ 獨立何離褷 – 獨立은 우뚝 서다. 離褷(리시)는 털이 물에 젖어 달라붙은 모양. 離는 향주머니 리. 褷는 털이 처음 날 시.

○ 銜魚古査上 – 銜魚는 고기를 입에 물다. 銜은 재갈 함. 입에 물다. 古査는 古査(고사). 물가에 박힌 말뚝. 査는 뗏목. 말뚝.

| 詩意 | 왕유는 산수를 그려내는데도 탁월했지만 움직임과 정지를 묘사하는데도 역시 뛰어났다.

1, 2구에서는 가마우지의 출몰을 그렸다. 사라진 자리는 空으로 남는다. 그러다가 금방 푸른 부들 사이의 空이 動으로 채워진다. 그리고 가마우지의 검은색에 紅蓮과 青蒲의 컬러가 돋보이며 물과 하늘까지 살아 움직인다.

왕유의 시에는 動靜이 함께 대비된다. 물에 젖은 털을 흔들어 털다가 어느새 잠수했다가 다시 물고기를 물고 강가의 나무 말뚝 위에 앉아 있는 모습. 그림과 시가 함께 어울린 장면이다.

上平田(상평전)

朝耕上平田, 暮耕上平田.
借問問津者, 寧知沮溺賢.

언덕배기 밭에서

아침부터 언덕배기 밭에서 일하고,
저녁때도 언덕배기 밭에서 일한다.
묻나니! 나루터를 물어보는 그대가,
장저, 걸익이 현명한 줄 어찌 알겠는가?

| 註釋 | ㅇ 〈上平田〉 - 〈언덕배기 밭에서〉.

마을이나 또는 길에서 약간 높은 곳에 있는 밭일 것이다. 일하는 농부를 보고 잠시 한 수를 지었을 것이다. 그것도 쉬운 말로, 그러면서 시인의 지식으로 독자에게 묻는다. 議論을 하라는 뜻일 것이다.

ㅇ 朝耕上平田 - 朝耕, 暮耕은 아침에도, 저녁때도 밭일을 한다. 종일 일하다. 朝와 暮 한 글자만 바꿔 종일 힘들게 일하는 모습을 그렸다.

ㅇ 借問問津者 - 問津은 '나루터가 어디인지 묻다.' 학문의 방향을 묻다. 여기서는 부귀공명에 이르는 길을 찾다.

ㅇ 寧知沮溺賢 - 寧知은 어찌 알겠는가? 沮溺은 長沮(장저)와 桀溺(걸익). 「長沮桀溺耦而耕, 孔子過之, 使子路問津焉. 長沮曰,

"夫執輿者爲誰?" 子路曰, "爲孔丘." 曰, "是魯孔丘與?" 曰, "是也." 曰, "是知津矣."」《論語 微子》

| 詩意 | 시인의 마음 씀씀이는 넓고도 깊다. 아침부터 저녁까지 일하는 농부의 고생에 마음으로나마 위로를 보낸다.

그리고 공자가 子路를 보내 나루터 가는 길을 묻게 했던 장저와 걸익을 생각했다. 장저와 걸익은 세상을 피해 사는 隱者였다. 그 은자의 생각에 공자는 우매한 사람이다.

그 장저와 걸익이 공자보다 현명했는가? 이런 물음에 백 명이면 백 개의 답이 나올 것이다.

왕유도 자문자답하고 있다. 저 농부가 자신보다 현명할까? 자신이 저들보다 현명하다 할 수 있는가?

萍池(평지)

春池深且廣，會待輕舟迴.
靡靡綠萍合，垂楊埽復開.

부평초 연못

봄날 연못은 깊고도 넓은데,
가끔 작은배 오기를 기다린다.
푸른 부평초 빽빽이 떠있다가,
버들 가지에 쓸렸다 합쳐진다.

| 註釋 | ○ 〈萍池〉 – '부평초 연못.' 萍은 부평초 평. 개구리밥.

○ 靡靡綠萍合 – 靡靡(미미)는 빽빽한 모양. 綠萍은 푸른 개구리밥. 부평초.

○ 垂楊埽復開 – 垂楊은 늘어진 버들가지. 埽는 쓸 소.

| 詩意 | 시인의 시선은 세밀하며 안목은 넓다. 봄날에는 비가 많아 마을의 연못에도 물이 많다. 그러니 깊고도 넓다고 하였다.

조그만 배를 타고 저어가면 푸른 부평초는 갈라진다. 배가 지나간 뒤에 다시 합쳐진다. 그러나 이 시에서는 그냥 배를 기다린다고 했다. 놀라운 것은 수면에 늘어진 버들가지가 바람에 쓸리면 부평초가 쓸렸다가 다시 합쳐지는 것을 시인이 응시하고 있었다. 시인의 마음이 머문 것은 바로 이것이었다.

나룻배에 의해 갈라졌다가 합쳐지는 것이야 당연하다. 그러나 가는 버들가지 한 줄에 갈라졌다가 다시 원위치! 이는 늘 있는 현상이지만 보통 사람은 챙겨보지 않았다.

시인의 예민한 시선과 수준 높은 미의식, 그리고 자연을 觀照(관조)하는 따뜻한 마음이 있기에 이런 시를 쓸 수 있으리라!

相思(상사)

紅豆生南國, 春來發幾枝.
願君多采擷, 此物最相思.

그리움

紅豆는 남국에서 나는데,
봄이면 몇 가지서 열립니다.
바라나니 그대 많이 따소서,
이것은 모두 그리움이랍니다.

| 註釋 | ㅇ 〈相思〉 – 〈그리움〉. 紅豆라는 사물에 연상된 서정시이다. '相思子(상사의 열매)' 라고 제목을 단 책도 있다.

ㅇ 紅豆生南國 – 紅豆는 중국의 廣東, 廣西, 대만 등지에서 자라는 나무의 열매. 둥글납작한 모양에 콩알만한 크기인데, 붉은색으로 겨울이나 초봄에 열리며 장식품으로 쓰인다. '相思子(상사의 열매)' 라고도 불리며 예부터 '愛情의 상징' 으로 여겨졌다. 南國은 중국의 五嶺 以南(嶺南)이니, 주로 廣東, 廣西省 지역을 지칭.

ㅇ 春來發幾枝 – 春來는 '秋來' 로 된 책도 있다. 幾枝는 몇 개의 가지.

ㅇ 願君多采擷 – 采는 캘 채. 擷은 딸 힐. 열매를 따다. 采擷은 採摘(채적)과 同. '勸君休采擷' 로 쓴 곳도 있다.

○ 此物最相思 – 此物은 紅豆. 最相思는 가장 큰 그리움이다.

| 詩意 | 시인은 로맨티스트이다. 시인의 상상은 언제나 인간적이다. 꽃 한포기를 가지고 아니면 열매 하나를 보고 이렇듯 참된 생각을 하는 사람은 분명 시인이며 그 마음이 너그러운 사람이다.

起와 承은 紅豆에 대한 묘사이다. 轉句와 結句는 시인의 '相思'를 전하고 있다. 단숨에 쉬지도 않고 써 내려간 기승전결이 아주 자연스럽게 결합되어 있다.

이 시에서 '우인에게 홍두를 많이 채취하라' 권하는 것은 상대방을 통해 내 友誼(우의)의 진실을 나타내는 방법이다.

語義가 교묘하며 완곡하게 감동을 전하는 뜻이라 할 수 있다. 시인이 비록 많고 긴 이야기를 하지는 않지만 그 간절한 성의는 이 시에 넘쳐난다.

이 시에서 가장 중요한 한 글자는 시인이 선택한 '最'이다. 최고의 그리움이고 가장 큰 그리움이며 '내 相思의 전부'를 나타내는 말이 '最'라는 고급 副詞語이다.

이 홍두가 어찌하여 '상사'를 상징하고 그것을 어떻게 엮어 장식하는가에 대해서는 잘 모르지만 '願君多采?'은 멀리 있는 우인에게 그리움을 전하는 뜻이며, '우의를 중히 여기고 있다'라는 표시이다(托物寄意).

'相思'라면 곧 '상사병 – 병이 된 짝사랑'이 연상되지만 '상사'는 젊은 남녀만의 감정은 아니다. 친우끼리도 상사의 감정은 고귀한 감정이다. 지금은 교감의 도구나 방법이 너무 빠르고 많아 그리움의 정도가 엷어진 것은 분명한 사실이다.

雜詩(잡시) 三首 (其一)

家住孟津河，門對孟津口.
常有江南船，寄書家中否.

잡시 (1 / 3)

내 집은 황하 맹진에 있고,
문 앞이 맹진 나루터라오.
강남에 가는 배가 늘 있는데,
고향에 소식 아니 전하겠소?

| 註釋 | ○ 〈雜詩〉 – 〈잡시〉. 〈雜詠〉이라고 제목을 단 책도 있다. 이 三首는 강남에서 올라온 나그네와 나그네를 기다리는 여인(妻子)의 시이나 각 首가 하나의 시로 독립되었다.

○ 家住孟津河 – 孟津河는 黃河의 孟津(今 河南省 洛陽市 孟津縣 동북).

○ 門對孟津口 – 門對는 대문과 마주하다. 孟津口는 나루터.

| 詩意 | 제1수는 낙양에 벼슬을 하러 올라온 나그네와 낙양에 사는 친우와의 대화이다. 마치 문자 메시지로 대화하듯 전개되고 상면하지는 않았지만 너무 생생하다. 나그네는 대범한 척 먼저 부탁하지는 않았다. 그러나 우인은 그 마음 알기에 소식을 전하라고 권하고 있다.

雜詩(잡시) 三首 (其二)

君自故鄕來, 應知故鄕事.
來日綺窗前, 寒梅着花未.

잡시 (2 / 3)

그대 우리 고향서 왔으니,
고향 소식 모두 알겠지!
오던 그날 우리 창 앞에,
寒梅 혹시 아니 피었던가?

| 註釋 | ○ 〈雜詩 其二〉 – 아주 유명한 시이다. 어린아이들한테 漢字 연습의 교본으로 써 주고 싶은 글귀이다. 장안에 있는 나그네에게 고향 사람이 찾아왔다.

○ 應知故鄕事 – 故鄕事는 고향 소식.

○ 來日綺窗前 – 來日은 고향을 출발하던 날. 시인이 고향 사람과 마주보며 이야기하는 느낌이 온다. 綺窗(기창)은 비단 휘장을 단 창문. 고향 집. 綺는 비단 기.

○ 寒梅着花未 – 寒梅는 추위가 물러나기 전에 일찍 피는 매화. 매화는 松, 竹과 더불어 '歲寒三友'로 일컬어진다. 추위를 이기고 제일 먼저 꽃을 피우기에 불굴의 의지를 상징한다. 着花未는 꽃이 피었던가? 아니 피었던가? 未는 未着花(아니 피었던가?)의 줄임이다. 이런 예는 '不, 否, 無' 등이 있다.

| 詩意 | 고향에서 온 사람을 만나 자기 집 앞에 매화가 피었던가를 물었다. 시인에게 寒梅는 고향의 모습이다. 구구절절한 사연이 왜 궁금하지 않았겠는가? 고향에 대한 그 그리움을 쏟아 쌓아둔다면 그 양이 얼마나 되겠는가? 그것을 어찌 말로 다하겠는가?

이 시인의 경우 寒梅가 고향의 상징이고, 고향에 대한 정이다. 시인은 고향 소식에 목말라 했다. 다른 것을 묻지 않았다 하여 詩人을 '무정한 사람' 이라고 할 사람이 있겠는가?

이 시는 도연명의 詩와 그 분위기가 매우 비슷하다는 생각이 들어 여기에 적어보았다.

〈問來使〉 - 陶淵明

爾從山中來, 早晚發天目.
我屋南窓下, 今生幾叢菊.
薔薇葉已抽, 秋蘭氣當馥.
歸去來山中, 山中酒應熟.

〈손님에게 묻다〉

그대 산에서 왔다니,
얼마 전에 天目을 떠났겠지.
우리 집 남창 아래에,
지금 국화 몇 송이 피었으리.
장미 잎은 이미 졌을 것이고,

秋蘭 향기 응당 향기로우리.
산중에 다시 돌아간다면,
산중에 술도 벌써 익었으리!

天目은 도연명이 살던 동네 이름일 것이라는 주석이 있다. 이 시에서 도연명이 그리는 것은 고향의 국화와 秋蘭이다. 그리고 그대 돌아가면 고향 집에 술도 익었을 것이라고 하였다.

가을 추수가 끝나면 떡을 하고 술을 담가 조상께 올리고 이웃과 함께 나누었다. 도연명이 마시던 술, 그리고 그 곁에 있던 국화가 절로 떠오른다.

雜詩(잡시) 三首 (其三)

已見寒梅發，復聞啼鳥聲.
愁心視春草，畏向玉階生.

잡시 (3 / 3)

피어난 寒梅도 보았고,
꾀꼬리 소리도 들었소.
봄풀을 보아도 愁心뿐이니,
계단에 자란 풀을 보기 두렵소.

| 註釋 | 〈雜詩 其三〉 – 이는 나그네를 기다리는 고향 妻子(아내)의 뜻이다. 기약 없는 부군을 기다리는 여인의 심정을 묘사하였다. 봄이 한 번 가고 또 가고 … 좋은 세월이 다 지나간다는 아쉬움이 진하게 묻어난다.

- ○ 復聞啼鳥聲 – 그리고 다시 꾀꼬리 우는 소리도 들었다. 속절없이 좋은 날이 지나가는데 기다리는 여인의 수심은 그 끝을 알 수 없다.
- ○ 愁心視春草 – 수심 속에 한창 자라는 봄풀을 본다.
- ○ 畏向玉階生 – 봄인가 했더니 여름 지나고 가을 될 것이니, 이 풀이나 아낙의 청춘도 시들 것이다.

| 詩意 | 詩는 情이다. 그리고 情은 상징이다. 내가 그리는 佳人(가인)

이 있다면 그의 용모, 행동거지, 기쁨과 슬픔, 버릇, … 모든 것을 어찌 다 말하고, 그리고 거기서 무엇을 빼도 되는가? 가인에 대한 이미지 하나로 가인의 모든 것은 다 설명이 된다. 나를 기다리는 가인은 언제나 최고의 미인이다.

독수공방의 여인에게 한매도, 꾀꼬리도, 그리고 자라는 풀과 나무도 다 부질없다. 사람보다 더한 그리움이 무엇이겠는가? 여인의 가슴은 미어진다.

秋夜曲(추야곡)

桂魄初生秋露微, 輕羅已薄未更衣.
銀箏夜久殷勤弄, 心怯空房不忍歸.

가을밤의 노래

새로운 달이 뜨고 가을이슬 조금 내렸는데,
가벼운 비단 옷이 얇은데도 아니 갈아입네.
銀장식 쟁을 밤깊도록 열심히 타면서,
空房이 겁나 침소에는 아니 돌아간다.

| 註釋 | ㅇ 〈秋夜曲〉 – 〈가을밤의 노래〉.

樂府題로 본래 2首. 가을밤에 獨守空房이 두려워 밤늦게까지 거문고를 타고 있는 외로운 여인을 노래했다. 作者가 王涯(왕애), 혹은 張仲素(장중소)라고 하는 주장도 있다.

ㅇ 桂魄初生秋露微 – 桂魄(계백)은 달(月). 魄은 달의 검은 부분. 달의 그늘진 부분을 계수나무의 넋으로 본다. 秋露微(초로미)는 初秋라 이슬이 많지 않다. 이슬은 초저녁부터 내린다. 아침에 일어나 이슬을 보고 '맺혔다', 또는 '내렸다' 고 하지만 초저녁에 이슬이 맺히기 시작할 때는 '이슬 내린다' 라고 말한다.

그렇다고 비 오는 것처럼 내리는 것이 아니다. 기후나 날씨에 관한 우리말 표현은 참으로 많고도 아름답다.

ㅇ 輕羅已薄未更衣 – 輕羅(경라)는 가벼운 비단 옷. 已薄(이박)은

너무 얇다.

○ 銀箏夜久殷勤弄 – 銀箏(은쟁)은 은으로 장식한 箏(쟁). 箏(쟁)은 琴(거문고)의 일종, 唐代에는 13絃이었다. 殷勤(은근)은 정성스레. 따스하고 빈틈이 없다. 弄은 가지고 놀다. ~을 하다. 농간을 부리다. ~을 하게 하다.

○ 心怯空房不忍歸 – 怯은 겁낼 겁. 不忍歸(불인귀)는 침실로 가려하지 않는다.

| 詩意 | 일종의 宮怨(궁원)을 다룬 樂府題이다. 처음부터 끝까지 初秋의 밤 정경이 쓸쓸하게 이어진다. 달이 뜨지 얼마 안 되었으니 초저녁이고 아직 이슬이 많이 내리지 않았다.

2구는 얇은 옷이 밤들어 춥겠지만 갈아입지 않았다는 것은 깊은 시름이 있어 모든 것이 귀찮다는 뜻을 포함하고 있다.

3구에 밤이 깊도록 정성을 다해 쟁을 타는 것도 시름을 잊으려 애쓰는 것이다.

이어 結句에서는 모든 것을 다 말해 버린다. 요점은 여인의 空房 – 獨守空房이 겁난다는 뜻은 肉身으로, 또 정신적으로 혼자 있기가 두렵다는 뜻이리라!

여인이 아닌 시인이 이런 시를 쓰는 것은 외로움에 대한 공감이 아니겠는가?

送沈子福歸江東(송침자복귀강동)

楊柳渡頭行客稀, 罟師蕩槳向臨圻.
惟有相思似春色, 江南江北送君歸.

江東에 돌아가는 沈子福을 전송하다

버들이 늘어진 나루터 행인도 드문데,
사공은 상앗대 밀면서 臨圻로 향한다.
그리는 마음은 오로지 봄날과 같아서,
강따라 어디든 떠나는 사람 전송한다.

| 註釋 | ㅇ 〈送沈子福歸江東〉-〈江東으로 돌아가는 沈子福을 전송하다〉.

沈子福의 행적은 미상. 江東은 長江 하류의 동남 지역. 今 江蘇省의 長江 이남과 上海市, 浙江省 지역.

ㅇ 罟師蕩槳向臨圻 - 罟師(고사)는 어부. 여기서는 뱃사공. 罟는 그물 고. 蕩槳(탕장)은 상앗대로 밀다. 臨은 가까운, 근처의. 圻(기)는 굽이진 물가 언덕(圻는 碕와 通). 臨圻(임기)를, 今 江蘇省에 있던 옛 현명으로 보는 주석도 있다.

ㅇ 惟有相思似春色 - 이 구절은 전송하는 사람의 심경을 묘사했다. 어디든 춘색인 것처럼 相思의 마음은 끝이 없다고 하였다.

| 詩意 | 이별하면 客舍(객사)나 나루터를 떠올린다. 객사나 나루터

어디든 버들을 심었다. 따라서 버들은 이별의 아이콘이다. 長江이든, 黃河든 어디서나 보는 버들에 시인의 정을 기탁했다. 어디서든 봄빛은 마찬가지이다.

1, 2구에는 이별의 슬픔이 있다. 그러나 사공에게는 그런 슬픔 생각은 모른다.

3, 4구에서는 강남북 어디서나 똑같은 春色이다. 이처럼 떠나는 사람을 그리는 마음은 똑같다고 보내는 심경을 묘사하였다.

진솔한 우정이 느껴진다.

歸崇山作(귀숭산작)

清川帶長薄，車馬去閑閑.
流水如有意，暮禽相與還.
荒城臨古渡，落日滿秋山.
迢遞嵩高下，歸來且閉關.

崇山에 돌아와 짓다

맑은 냇가 수풀 따라 길게,
수레는 느릿느릿 굴러간다.
흐르는 냇물은 내 마음 같겠고,
저물녘 새들도 짝지어 돌아간다.
옛 나루 앞으로 삭막한 성곽,
지는 해 가을 산에 가득하다.
저 멀리 높은 嵩山 그 아래로,
돌아와 바로 사립문을 닫는다.

| 註釋 | ○ 〈歸崇山作〉 - 〈崇山으로 돌아와 짓다〉.

崇山(숭산)은 五嶽 중 中嶽으로, 河南省 西部의 登封市에 있는데 최고봉의 높이는 1,491m이다. 이 산 아래에 무술로 유명한 少林寺가 있어 우리나라 관광객이 많이 찾는 산이다.

○ 清川帶長薄 - 清川은 伊水의 지류라는 주석이 있다. 풀과 나무가 섞여 무성한 곳. 나무만 모여 자라면 林이지만 풀과 나무가

섞여 자라면 薄(박, 엷을 박)이라 한다. 長薄(장박)은 길게 형성된 叢林(총림).

○ 車馬去閑閑 – 閑閑(한한)은 천천히 여유 있게 가는 모양.

○ 流水如有意 – 有意(유의)는 나의 마음. 내 마음과 같다.

○ 荒城臨古渡 – 荒城(황성)은 황량해진 성. 古渡(고도)는 옛 나루터.

○ 迢遞嵩高下 – 迢는 멀 초. 遞는 갈마들 체. 바꾸다, 보내다. 迢遞(초체)는 멀고 먼 모양. 까마득한. 嵩高(숭고)는 崇山의 별칭.

○ 歸來且閉關 – 歸來는 은거지로 돌아와. 且는 바로. 閉關(폐관)은 사립문을 걸어 닫다. 다른 사람과 왕래하지 않다.

| 詩意 | 開元 연간에, 현종은 東都인 낙양에 자주 행차하였다. 왕유는 濟州의 폄직에서 풀려 돌아와 낙양에서 비교적 가까운 嵩山(숭산)에 돌아와 은거했었다.

이 시의 주제는 풍경에 대한 묘사이지만 그림에 맞춰 시인의 마음을 함께 넣어 그렸다.

首聯에서는 냇가를 따라 길게 형성된 수풀, 그리고 천천히 굴러가는 수레로써 은자의 한가한 생활을 설명하였다.

頷聯(함련)에서는 소리를 내지 않고 흐르는 시냇물과 저녁에 숲으로 돌아오는 새를 그렸는데, 이는 도연명의 '飛鳥相與還'과 같은 詩情으로 왕유와 자연의 완전 合一을 그렸다.

그리고 頸聯(경련)에서는 荒城, 古渡, 落日, 秋山으로 은자의 쓸쓸함, 어찌 보면 적막과 失意을 그려내었다. 다르게 생각한다면 황량한 옛 성터와 석양의 볕이 가득 찬 가을 산을 바라보는 여유는, 곧 은자의 여유이며 너그러움이다. 왕유의 여유와 너그러움은, 곧 자연에 대한 무한한 사랑이며 세속적 욕망에 대한 거부 자세가 아니겠는가?

마지막 尾聯(미련)에서는 은거로 들어와 대문을 걸어 닫는데, 이는 뜻을 얻지 못한 문인이지만 때를 기다린다는 뜻으로 새길 수도 있다. 이 미련에서 파악할 수 있는 보이지 않는 뜻이 시의 주제이며 핵심이 아니겠는가?

왕유는 때를 기다리고 있었다. 하여튼 전체적으로 어떤 기교를 부리지 않고 평범하게 서술하였지만 기교가 아니 보이는 구절이 없으니, 그래서 이 시를 두 번이고 세 번이고 자꾸 읽게 된다.

終南山(종남산)

太乙近天都，連山接海隅.
白雲迴望合，靑靄入看無.
分野中峰變，陰晴衆壑殊.
欲投人處宿，隔水問樵夫.

종남산

太乙峰은 하늘의 天都에 가깝고,
뻗어나간 산들은 땅끝에 닿았다.
멀리서 보면 흰 구름과 정상이 합쳤고,
먹구름 짙으면 하나도 보이지 않는다.
하늘의 성좌는 中峰에 따라 나뉘었고,
흐리고 개이면 계곡도 모두 달라진다.
인가를 찾아가 묵고 싶어서,
물 건너 나무꾼에게 묻는다.

| 註釋 | ○ 〈終南山〉 – 南山, 太乙山이라고도 부르는데, 일반적으로 秦嶺山脈(진령산맥)에서 陝西省(섬서성) 부분을 지칭한다. 道敎의 聖地인 樓觀臺(누관대)가 있다.

○ 太乙近天都 – 前漢 武帝 元封 2년(前 109)에, 종남산에 太乙宮을 지었기에 종남산을 太乙山이라고 한다. 太乙은 太一과 同. 太一은 天神 중에서 가장 존귀한 神. 天都는 天神들의 도읍. 천

도에 가깝다는 말은 태을산(종남산)이 높다는 뜻이다. 天都를 '天子의 도읍', 곧 長安으로 해석하면 다음 구절에서 막히게 된다.

○ 連山接海隅 – 連山은 연이은 산. 隅는 모퉁이 우. 海隅(해우)는 땅 끝. 여기서 海는 물이 넘실대는 바다가 아니다. 옛 中原 사람들은 평생 동안 바다를 구경할 기회가 없었다. 그런데도 海라는 글자를 만들었고 사용했다. 海에는 '荒遠之地' 라는 뜻이 있다. 중국을 감싼 먼먼 땅 끝이 전부 海라고 생각하였으니, 四海는 四方과 같은 의미로도 쓰인다. 接海隅는 종남산이 있는 秦嶺山脈(진령산맥) 멀리까지 이어진, 곧 원대함을 뜻한다. 종남산을 포함한 진령산맥은 河南省 崇山(숭산) 시작하여 陝西省 長安 부근을 지나 甘肅省 臨洮縣(임조현)에 이르는 장장 1,600km의 산맥이고, 이는 티베트 지방으로 연결된다. 그렇다면 종남산에 연이어진 산들이 海隅(해우)에 닿는다는 뜻을 이해할 수 있을 것이다.

○ 白雲迴望合 – 迴는 돌 회. 돌아서다. 迴望合(회망합)은 돌아서서 보면 (산과 구름이) 合해졌나.

○ 靑靄入看無 – 靄는 아지랑이 애. 짙은 안개. 검은 구름. 靑靄(청애)는 有色 雲氣. 검은색 구름. 위의 白의 상대. 靑은 '검다'의 뜻도 있다. 老子가 타고 간 靑牛는 '검은 소(黑毛之牛)' 이다. 물론 그림에서는 흰 소로 그리는 경우가 있는데, 노자와 함께 오래 살았기에 털이 하얗게 된 것이다. 靑衣는 빈천한 자의 검은 옷이다. 靑을 꼭 푸른색으로만 해석할 수 없다.

○ 分野中峰變 – 分野는 하늘을 28宿의 位置에 의거 12개 구역

(十二次)으로 구분하였다. 별의 자리. 中峰變은 종남산의 봉우리를 기준으로 나눌 수 있다는 뜻.

○ 陰晴衆壑殊 – 陰晴(음청)은 흐리거나 개임(晴)에 따라. 衆壑殊(중학수)는 여러 골짜기가 다르게 보인다. 壑은 골짜기 학.

| 詩意 | 이 시는 왕유가 벼슬을 그만두고 종남산에 은거하던 초기의 작품으로 〈終南別業〉과 같은 시기라고 알려졌다. 제목이 〈終南山行〉, 또는 〈終山行〉으로 된 것도 있다.

수련에서는 종남산의 높이와 크기를 언급하였다. 함련과 경련은 변화무쌍한 종남산을 그렸다. 그리고 마지막으로 종남산의 품에 안기는 인간 – 곧 산속에 노닐고 싶다는 희망보다는 산의 기상을 받아들이려는 뜻으로 자연과 인간의 합일을 추구하였다.

왕유가 지은 시를 제대로 이해하려면 왕유가 갖고 있는 그만한 수준의 지식이 있어야 한다고 생각한다. '太乙' 이나 '分野' 를 사전에서 확인하지 않고 우리가 알고 있는 한자 상식으로 풀이할 수 있겠는가? 그래서 勉學해야 하고, 꾸준한 노력이 필요한 것이다.

皇帝가 山林에 은거하는 賢人을 찾아 등용하는 것은 의무이면서 善政의 상징인데, 이를 求賢이라 한다. 終南山은 長安에 가까운 산이다.

唐나라 고종 때 盧藏用(노장용)이란 사람은 진사과에 급제하였지만 발령을 받지 못하자 종남산에 들어가 은거하면서 소문을 내었다. 얼마 뒤, 황제의 특별한 부름을 받아 左拾遺에 임용되었다.

司馬承禎(사마승정)이란 사람이 은거하려 하자 노장용은 종남산을 가리키며 “저 산에 은거하기 좋은 곳이 있다.”고 말했다.

그러자 사마승정은 “내가 보기에는 벼슬길로 들어서는 捷徑(첩경)이 있는 것 같습니다.”라고 말했다.

이에 노장용은 부끄러워했다.

고상한 隱逸인척 종남산에서 황제의 부름을 기다리는 사람에게 종남산은 벼슬길로 가는 가장 빠른 길이었다. 이를 ‘終南捷徑(종남첩경)’이라 한다.

送劉司直赴安西(송류사직부안서)

絶域陽關道, 胡沙與塞塵.
三春時有雁, 萬里少行人.
苜蓿隨天馬, 蒲萄逐漢臣.
當令外國懼, 不敢覓和親.

安西에 부임하는 劉司直을 전송하다

머나먼 서역 陽關으로 가는 길에,
胡人의 연기에 변방 흙먼지가 핀다.
석 달 봄 내내 기러기가 날고,
만 리 먼 길에 행인조차 적다.
苜蓿(목숙)은 汗血馬(한혈마)와 함께,
蒲萄(포도)도 漢의 사신 따라 들어왔다.
마땅히 異族을 겁줘 떨게 해서,
또다시 和親을 말도 못하게 하오.

| 註釋 | ○ 〈送劉司直赴安西〉 - 〈安西에 부임하는 劉司直을 전송하다〉.

劉司直의 인명 미상. 唐代에 大理寺(대리시, 寺는 관청 시)의 관원으로 6명의 司直이 있어 황제의 명을 받아 출장을 나가 필요한 조사나 확인을 했다. 安西는 安西都護府. 治所는 龜茲(구자, Qiūcí)에 있었다. 구자국은 前 3세기에서 14세기까지 존속한 서역의 綠洲

(녹주, Oasis) 국가. 丘慈, 邱慈, 歸茲로도 표기. 今 新疆省 서부의 阿克蘇市와 巴音郭楞蒙古自治州 일대에 해당. 당은 안서도호부에 安西節度使를 두고 西域 여러 지역을 관리하였다. 일반적으로 서역이라 하면 玉門關과 陽關(양관)부터 서쪽으로 蔥嶺(총령, 帕米爾 Pamir 파미르 고원)과 喀喇昆侖(카라쿤룬) 서부 산악지대를 지칭하며 이 지역은 前漢 武帝 이후 끊임없이 개척되었다.

○ 絶域陽關道 – 絶域은 중국에서 아주 멀고 길도 안 통하는 지역. 西域을 지칭. 陽關은 한에서 서역으로 나갈 수 있는 관문. 玉門關의 남쪽에 陽關이 있었다. 今 甘肅省 敦煌市의 서북쪽에 玉門關이 있어 天山北路로 이어지고, 敦煌市의 서남쪽에 있는 陽關(양관)은 천산남로로 이어졌다.

○ 胡沙與塞塵 – 胡는 漢代에서 주로 흉노족을 지칭하였으나, 唐代에는 吐蕃(토번)과 突闕族(돌궐족)이 당의 2대 적국이었다. 지금 중국에서는 胡(오랑캐 호)라는 민족 차별적 용어를 쓰지 않고 모두 소수민족이라 통칭한다.

○ 三春時有雁 – 三春은 孟春, 仲春, 季春. 3개월의 봄.

○ 苜蓿隨天馬 – 苜蓿(목숙)은 거여목. 개자리. 말이 잘 먹는 가축 사료용 풀이름. 天馬는 汗血馬. 漢 무제는 한혈마를 얻고자 장군 李廣利를 보내 大宛國(대원국, 宛은 나라 이름 원. 굽을 완. 영어로는 Ferghana, 今 중앙아시아의 키르키즈스탄에 해당.)을 원정케 했다.

○ 葡萄逐漢臣 – 葡萄(포도, 蒲桃). 포도주는 오래 보관하여도 변하지 않는 고급술로 통했다. 대원국은 포도주 산지. 포도와 목숙은 漢에서도 재배되었다.

○ 當令外國懼 – 外國은 돌궐이나 토번족.

○ 不敢覓和親 – 覓은 찾을 멱. 얻으려 하다. 和親은 당나라 황족의 여인을 요구하여 출가시키면 화친하였다. 漢에서는 흉노 선우에게 황족의 왕녀를 시집보내고 금은과 비단을 바치면서 굴욕적인 화친관계를 유지했던 적도 있었다.

| 詩意 | 唐代에도 서역에 파견되거나 임용되는 일은 참으로 어려운 일이었다. 도호부의 막료로 나가는 우인을 전송하면서 서역의 황량한 풍경, 그리고 산물을 묘사하였고 외국에 당나라의 위엄을 떨쳐 그들이 함부로 화친을 요구하지 않도록 하라는 당부로 끝을 맺었다.

千塔主人(천탑주인)

逆旅逢佳節, 征帆未可前.
窗臨汴河水, 門渡楚人船.
雞犬散墟落, 桑榆蔭遠田.
所居人不見, 枕席生雲煙.

千塔의 주인

떠돌며 객사에서 명절을 만났으니,
객선도 돛을 내려 나가지 않는다.
창밖이 바로 汴河(변하)의 물길이니,
문에서 그냥 楚人(초인)의 배를 탄다.
마을의 닭과 개들은 제멋대로 다니고,
뽕과 느릅나무 그림자 먼 밭에 닿았다.
집안에 주인은 보이지 않으나,
앉았던 자리엔 香煙 한 줄 피어난다.

| 註釋 | ○ 〈千塔主人〉 - 〈천개의 탑을 세운 사람〉.

실명은 미상. 당연히 승려일 것이다. 塔(탑)은 塔婆(탑파). 사리나 유골을 모시는 건축물. 梵語 stupa의 음역. 이 시는 왕유가 개원 17년(729)에 지은 시로 알려졌는데, 왕유는 汴河(변하)를 여행하였다.

○ 逆旅逢佳節 - 逆旅는 여관. 나그네의 숙소. 이때 逆은 맞이하다. '夫天地者는 萬物之逆旅이고, 光陰者는 逆旅之過客이라.' 는 李

白의 〈春夜宴桃李園序〉에서 逆旅過客(세상은 여관집이고, 인생은 지나가는 나그네이다.)이란 말이 나왔다. 逢은 만나다. 佳節은 명절.

○ 征帆未可前 – 征帆은 운항하는 배. 이상 首聯에서는 왕유가 여행 중임을 묘사하였다.

○ 窗臨汴河水 – 창문 밖이 바로 汴河의 물이다. 汴河(변하)는 黃河와 淮水를 연결하는 운하인 通濟渠(통제거)의 일부.

○ 門渡楚人船 – 楚人船은 楚人의 배. 변하는 淮水와 연결되었고 회수 유역은 춘추시대 이후 내내 楚의 영역에 속했다.

○ 雞犬散墟落 – 墟落(허락)은 마을. 촌락.

○ 桑榆蔭遠田 – 桑榆(상유)는 뽕나무와 느릅나무.

○ 枕席生雲煙 – 雲煙은 형체가 없다. 虛無의 형상이다. 천탑 주인에 관한 것은 겨우 이 5字이지만 천탑 주인의 모든 것을 다 보여주었다.

| 詩意 | 이 시의 頷聯(함련, 3句와 4句)에서는 '人家盡枕河'의 水鄕을 묘사하였다. 頸聯(경련)에서는 광활한 농촌 마을의 여유와 淸靜을 묘사하였는데, '雞犬散墟落'의 散이 참으로 妙한 一字이다. 제멋대로 돌아다니는 雞犬을 이렇게 표현하다니! 참으로 놀랍다! 尾聯에서는 千塔 禪院의 주인공은 외출 중이라서 상면하지는 못했지만 시인은 枕席에서 피어오르는 형체도 없으며 縹緲(표묘, 가물가물하다)한 雲煙(운연)으로 만물에 초연한 천탑주인의 인품을 크게 칭송하였다. 미련의 마지막 句 5字 – 딱 5자로 제목은 물론 시의 주제를 모두 표현하였다.

過香積寺(과향적사)

不知香積寺，數里入雲峰.
古木無人徑，深山何處鐘?
泉聲咽危石，日色冷青松.
薄暮空潭曲，安禪制毒龍.

香積寺에 들르다

향적사로 가는 길도 모르고,
구름 속에 몇 리를 걸어갔다.
고목 사이 인적도 없는 좁은 길,
심산 어디서 들리는 종소리인가?
물은 돌틈서 졸졸대며 흐르고,
볕이 들어도 솔밭은 서늘하다.
어스름에 호젓한 물가를 돌아가서,
마음 편한 참선으로 욕망을 끊는다.

| 註釋 | ㅇ 〈過香積寺〉 – 〈香積寺에 들르다〉.

過는 지나다가 찾다, 방문하다, 들르다는 뜻. 이 시는 지은 연대가 미상인데, 왕유의 불심이 돈독한 30대의 작품이라 생각할 수 있다.

ㅇ 不知香積寺 – 여기서는 향적사까지의 里程을 잘 몰랐다는 뜻이다. 절이 '있나 없나를 몰랐다' 는 뜻은 아니다.

○ 數里入雲峰 – 雲峰은 구름 속. 절이 있는 줄 모르고 몇 리를 걷다가 深山 어디선가 들리는 종소리를 듣고 절이라는 것을 알았다고 해석하면 무리다. 객지 사람이라면 모를까 왕유는 장안 사람이고 禪僧과 왕래도 많았다. 다만 처음 가는 길이라서 노정을 잘 몰랐다고 해석해야 한다.

○ 古木無人徑 – 徑은 지름 길 경. 좁은 길. 고목이 늘어선 좁은 길에 행인이 없다는 뜻. 사람 다니는 길이 없다는 뜻이 아니다.

○ 深山何處鐘 – 何處鐘은 어디서 들려오는 종소리인가? 절에 가까웠음을 묘사한 구절이다.

○ 泉聲咽危石 – 泉聲(천성)은 냇물소리. 咽은 목구멍 인, 목멜 열. 危石(위석)은 높고 큰 돌. 어지러이 흩어진 돌. 咽危石(열위석)은 어지러이 흩어진 돌 사이를 물이 흐르는 소리. 咽鳴(열명)은 목메듯 울리다.

○ 薄暮空潭曲 – 薄暮(박모)는 해가 지려할 때. 空은 호젓하다. 潭曲은 구부러진 연못. 潭은 못 담. 물가.

○ 安禪制毒龍 – 安禪(안선)은 心神이 편안하게 참선에 들다. 制毒龍(제독룡)은 잡념이나 욕망을 극복하다. 망상을 버리다. 선승들의 입선을 설명한 구절.

| 詩意 | 香積寺는 淨土宗의 본사로 지금도 陝西省 西安市 長安區에 있다. 唐 고종 때 창건되어 中宗 때부터(706) 향적사로 불리었다고 한다. 唐 武宗의 會昌의 法難(唐 武宗 李炎의 재위 기간 840 – 846년에 계속된 滅佛정책) 때 겨우 폐사를 면했고 宋代 이후 다시 향적사라 불리었는데 왕유의 시 때문에 더욱 유명해졌다.

이 시에 그려진 여러 景物, 예를 들어 雲峰, 無人徑, 鐘, 危石, 青松이나 절에 도착하기 전 호젓한 물가(空潭曲)가 모두 靜物이면서 제자리에 잘 배치된 것 같다. 향적사를 찾아가는 여정을 잘 그릴 수 있고 이어 참선에 든 경지가 눈에 보이는 듯하다. 은자가 深山에서 느끼는 幽趣(유취)가 잘 나타나 있다.

이 시에 그려진 그대로 향적사가 실제로 적막했는가는 별개의 문제다. 여하튼 왕유는 시로 향적사의 적막을 사실대로 그렸든, 아니면 좀 과장이 되었든 왕유는 뛰어난 성취를 이룩했다. 이로써 왕유의 詩才가 얼마나 뛰어났는가를 짐작할 수 있다.

이 시에서 첫 구에 '不知'라 하여 향적사를 처음 찾아가는 호기심을 시인과 독자가 같이 소유했다.

이어 향적사에 이르는 길에 인적이 드문데 종소리가 들려 향적사에 거의 이르렀음을 알렸다.

다음 頸聯의 물소리가 낮게 졸졸거리는 咽(인)과 햇볕도 소나무의 푸르름을 더한다는 뜻의 冷(냉)은 향적사 주변을 완벽하게 그려내었으니, 이 두 글자가 바로 詩眼이다.

결구는 입선의 경지를 말해 왕유가 향적사를 찾아온 뜻을 확실하게 말했다.

이 시는 마치 꿈길인 듯 환상인 듯 향적사를 찾아가는 여정에서 참선으로 잡념을 제거하는 현실로 분위기를 바꿔 마무리 지었다. 시인의 內功과 佛心이 없다면 결코 이런 시를 짓지 못할 것이다. 왕유가 그려낸 시간의 遷移(천이)와 입체적 공간의 전환이 정말 대단하다고 감탄하지 않을 수 없다.

왕유의 시에 묘사된 仙境은 入禪의 경지, 곧 參禪의 境界이다. 그렇다고 왕유의 시에 高僧의 偈頌(게송)과 같은 맛은 전혀 없다. 여하튼 詩에 禪의 경지를 불어넣었다는 점은 왕유 시의 또 다른 성취라 할 수 있다.

다른 기록에 의하면, 장안의 향적사는 산속이 아닌 평지의 절이라고 했다. 그렇다면 왕유가 찾은 향적사는 종남산 아니면 어디인가? 깊은 산중에 있는 다른 절일 수도 있다.

過感化寺曇興上人山院(과감화사담홍상인산원)

暮持筇竹杖，相待虎谿頭.
催客聞山響，歸房逐水流.
野花叢發好，谷鳥一聲幽.
夜坐空林寂，松風直似秋.

感化寺의 曇興上人의 山院에 들르다

해질녘에 공죽 지팡이를 짚고서,
냇가에서 나를 손님으로 맞이한다.
어서 오라는 메아리가 울려왔고,
냇물 따라가 승방으로 들어갔다.
들꽃 무더기 절로 곱게 피었고,
숲속 새소리 더욱 그윽하였다.
밤에 텅 빈 수풀 적막에 싸여,
솔바람 부는 숲은 가을이더라.

| 註釋 | ㅇ〈過感化寺曇興上人山院〉-〈感化寺의 曇興上人의 山院에 들르다〉.

感化寺를 化感寺로 표기한 책도 있다. 감화사는, 今 陝西省 西安市 관할 藍田縣에 있던 사찰. 曇興(담홍) 上人의 실명은 미상. 上人은 和尙(화상)에 대한 존칭. 스님.

○ 暮持筇竹杖 – 筇竹杖(공죽장)은, 今 四川省(蜀)의 邛崍山(공래산)에 자라는 대나무로 만든 지팡이인데 마디가 길고 속은 찼으나 가볍다고 한다.

前漢 武帝 때 張騫(장건)이 흉노에 사신으로 나가서 억류되었다가 탈출하여 서역 여러 나라를 돌아왔다. 장건은 서역에 이 공죽장이 팔리는데 인도 상인들이 거래한다는 말을 듣고 왔다. 그래서 장건은 蜀에서 인도가 가까울 것이라 생각했고 무제에게 교통로의 개통을 건의했었다.

○ 相待虎溪頭 – 虎溪는 廬山(여산) 東林寺 옆을 흐르는 하천. 東晋의 慧遠(혜원)法師는 東林寺에 수도하며 시냇물 밖에 나가지 않겠다고 다짐했었다. 이후 간혹 손님을 전송하며 시냇물을 건너려 하면 호랑이가 울어 그 시냇물을 虎溪라 불렀다.

이후 다리를 건너지 않았는데 어느 날, 도연명과 도사 陸修靜(육수정)이 혜원법사를 찾았고, 혜원법사가 이들을 배웅하며 담소하며 무심코 시냇물을 건넜는데 호랑이들이 모여 울었다고 한다.

이에 3인은 혜원법사가 계율을 어겼다며 크게 웃었다고 한다(虎溪三笑). 왕유는 여기서 호계의 전설을 인용하여 담홍상인을 혜원에, 그리고 자신을 도연명에 견주었다.

○ 催客聞山響 – 催客은 어서 오라고 손님을 재촉하다. 山響(산향)은 산 메아리. 山谷回音.

○ 歸房逐水流 – 歸房은 僧房에 들어가다. 逐水流는 냇물 따라 들어오다.

○ 野花叢發好 – 叢은 무더기로. 모일 총.

○ 松風直似秋 – 直은 곧, 바로. 다만.

| 詩意 | 왕유가 감화사를 찾았고 曇興上人의 손님맞이와 사찰 주변의 경치, 그리고 밤에 참선에 든 모습을 시로 읊었다. 감화사의 참선은 마치 達磨禪師(달마선사)의 面壁參禪(면벽참선)을 연상케 한다.

早秋山中作(조추산중작)

無才不敢累明時，思向東谿守故籬.
豈厭尙平婚嫁早，卻嫌陶令去官遲.
草間蛩響臨秋急，山裏蟬聲薄暮悲.
寂寞柴門人不到，空林獨與白雲期.

초가을 산중에서 짓다

재능이 모자라 聖代에 짐이 될 수 없으니,
東溪의 옛날 집이나 지키고 싶은 생각뿐.
자녀들 다 보내고 집나간 尙平은 괜찮으나,
去官이 늦은 도연명이 오히려 싫을 뿐이다.
草堂의 귀뚜라미 가을이라서 더 크게 울고,
산속의 매미소리 해질녘이라 더 서글프다.
적막한 사립문에 아무도 찾는 이 없으니,
인적도 끊긴 산속에 백운과 짝을 하리라.

| 註釋 | ㅇ 〈早秋山中作〉 – 〈초가을 산중에서 짓다〉.

〈早秋山中居〉로 된 제목도 있다. 이 시는 天寶 초년의 작품이라 알려졌다. '卻嫌陶令去官遲' 의 구절을 해석하면, 도연명은 41세에 팽택령을 사직했는데 천보 초에 왕유는 40여 세였다. 당시 조정의 정치는 날로 나빠지는 사이에 왕유는 울적하며 실의 속에서 세상사에 대한 관심을 잃고 은거의 뜻을 굳혀가고 있었다.

○ 無才不敢累明時 – 累明時는 聖明 聖代에 누를 끼치다.

○ 思向東谿守故籬 – 故籬(고리)는 옛집. 故居. 籬는 울타리 이(리).

○ 豈厭尙平婚嫁早 – 尙平은 尙長(人名). 字는 子平. 向平(상평, 向은 성씨 상)으로도 표기. 後漢 사람. 모든 자녀가 일찍 결혼하자 不問家事하고 명산대천을 유람하였는데 끝내 그 행방을 알 수 없었다.

○ 卻嫌陶令去官遲 – 嫌은 싫어하다. 陶令은 陶潛(陶淵明, 365 – 427) 彭澤令(팽택현은, 今 江西省 九江市 관할의 彭澤縣. 今 江西省 최북단). 遲는 늦을 지.

○ 草間蛩響臨秋急 – 蛩響(공향)은 귀뚜라미 울음소리. 蛩은 귀뚜라미 공. 메뚜기.

○ 山裏蟬聲薄暮悲 – 蟬聲(선성)은 매미 울음. 蟬은 매미 선. 薄暮는 초저녁의 어스름.

○ 寂寞柴門人不到 – 柴門(시문)은 사립문. 柴는 땔나무 시.

| 詩意 | 수련의 '無才不敢累明時'는 겸사에 반어적 표현으로 완곡한 표현이나 志趣는 명백하다. 함련은 尙平(상평)과 陶潛(도잠)의 고사를 인용하여 은거의 절박함을 표출하였다. 蛩響(귀뚜라미 울음)과 蟬聲(매미 울음)에 대한 구절은 景語이면서 情語로 자신의 은거가 늦었다는 통절한 아픔을 표현하였다. 그리고 결련은 이미 세상사와 많은 부분이 단절된, 거의 半 은거의 생활을 기록하여 앞으로도 자신은 白雲과 짝을 할 것이라는 뜻을 밝혔다.

淇上田園卽事(기상전원즉사)

屛居淇水上，東野曠無山.
日隱桑柘外，河明閭井間.
牧童望村去，獵犬隨人還.
靜者亦何事，荊扉乘晝關.

淇上의 전원에서 짓다

淇水 강가에 숨어 사는데,
동쪽 벌판은 트여 산도 없다.
해는 뽕밭을 지나 떨어지고,
강은 마을을 끼고 반짝인다.
목동은 마을 향해 걸어가고,
獵犬도 주인 따라 돌아온다.
한가한 사람 할 일이 있는가?
저녁해 지면 사립문을 닫는다.

| 註釋 | ○ 〈淇上田園卽事〉 – 〈淇上(기상)의 전원에서 짓다〉.

이 시는 개원 16년(728) 전후의 작품으로 알려졌다. 왕유가 숭산에 은거할 무렵에 淇上은 또 다른 은거지였다고 생각된다. 이 작품은 저녁 무렵의 광활한 전원 풍경을 묘사하였다.

○ 屛居淇水上 – 屛居는 은거. 淇水(기수)는 河南省 북부 鶴壁市 관할의 淇縣을 지나 衛河(위하)에 합류하는 강.

○ 日隱桑柘外 – 桑柘는 뽕나무. 柘는 산뽕나무 자.

○ 獵犬隨人還 – 獵犬(엽견)은 사냥개. 隨는 따를 수.

○ 靜者亦何事 – 靜者는 守靜無爲한 자. 은거자.

○ 荊扉乘晝關 – 荊扉(형비)는 사립문. 乘晝關은 해가 지면 닫는다는 뜻.

| 詩意 | 평화로운 曠野(광야)의 해질녘 풍경이다. 산이 없는 그 벌판에 있는 마을이니, 해는 뽕나무 사이로 넘어간다. 그 석양을 받아 강물은 하얗게 반짝인다. 목동들은 소를 몰고 마을을 향해 걸어가고 사냥꾼을 따라갔던 개도 주인과 함께 돌아온다. 여기까지는 은거자가 방관자로 존재한다.

그러다가 尾聯에서 '靜者亦何事 荊扉乘晝關' 이라 하여 아무 할 일이 없음을 자조적으로 말했다. 왕유는 〈歸嵩山作〉에서도 '歸來且閉關' 이라 했고, 〈歸來輞川作〉에서는 '惆悵掩柴扉' 라 하였다. 모두 사립문을 닫는 것으로 하루가 끝난다.

왕유가 사립문을 닫지만 거기에는 등용된다면 할 일이 많다는 뜻이 남겨져 있나. 하여튼 시인의 뜻은 尾聯에 나타난다.

藍田山石門精舍(남전산석문정사)

落日山水好，漾舟信歸風.
探奇不覺遠，因以緣源窮.
遙愛雲木秀，初疑路不同.
安知淸流轉，偶與前山通.
舍舟理輕策，果然愜所適.
老僧四五人，逍遙蔭松柏.
朝梵林未曙，夜禪山更寂.
道心及牧童，世事問樵客.
暝宿長林下，焚香臥瑤席.
澗芳襲人衣，山月映石壁.
再尋畏迷誤，明發更登歷.
笑謝桃源人，花紅復來覿.

남전산의 석문정사

해질녘 山水가 더 없이 좋아,
順風에 절로 배 띄워 맡겼다.
경치 보느라 멀리 온줄 몰랐는데,
그냥 물따라 桃源 仙境 찾아간다.
구름낀 수풀 풍경이 더 없이 좋고,

처음엔 길이 갈렸나 걱정도 했다.
맑은물 굽어 도는 곳에서 어찌,
길이 있을 줄이야 누가 알겠나?
배를 내려 작다란 지팡이를 짚고,
걷는 걸음 마음에 심히 흡족하다.
늙은 스님 네댓 분이,
솔밭 아래 천천히 걷고 있었다.
아침 독경 숲속은 아직 어둑했고,
저녁 참선 절간은 더욱 적막하다.
佛道 닦는 마음은 목동도 알고,
俗世 일은 나무꾼에게 묻는다.
밤들어 적막한 산간에 묵으며,
香煙속 정갈한 자리에 누웠다.
계곡의 꽃향기 옷에 스며들고,
동산에 달떠서 석벽을 비춘다.
다시 찾을 때 헤맬까 걱정하며,
날이 밝자 온 길을 되돌아간다.
웃으며 선경의 스님과 헤어지며,
봄꽃이 필 때면 다시 와서 뵈리라.

| 註釋 | ○ 〈藍田山石門精舍〉 - 〈남전산의 석문정사〉.

藍田山은, 일명 玉山이라고도 한다. 지금 陝西省 西安市 藍田

縣에 있는데, 남전현은 玉의 산지로도 유명하다. 石門에 온천이 용출하자 당 현종의 명으로 절을 짓고 大興湯院이라고 했다. 精舍는 佛寺, 道士가 사는 곳이란 뜻도 있다. 이 시는 전체적으로 석문정사를 찾아가고 거기서 묶으면서 본 것을 순차적으로 묘사하였다.

○ 漾舟信歸風 – 漾舟는 배를 띄우다. 漾은 출렁거릴 양. 배를 띄우다. 信은 맡기다. 歸風은 歸山之風, 順風.

○ 探奇不覺遠 – 不覺遠은 멀리 왔다는 사실을 알지 못하다.

○ 因以緣源窮 – 緣源窮은 綠溪의 발원지.

○ 遙愛雲木秀 – 遙는 멀리 바라보다.

○ 偶與前山通 – 偶는 우연히, 뜻밖에.

○ 舍舟理輕策 – 輕策은 가벼운 지팡이.

○ 果然愜所適 – 愜은 상쾌할 협. 마음에 흡족하다. 適은 가다(去).

○ 逍遙蔭松柏 – 逍遙(소요)는 이리저리 거닐며 돌아다니다. 逍는 거닐 소. 蔭은 그늘 음.

○ 朝梵林未曙 – 朝梵은 아침에 읽는 불경. 梵은 梵語, 불경 범. 다라니.

○ 世事問樵客 – 樵客은 나무꾼. 樵는 나무할 초. 땔나무.

○ 暝宿長林下 – 暝宿(명숙)은 날이 어둡자 잠자리에 들다.

○ 焚香臥瑤席 – 瑤席(요석)은 仙草인 瑤草로 만든 자리. 곱고도 깨끗한 자리.

○ 澗芳襲人衣 – 澗은 계곡의 시내 간.

○ 再尋畏迷誤 – 再尋은 다시 찾아오다. 尋은 찾을 심. 보통.

○ 明發更登歷 – 날이 밝으면 올라온 길을 되돌아가야 한다.

○ 笑謝桃源人 – 謝는 辭. 인사하고 떠나가다. 桃源人은 桃源境에 사는 사람. 陶淵明의 〈桃花源詩〉의 典故를 인용. 산중에 거처하며 세속에 초연한 사람.

○ 花紅復來覿 – 覿은 볼 적. 만나다. 찾아오다.

| 詩意 | 이 시는 淸新한 자연 속의 미경을 꾸밈없이 묘사하였는데, 謝靈運(사령운)의 〈石壁精舍還湖中作〉의 영향을 받았다는 주석도 있다. 佛寺를 묘사하였지만 敎理나 禪門에 대한 말도 없이 탈속한 경지를 잘 묘사하였다.

이 시에 대하여 '落日山水好, 漾舟信歸風'의 절창으로 시작하여 '道心及牧童, 世事問樵客' 까지가 다른 한 首의 詩라는 주장도 있다. 곧 시 2수를 하나로 합쳤다는 뜻이다.

贈裴十迪(증배십적)

風景日夕佳, 與君賦新詩.
澹然望遠空, 如意方支頤.
春風動百草, 蘭蕙生我籬.
曖曖日暖閨, 田家來致詞.
欣欣春還皐, 淡淡水生陂.
桃李雖未開, 荑萼滿芳枝.
請君理還策, 敢告將農時.

裴氏 열째인 迪(적)에게 주다

아침 저녁으로 날씨가 좋은데,
새로 지은 시를 君에게 보내오.
멀리 하늘을 조용히 바라보다가,
지금 如意로 턱을 고이고 있다오.
봄바람이 불자 풀밭이 흔들리고,
집 울 아래 향풀도 싹이 텄다오.
봄 볕 받아 집안도 훈훈해졌는데,
농부가 찾아와 이런 말을 했다오.
"쑥쑥 초목이 자라니 들엔 봄이 왔고,
햇빛 내린 연못엔 물이 넘실댑니다.
복숭아꽃은 아직 피지 않았지만,

꽃피울 망울은 가지마다 맺혔지요.
어르신 지팡이 짚고 둘러보시라고,
지금이 농사 철이라 감히 아룁니다."

| 註釋 | 〈贈裴十迪〉 – 〈裴氏 열째인 迪(적)에게 주다〉. 迪은 나아갈 적.

왕유의 가까운 詩友이었던 裴迪(배적)은 형제의 輩行이 열째라서 裴十迪이라 하였다. 왕유가 藍田縣의 輞川別墅(망천별서)에 은거할 때 배로 왕래하며 彈琴賦詩하며 종일 같이 즐겼다고 한다. 왕유와 배적은 나이 차이가 20여 세였다 하니 그냥 벗이라기보다는 詩友 아니면 道友라고 해야 한다.

○ 風景日夕佳 – 이는 陶淵明의 〈飮酒 其五〉의 '山氣日夕佳'와 매우 비슷하다.

○ 與君賦新詩 – 이 또한 도연명의 〈移居 其二〉의 '春秋多佳日 登高賦新詩'의 再活用이다.

○ 澹然望遠空 – 澹然은 조용한 모양. 澹은 싱거울 담. 조용하다.

○ 如意方支頤 – 如意는 옥이나 청동으로 만든 器物 이름. 자루 끝이 雲紋, 또는 心字 모양 아니면 靈芝(영지) 형태로 만든 중국의 공예품. 중국인의 爪仗(조장, 俗稱 '不求人')으로 우리나라 효자손의 일종이라 생각할 수 있다. 불교의 전래와 함께 중국에 들어왔다는데, 吉祥의 상징으로 도사나 승려가 경문을 읽을 때 손에 쥐는 공예품이었다. 頤는 턱 이(面頰 뺨, 볼). 托支는 받치다.

○ 春風動百草 – 봄바람에 모든 꽃과 풀이 흔들린다.

○ 蘭蕙生我籬 – 蘭蕙는 향초. 蕙는 혜초 혜. 향초.

○ 曖曖日暖閨 – 曖曖(애애)는 날씨가 따사롭다. 閨는 규방 규(內室). 여기서는 집. 가옥.

○ 田家來致詞 – 田家는 농부. 來致詞는 와서 말하다. 농부의 말은 陶淵明 〈歸去來兮辭〉의 '農人告余以春及, 將有事於西疇'와 같은 내용이다.

○ 欣欣春還皐 – 欣欣(흔흔)은 기뻐하는 모양. 皐는 언덕 고. 밭. 농지.

○ 淡淡水生陂 – 淡淡은 잔물결이 이는 모양.

○ 荑萼滿芳枝 – 荑蕚은 꽃망울. 荑는 싹 제, 벨 이. 蕚은 꽃받침 악.

| 詩意 | 이 시는 왕유가 종남산에 은거하며 지은 시로 알려졌는데, 도연명의 영향을 받아 平淡自然의 풍격을 여실히 드러내며 이른 봄 전원의 풍광의 아름다움과 시인의 한적한 정취를 잘 표현하였다. 전체적으로 느낌은 도연명 풍이지만 도연명의 시가 古風에 질박하고 淡泊(담박)하다면 왕유의 시가 간략하면서도 溫和淨潔(온화정결)하다는 특징이 있다.

왕유가 배적에게 준 詩로 〈輞川閑居贈裴秀才迪〉, 〈酌酒與裴迪〉, 〈春日與裴迪過新昌里訪呂逸人不遇〉 등이 잘 알려졌다.

四. 官職과 樂道(낙도)

開元(개원) 19년(731)에, 왕유는 아내와 사별한 것으로 추정된다. 《舊唐書 文苑傳 下》의 〈왕유전〉에는 '아내가 죽자 다시 아내를 얻지 않고 30년을 혼자 지냈다.' 고 하였다.[13]

왕유는 관직에 대한 염원을 완전히 버릴 수가 없었다. 그 시절 관직은 지식인이 살아갈 수 있는 유일한 생활 방편이었다. 당시 東都 洛陽은 당의 제 2도시였고, 長安에 이은 副都로 장안과 같은 행정부서가 설치되었으며 관원이 상주하였다.

왕유는 장안과 낙양을 수시로 왕래하였다. 이 무렵에 왕유의 〈終南山〉과 〈終南別業〉은 웅대한 산세와 山色의 변화를 묘사하면서 그의 마음이 세상의 득실에 이끌리지 않으며 忘我의 경계에 이르렀음을 보여주었다.

또 유명한 〈山居秋暝〉은 月影과 물소리와 함께 빨래하고 돌아오는 여인들, 그리고 조용히 흔들리는 연꽃을 그려 시인과 자연이 하나가 되었음을 보여주었다. 그리고 그의 〈過香積寺〉는 산에 천천히 걸어 유람하면서 어디든 자연과 융합할 수 있다는 은자의 여유를 그려내었다.

---

13 '妻亡, 不再娶, 三十年孤居一室.'

개원 22년(734), 張九齡(장구령, 678 – 740)은 재상급인 中書令이 되었다. 장구령은 유능한 인재를 등용할 것과 私黨을 만들거나 개인의 이익을 도모해서도 안 되며 관작을 신하에게 마음대로 하사해서도 안 된다는 주장을 하였는데, 이런 주장과 처신에 젊은 왕유는 감명을 받았을 것이다.

왕유는 장구령에게 獻詩하며 자신을 천거해달라고 부탁하였다. 실력으로 과거에 급제하여 관직을 시작했으나 임용 첫 해에 폄직을 당했고 관직을 스스로 버린 뒤 은거로 이어진 왕유의 울퉁불퉁한 인생 노정에 새로운 轉機(전기)가 필요했을 것이다. 그러면서 자신의 뜻도 펴보고 생활도 안정되길 희망했을 것이다.

개원 22년(734), 왕유는 장구령의 천거로 右拾遺(우습유)에 등용되었다.[14] 이때 현종은 낙양에 머물고 있었다. 왕유는 그의 詩 〈獻始興公〉에서 자신에 대한 장구령의 천거가 떳떳한 公議이지 私的인 천거가 아니었기에 기꺼이 받아들였다는 뜻을 표하였다.

개원 24년(736), 왕유는 현종을 수행하여 장안으로 돌아왔다. 장구령은 그가 천거했던 사람이 현종을 비난한 죄에 연루에서 재상직에서 물러나 荊州大都督府의 長史라는 지방의 한직으로 폄직되었다. 장구령의 폄직은 왕유에게 관직 생활에 큰 타격을 주었다.

開元 25년(737)에, 왕유는 監察御使의 직분으로 河西節度使인 崔

---

14 右拾遺의 습유는 '버려진 것을 줍는다.' 라는 뜻으로, 곧 유능한 인재를 찾아 천거하고 또 諫言(간언)을 담당하는 직분인데 中書省 소속의 습유를 우습유, 門下省 소속의 습유는 좌습유라 했고, 左, 右補闕도 마찬가지였다. 뒷날 杜甫나 白居易는 左拾遺를 역임했었다.

希逸(최희일)의 막료로 발령받아 涼州에 부임하여 節度判官으로 3년 가까이 변경의 최전선에서 재직하게 된다.

內地에서 태어났고 長安과 洛陽의 대도시에서 주로 생활한 왕유에게 邊塞(변새)의 자연환경과 현지 주민들의 생활, 그리고 軍營이라는 특별한 근무 여건은 왕유에게 매우 새로운 자극이면서 충격이었다. 이 시기에 왕유는 자신의 넓고 큰 뜻과 雄渾(웅혼)한 기상을, 그리고 현지인들의 생활을 소재로 한 佳作을 많이 남겼다.

개원 28년(740), 장안에 돌아온 중년의 왕유는 殿中侍御使兼知南選의 직책을 받았다. 知南選(지남선)은 五嶺(오령) 산맥 이남의 각 州를 순회하며 인재 등용을 위한 考試를 주관하는 직책이었다. 왕유는 개원 29년(741) 봄에, 맹호연의 고향 襄陽(양양)을 지나면서 그의 죽음을 듣고 〈哭孟浩然〉을 지어 인생 선배이면서 절친인 맹호연의 죽음을 애도하였다. 왕유는 知南選의 직분을 수행하면서 각지를 여행하였고, 이 과정에서 호탕하고 기세 웅혼한 〈漢江臨眺(한강임조)〉를 지었는데, '郡邑浮前浦, 波瀾動遠空'의 명구는 孟浩然의 '氣蒸雲夢澤 波撼岳陽城' 〈望洞庭湖贈張丞相〉보다도 더 宏闊(굉활)한 기상을 보여주었다.

이어 長江의 巴峽(파협)을 지나면서 〈曉行巴峽〉의 절창을 남겼다. 이 시기에 왕유는 많은 산수시를 남겼다. 왕유의 산수시는 陶淵明(365? – 427) 이후 東晋과 宋의 활약했던 謝靈運(385 – 433)과 남조 齊의 謝朓(사조, 464 – 499)의 전통을 이어 발전시켰다.

哭孟浩然(곡맹호연)

故人不可見，漢水日東流.
借問襄陽老，江山空蔡州.

맹호연을 애도하다

옛 벗을 이제는 볼 수 없는데,
漢水는 날마다 東으로 흐르네.
묻노니, 襄陽 노인은 어디 있소?
蔡州의 江山이 모두 비었다오.

| 註釋 | ○ 〈哭孟浩然〉 – 〈맹호연을 애도하다〉.

맹호연은 開元 28년(740)에 죽었고, 왕유는 다음 해에 殿中侍御史知南選의 직책으로 맹호연이 살던 襄陽(양양)에 와서 그의 죽음을 듣고 시를 지어 애도했다.

○ 漢水日東流 – 漢水는 長江 최대 지류이다. 襄陽은 한수 중류에 위치했다. 今 湖北省 襄樊市(양번시) 襄陽區.

○ 借問襄陽老 – 借問은 請問. 襄陽老는 孟浩然.

○ 江山空蔡州 – 襄陽의 峴山(현산) 동남쪽 漢水에 後漢의 長水校尉였던 蔡瑁(채모)가 살아 그곳을 蔡州라 불렀는데 맹호연이 즐겨 찾던 곳이었다. 맹호연의 시 〈與諸子登峴山〉 참고.

| 詩意 | 孟浩然(맹호연, 689? – 740)은 浩라는 이름보다는 그의 字 '浩

然' 으로 통칭된다. 號는 鹿門處士(녹문처사)이고, 襄州 襄陽(양양, 今 湖北省 襄陽市) 사람이기에 '孟襄陽' 으로 불리기도 한다. 孟浩然과 王維(왕유)를 나란히 '王孟' 이라 부른다.

맹호연은 젊은 시절 각지를 유랑했었다. 당 현종 개원 16년 장안에 와서 진사과에 응시하였으나 낙방하였다. 왕유와 맹호연은 개원 17년(729)년경에 장안에서 만나 친교를 맺은 것으로 알려졌다. 王維가 玄宗에게 孟浩然을 추천하였으나 현종은 孟浩然의 詩 〈歲暮歸南山〉 중에서 '不才明主棄(재주가 없다고 明主가 버렸다.)' 라는 구절을 보고서 "나는 卿을 버린 적이 없거늘 어찌 이리 심한 말을 하는가?" 라면서 싫어하여 임용되지 않았다. 결국 이런 저런 일로 벼슬길에 오르지 못했고, 은거를 원하지 않았지만 은거할 수밖에 없었다. 개원 28년(740), 王昌齡(왕창령)이 襄陽을 유람하면서 孟浩然을 찾아와 생선회에 호탕하게 술을 마셨고, 왕창령이 떠나면서 맹호연은 곧 병사했다고 한다.

浮生의 存亡이야 피할 수 없다지만 뜻밖에 빨리 가버렸고, 또 각별한 知己이었기에 그 슬픔을 짐작할 수 있다. 고인을 그리는 정을 맹호연이 살던 양양을 지나 동으로 흐르는 漢水에 기탁하였고 '강산이 비었다' 라면서 우인의 죽음을 애도하였다.

送別(송별)

山中相送罷, 日暮掩柴扉.
春草明年綠, 王孫歸不歸.

송별

산에 살다가 서로를 보내고,
날이 저물어 사립을 닫는다.
봄풀 내년에 다시 또 푸르면,
벗은 오겠나? 아니 오겠나?

| 註釋 | ㅇ 〈送別〉 – 같은 제목의 五言古詩가 있어 이를 〈山中送別〉, 또는 〈送友〉라고 제목을 단 책도 있다.

ㅇ 山中相送罷 – 罷는 그만둘 파. 쉬다. 끝내다. 後에.

ㅇ 日暮掩柴扉 – 日暮(일모)는 해가 지다. 掩은 가릴 엄. 닫다. 柴는 땔나무 시. 섶. 扉는 문짝 비. 柴扉는 사립문. 사립문을 닫는다는 것은 찾아올 사람이 없다는 의미이다.

그렇다면 여기서 시인의 고독을 느낄 수 있다고 해석한다면 그는 아마 왕유를 모르는 사람일 것이다. 은거하는 사람은 고독을 즐길 수 있으니 은거하는 것이다.

ㅇ 王孫歸不歸 – 王孫은 귀인, 友人. 왕유가 전송한 사람. 歸不歸는 올 것인지? 아니 올 것인지? 의문이지만 돌아오지 않을 것이라는 확신이 있기에 이렇게 표현했을까? 한번은 생각해 보아야

할 것이다.

| 詩意 | 이 시는 기승전결이 확실하니 1구에서는 이별의 장소, 2구는 전송한 뒤 돌아왔고, 3구는 내년 봄을 말하고서, 4구에서 다시 오기를 기다리는 眞情을 말했지만 확신은 없는 것 같다.

이 시는 이별의 아쉬움은 이미 지난 것이고 내년 봄에 상봉의 기쁨을 기대하며 별리의 정을 담담히 받아들이는 시인의 마음을 그렸다. 그야말로 '의중에 또 다른 뜻이 있고(意中有意)', '맛보면 또 다른 맛이 나는(味外有味)' 詩라 할 수 있다.

王維의 送別詩는 몇 가지 유형으로 나누어 생각할 수 있다.

友人이 임무를 받은 관리로서 任地를 향할 때 격려하며 국가를 위해 충성을 다 해달라는 뜻을 전달하는 이별의 시가 있다.

또 〈送綦毋潛落第還鄉〉과 같이 山水에 은거하려는 벗이나 가까운 지인의 이별을 진정으로 위로하며 아쉬운 정감을 가득 담아 표현한 전별의 시가 있다.

그리고 관리들의 보내온 시에 화답하는 이별의 시도 있는데, 그러한 시에는 敍景에 중점을 두고 別離의 정을 표현하였다.

送別(송별) (五古)

下馬飮君酒，問君何所之.
君言不得意，歸臥南山陲.
但去莫復問，白雲無盡時.

송별

말에서 내려 한 잔을 권하면서,
묻기를, 당신 어디로 가시나요?
당신은 뜻을 얻지 못했다면서,
종남산 기슭 아래 은거한다네.
그러면 가오. 다시 묻지 않나니,
흰구름 없을 날이 없을 터이니!

| 註釋 | ○ 〈送別〉 – 〈헤어짐〉.

이 시는 남을 송별한 시가 아니고 自問自答하는 형식으로 자신의 은퇴하려는 심정을 적은 시로 해석하면 뜻이 잘 통한다. 즉 묻는 자도 王維이고, 대답하는 사람도 왕유이다.

○ 下馬飮君酒 – 飮은 마실 음. 여기서는 동사로 쓰였다. 君에게 酒를 마시게 하다. 이는 아주 평범한 시작이다. 아무 꾸밈없는 무대의 막이 올랐다.

○ 問君何所之 – 何所는 어디로? 之는 往(갈 왕, 가다).

○ 君言不得意 – 不得意(부득의)는 得意하지 못해, 마음대로 되지 않다. 不得已(부득이)가 아니다. 不得已는 할 수 없이, 마지못해

서. 이는 歸山의 이유를 말한 구절이다. 물론 여기에는 왕유 본인의 깊은 뜻도 들어있다. 우인의 말은 '~南山陲' 까지이다.

○ 歸臥南山陲 – 南山은 終南山. 그곳의 輞川(망천)에 왕유의 별장이 있었다. 陲는 변방 수. 가장자리.

○ 但去莫復問 – 莫은 없을 막. 하지 말라(勿). 問이 聞으로 된 책도 있다. 聞인 경우에는 '더 들을 말이 없다' 는 뜻.

○ 白雲無盡時 – 無盡時는 다할 때가 없다. 언제나 있다. 세상 名利를 초월한 白雲은 언제나 있을 것이니 그를 벗 삼아 지내겠다는 뜻을 알 수 있다.

| 詩意 | 이 시는 王維가 自問自答하는 형식으로 紅塵(홍진)의 벼슬살이에서 벗어나 白雲처럼 悠然自適(유연자적)하려는 심정을 읊은 것이다.

明의 唐汝詢(당여순)은 《唐詩解》에서 '이 시는 현명한 선비가 돌아가 은퇴한다는 내용의 시다. 그러나 스스로 묻고 대답하는 형식을 빌려 자기의 심정도 그와 같음을 말한 것이다. 또한 더 묻지 말라! 언제까지나 흰 구름 같을 것이라는 구절로 충분히 스스로 즐겁다는 뜻을 나타냈다.' 고 하였다.

清의 吳喬(오교)는 《圍爐詩話(위로시화)》에서 '王維의 오언고시는 더없이 좋고 아름답다. 〈送別〉 같은 시는 《詩經》에 들어갈 만하다.(王右丞五古, 盡善盡美矣, 觀送別篇可入三百.)' 고 하였다.

그리고 詩歌 이론으로 格調說을 주장한 清의 沈德潛(심덕잠, 1673 –1769, 호 歸愚)은 《唐詩別裁(당시별재)》에서 '언제나 흰 구름처럼 유연하고 족히 스스로 즐겁다면, 뜻을 못 얻었다고 말할 수 없을 것이다.(白雲無盡, 足以自樂, 勿言不得意也.)' 라고 평했다.

漢江臨眺(한강임조)

楚塞三湘接, 荊門九派通.
江流天地外, 山色有無中.
郡邑浮前浦, 波瀾動遠空.
襄陽好風日, 留醉與山翁.

漢江을 조망하다

楚地의 산천은 三湘의 물에 닿았고,
荊門엔 아홉 개 지류가 서로 통한다.
天地의 끝으로 강물은 흘러가고,
山色은 있다가 없기를 거듭한다.
城邑은 물길을 따라서 모여있고,
長江은 하늘을 흔들듯 넘실댄다.
襄陽땅 풍광이 이렇듯 좋은 날에,
山翁과 다함께 취해서 놀고 싶다.

| 註釋 | ㅇ 〈漢江臨眺〉 – 〈漢江을 조망하다〉.

漢江은 漢水라고도 하고, 옛날에는 '沔水(면수)라 불렀다. 眺는 바라볼 조. 〈漢江臨汎(한강임범), 한강에서 배를 띄우다.〉로 된 판본도 있다. 시인은 襄陽(양양)에서 한강을 내려다보며 시를 읊었다.

ㅇ 楚塞三湘接 – 楚塞(초새)는 楚나라의 변방. 漢水 일대는 전국시대 초의 서북 변방이었다. 三湘은 3개의 湘水(상수). 상수 유

역의 총칭. 瀟湘(소상), 浣湘(완상), 蒸湘(증상)을 지칭.

○ 荊門九派通 – 荊門(형문)은 산 이름. 형문산. 荊州로 들어가는 요지. 九派通은 여러 지류와 相通한다. 9는 많은 수를 지칭할 뿐 꼭 아홉이라는 숫자는 아니다.

○ 山色有無中 – 山의 形色이 있는 듯 없는 듯하다. 구름과 안개가 많아 보이다 안 보이다 한다는 뜻. 中은 위의 外의 對. 강 가운데.

○ 郡邑浮前浦 – 郡邑은 여러 고을들. 浮는 뜰 부. 널려 있다. 前浦는 강 앞 쪽으로.

○ 波瀾動遠空 – 瀾은 물결 난(란). 波瀾은 강에 이는 파도. 遠空(원공)은 먼 하늘. 파도가 치는데 작은 배를 타고 있으면 하늘이 흔들리는 것 같다.

○ 襄陽好風日 – 襄陽(양양)은 지금의 湖北省 襄樊市(양번시), 군사와 상업의 요지. 왕유가 이곳에서 登高하였음을 알 수 있다. 襄陽은 소설 《삼국연의》에서 반드시 차지해야 할 用武之地이었다. 關羽가 魏의 七軍을 水葬한 곳도 이곳이었다.

○ 留醉與山翁 – 留醉(유취)는 머물면서 술을 마시다. 山翁(산옹)은 竹林七賢의 한 사람인 山濤(산도)의 아들 山簡(산간). 산간은 술을 무척이나 즐겼는데, 한때 征南將軍으로 襄陽에 주둔했었다. 이곳 양양 대부호의 멋진 園林이 있어 자주 나와 대취하여 돌아가곤 했었다.

| 詩意 | 首聯은 荊楚의 지리적 위치의 대강을 말해 漢江을 설명하였다.

함련은 江流와 山色으로 주변 경관을 묘사하였다. 江流, 山色, 郡邑, 波瀾으로 이어지는 묘사가 기운차다. 경련은 한강에 따라 형성된 여러 성읍을 언급하였다. 이때에는 소설《삼국연의》가 유행하기 전이지만, 기본 상식이 있기에 옛날 삼국의 역사를 떠올렸으리라. 미련은 역시 사람에 대한 이야기로 끝을 맺었다. 옛 죽림칠현과 그 아들 한 사람을 들어 술을 마시면서 옛 회포를 풀어보고 싶다는 시인의 마음을 언급하였다.

唐代의 대표 시인 세 사람이 강가에서 읊은 시를 보면, 산과 들과 강을 어떻게 표현했는지 그 기세와 느낌이 크게 다르다. 이렇게 다른 느낌을 주는 것이 시인의 개성이다. 누구를 좋아할지는 시를 읽는 사람에 따라 다를 것이다.

※ **山隨平野盡 江入大荒流.**
산은 넓은 들을 따라와 없어지고,
강은 거친 땅에 들어와 흘러간다.

〈渡荊門送別〉, 李白.

※ **星垂平野闊 月湧大江流.**
별이 드리운 들판은 광활하고,
달은 흐르는 큰강서 떠오른다.

〈旅夜書懷〉, 杜甫.

※ **江流天地外 山色有無中.**
강물은 天地의 끝으로 흘러가고,
山色은 있다가 없기를 거듭한다.

〈漢江臨眺〉, 王維.

送崔九弟欲往南山(송최구제욕왕남산)

城隅一分手，幾日還相見.
山中有桂花，莫待花如霰.

終南山에 가려는 최씨 아홉째 아우를 전송하다

성 모퉁이서 서로 헤어지니,
며칠 지나야 다시 보겠는가?
산중에 계수나무 꽃이 필 것이니,
꽃이 질 때까지 기다리지 말게나.

| 註釋 | ○ 〈送崔九弟欲往南山〉 - 〈終南山에 가는 최씨 아홉째 아우를 전송하다〉

一作 〈送崔九弟欲往南山馬上口號與別〉.

○ 城隅一分手 - 城隅(성우)는 성 밖의 어느 곳.

○ 莫待花如霰 - 꽃 지기 전에 돌아오라는 당부. 霰은 싸락눈 산. 흩어지다. 꽃이 지다.

| 詩意 | 崔九弟는 왕유의 처남인 崔興宗(최흥종)이다. 종남산에 들어가더라도 오래 있지 말라는 당부이다. 왕유의 〈送崔九興宗遊蜀〉(五律), 〈送崔興宗〉(五律)도 있다.

送元二使安西(송원이사안서)

渭城朝雨浥輕塵, 客舍青青柳色新.
勸君更盡一杯酒, 西出陽關無故人.

安西에 출장 가는 元二를 전송하다

渭城의 아침 비는 흙먼지를 적셨고,
객사의 푸른 버들 새잎이 싱그럽다.
그대께 권하니 다시 한잔 더 비우시길,
서쪽 陽關으로 가면 아는 이 없으리오.

| 註釋 | ○ 〈送元二使安西〉 - 〈安西에 출장 가는 元二를 전송하다〉. 길 떠나는 사람을 전송하며 부르는 樂府題이다. 渭城(위성)은 지금의 陝西省 咸陽市 관할 渭城區. 秦의 도성 咸陽(함양)을 '渭水에 있는 城'이라는 뜻으로, 渭城으로 바꿔 불렀다. 西域(서역)으로 떠나가는 사람을 이곳에서 전송했다. 제목을 〈渭城曲〉, 〈陽關曲〉, 〈陽關三疊(양관삼첩)〉이라 한 책도 있다. 이 시는 天寶 초년의 작품이라고 알려졌다.

○ 渭城朝雨浥輕塵 - 浥은 젖을 읍. 적시다. 輕塵(경진)은 흙먼지.

○ 客舍青青柳色新 - 客舍는 客館. 어디든 객사 주변에는 버들을 심었다. 계절적으로는 이른 봄이다. 柳色新이 그 증거이다. 이상 두 구절은 위성과 객사의 정경에 대한 묘사이다.

○ 勸君更盡一杯酒 - 更盡(갱진)은 또 다 마시다. 떠나는 사람에

게 잘 다녀오라며 권하는 한 잔 술, 그래도 한 잔을 또 권하고 싶을 것이다. 아주 평범한 일상에 대한 단순한 서술이지만 거기에 眞情이 있으니 모두가 공감하는 것이다.

○ 西出陽關無故人 – 陽關은 甘肅省 敦煌市 서남 70여 리 지점. 漢 武帝 시기에 건립. 玉門關의 남쪽이기에 陽關이라 부르고 玉門關과 함께 '二關'이라 하였다. 교통 요지이며 서역 천산남로를 지키는 군사기지였다.

이 구절은 陽關을 나가서 서쪽으로 더 간다는 뜻이 아니라 일차 목적지 陽關을 향해 장안에서 서쪽으로 간다는 뜻. 長安에서 양관도 너무 먼 거리이니 長安과 양관 사이에도 '無故人'할 것이다.

| 詩意 | 送別詩 중에서 가장 잘 알려진 걸작이다. 唐人의 전별시는 셀 수 없을 정도로 많지만 이 시가 제일이며, 또 萬古의 절창으로 이후의 어떤 이별시도 왕유의 이 시보다 낫지 않다는 평가를 받고 있다.

이 시는 가장 평이한 구이로 쓰였고 심각한 말은 하나도 없지만, 이별의 정서 모두를 대변하며 떠나는 사람에게 이보다 더 좋은 위로는 없다고 하였다. 唐宋代에는 송별의 술자리에서 혹은 주루에서 애창되었다.

머리 두 句에서는 이별의 계절과 경치, 장소와 시간을 밝혔고, 3, 4句에서는 술을 한 잔 더 권하는 이별의 정을 토로하였다. 특히 결구인 '西出陽關無故人'은 이별의 모든 뜻을 다 포함하고 있다. 먼 길 가다 보면 나 같은 지인을 만나기 어려울 것이다. 그러니 여기서 술 한 잔 더 마시라는 위로는 매우 현실적이다. 여기에는 떠나는 사람과 보내는 사람의 마음이 모두 하나가 되었다.

이는 初唐 시인 王勃(왕발)의 〈送杜少府之任蜀州〉의 '海內存知己(천하에 지기만 있다면), 天涯若比鄰(하늘 끝이라도 이웃과 같으리).' 과 盛唐 시인 高適(고적)의 〈別董大〉 '莫愁前路無知己(가는 길에 아는 사람 없다고 걱정하지 마오) 天下誰人不識君(천하에 그 누가 당신을 몰라주겠오).' 이라는 구절보다 더 절실한 위로의 말이라고 생각된다.

사실 왕발의 위로는 그 뜻이 너무 크다는 느낌이 온다. 온 천하의 모두가 다 이웃인데, 아는 사람 없다고 걱정하지 말라는 뜻은 평범한 사람에게 금방 와닿지 않는다.

또 고적의 '천하 사람들 그 누가 벗을 몰라주겠느냐? 당신의 인품이 훌륭하니 누구나 알아줄 것이다.' 라는 위로도 진정이긴 하나 보통 사람인 나에게 좀 과분한 것 같다는 생각도 들 것이다.

하여튼 왕유의 이 시는 누구나 그 정을 공감할 수 있기에 절창이 되었다.

이 시는 詩語가 질박하고 뜻이 돈후하며 영상이 생동하여 술자리에서 부르기에 딱 좋은 노래이다. 이 노래를 酒樓에서 어떻게 불렀을까? 그 창법에 대하여 蘇東坡(소동파)가 설명한 글이 있는데 다음과 같다.

"전부터 전해오는 陽關三疊(양관삼첩)이 있는데, 지금은 노래하는 사람이 각 구절을 두 번씩 두 번을 부르는데, 이는 四疊이 되니

옳지 않다. 또 각 구를 세 번씩 불렀다고 삼첩이라고 말하기도 한다. 내가 密州에서 듣기로는 … 또 白居易가 읊은 '相逢且莫推謝醉, 聽唱陽關第四聲' 이라는 구절이 있는데, '第四聲' 은 '勸君更盡一杯酒' 句이다. 그러니 부르는 방법은 首句는 두 번 부르지 않고 나머지는 두 번씩 겹쳐 부르는 것이다."라고 하였다. 소동파는 설명대로 부르는 방식을 정리하면 아래와 같다.

渭城朝雨浥輕塵
客舍青青柳色新
客舍青青柳色新. (1疊 1첩)
勸君更盡一杯酒 (白居易가 말한 第四聲)
勸君更盡一杯酒 (2疊)
西出陽關無故人
西出陽關無故人. (3疊)

이 밖에 부르는 방식에 대하여 2, 3가지 방식이 더 있는데, 마지막 結句를 모두가 세 번 합창하는 방식도 있다고 하였다.

伊州歌(이주가)

清風明月苦相思, 蕩子從戎十載餘.
征人去日慇懃囑, 歸鴈來時數附書.

이주의 노래

清風에 달밝은 밤에도 님 생각 괴로우니,
蕩子가 종군한 지 벌써 십 년이 넘었다오.
떠나간 사람이 가던 날 은근히 부탁했지요,
기러기 돌아올 때마다 자주 소식 전하라고!

| 註釋 | ○ 〈伊州歌〉 – 〈이주의 노래〉.

伊州는 曲調名이며, 서역의 지명이다. 당 태종 때 서역에 伊州를 설치했는데, 今 新疆維吾爾自治區 동부 哈密地區의 哈密市(합밀시)이다. 변방의 지명으로 곡조 이름을 지었다.

○ 清風明月苦相思 – 清風明月과 서늘한 바람이 부는 달 밝은 밤. 苦相思하는 배경이 된다.

○ 蕩子從戎十載餘 – 蕩子는 고향 떠나 방랑하는 사람. 주색에 빠진 사람. 집 떠난 남편을 말함. 從戎(종융)은 군대에 가다. 공을 세워 출세하려고 자원했을 것이다. 十載餘는 10년이 넘다. 載는 年.

○ 征人去日殷勤囑 – 征人은 出征한 사람. 殷勤(은근)은 慇懃(은근). 囑은 부탁할 촉. 10년 전의 회상이면서 십 년간의 간절한

기다림이 담겨져 있다.

○ 歸雁來時數附書 – 數은 자주할 삭. 附書는 소식을 보내다.

| 詩意 | 이는 규방 여인이 출정한 夫君을 기다리는 노래인데, 梨園에서도 오랫동안 전해 온 인기가요였다. 淸風明月이기에 더욱 님 생각이 간절했을 것이다. 방랑 기질이 있는 남자라서 집 떠난 지가 벌써 10년이 넘었으니 그 閨怨(규원)을 짐작할 수 있다.

낭군이 떠나는 날 기러기 올 때마다 자주 소식 전해달라고 부탁했지만 집 떠난 이후 소식이 없음을 짐작할 수 있다. 통속적 언어에 간결 소박하나 그 의미가 깊고 진정한 감정이 많은 사람들이 즐겨 불렀을 것이다.

送趙都督赴代州得靑字(송조도독부대주득청자)

天官動將星, 漢上柳條靑.
萬里鳴刁斗, 三軍出井陘.
忘身辭鳳闕, 報國取龍庭.
豈學書生輩, 窗間老一經.

趙都督 代州에 부임하는데, 靑字 韻으로 지어 전송하다

천상의 성좌 將軍星이 움직이니,
漢땅의 봄날 버들가지 푸르도다.
萬里길 변방에 刁斗(조두)치는 소리,
三軍은 벌써 井陘(정형)을 출발했다.
一身을 생각 않고 황도를 떠나왔으니,
胡地의 적을 치고 보국충성 하시오.
어찌 하여 서생 무리를 본받아서
창문 아래 경전 한권에 몰두하리오?

| 註釋 | ㅇ 〈送趙都督赴代州得靑字〉 - 〈趙都督 代州에 부임하는데, 靑字 韻으로 지어 전송하다.〉

趙都督 實名은 미상. 都督은 州의 군사 지휘관. 代州는(옛 雁門郡), 今 山西省 북쪽의 朔州市 代縣에 해당. 송별연에서 시를 짓는데 왕유는 靑字 韻(운)을 뽑았고 그에 맞춰 지은 5언율시이다

ㅇ 天官動將星 - 天官은 하늘의 星座. 고대에는 성좌를 가지고 황

제나 장상을 상정했고 그 운행에 따라 인간사가 달라진다고 믿었다. 將星은 전쟁과 정벌을 주관하는 별. 太白星. 動將星은 군사 지휘관으로 나가는 일이 天時에도 부응한다는 뜻.

○ 漢上柳條青 – 柳條青은 계절로 봄이다. 柳條는 漢代 周亞夫의 細柳營을 의미.

○ 萬里鳴刁斗 – 刁斗(조두)는 銅製로 낮에는 취사용 솥으로 사용. 밤에는 이를 두드리며 순찰을 돈다. 前漢의 장군 程不識(정불식)은 밤마다 조두를 치며 순찰을 돌게 하며 부대를 엄격하게 지휘했다는 기록이 《漢書 李廣蘇建傳》에 있다. 이를 본다면, 왕유는 《漢書》를 외우다시피 읽었다는 것을 짐작할 수 있다.

○ 三軍出井陘 – 三軍은 군사의 일반적 총칭. 井陘(정형)은, 今 河北省 서남부 石家庄市 관할의 井陘市. 여기서 韓信이 趙의 군사를 대파하고 河北을 차지한다. 한신과 같은 뛰어난 능력으로 공을 세우라는 뜻. 군사가 정형에서 출전한다는 뜻은 아니다.

○ 忘身辭鳳闕 – 辭는 보직을 받아 신고하고 출발하다. 鳳闕(봉궐)은 漢代의 궁궐명. 여기서는 당의 조정.

○ 報國取龍庭 – 龍庭(龍城)은 흉노의 單于(선우)가 온 부족을 이끌고 祭天하는 장소. 용정을 수시로 옮겼다고 한다. 今 내몽고 지역.

○ 豈學書生輩 – 이 구절은 班超(반초)처럼 投筆從軍하여 立身하는 것도 좋다는 뜻.

○ 窗間老一經 – 窗間은 창문 아래. 老는 늙어가다. 一經은 五經의 하나. 당대의 과거는 오경 중 一經만 택해 응시하였다.

| 詩意 | 출정하는 우인을 격려하는 따뜻한 情이 넘친다.

수련에서는 출정이 천시에 부합하고 봄철이라고 격려하였다.

二聯에서는 엄격한 부대 통솔과 한신과 같은 공을 세우라는 격려 겸 당부의 뜻이 있다.

三聯에서는 먼 곳 代州에서 큰 공을 세울 수 있으리라는 기대를 말했다.

이어 결련에서는 사나이가 어찌 경전 한 권을 읽으며 늙을 수 있겠는가? 班超(반초)와 같이 投筆從戎(투필종융)도 훌륭하다는 왕유 자신의 기개를 표출하였다.

送張五歸山(송장오귀산)

送君盡惆悵，復送何人歸.
幾日同攜手，一朝先拂衣.
東山有茅屋，幸爲掃荊扉.
當亦謝官去，豈令心事違.

산에 돌아가는 張五를 전송하다

산에 가는 벗 보내며 슬퍼했거늘,
다시 전송하니 가는 이 누구인가?
겨우 며칠을 손잡고 지냈지만,
어느 아침에 먼저 떨고 나서네.
東山에 있는 시골집에서,
사립을 쓸고 기다려 주오.
응당 관직 버리고 들어가거늘,
어찌 마음 괴롭게 살아야겠나?

| 註釋 | ○ 〈送張五歸山〉 – 〈산에 돌아가는 張五를 보내며〉. 張五는 왕유의 가까운 친우인 張諲(장인, 공경할 인).

○ 送君盡惆悵 – 惆悵은 실망하여 탄식하다. 惆는 실망할 추. 悵은 슬퍼할 창.

○ 復送何人歸 – 復送은 또 전송하다. 이전에 다른 사람을 전송했다는 뜻.

○ 幾日同攜手 – 幾日은 며칠? 몇 날? 攜는 끌 휴. 손을 잡다.

○ 一朝先拂衣 – 拂衣는 옷에 묻은 紅塵(홍진)을 털어내다. 은거하다. 拂은 떨어낼 불.

○ 東山有茅屋 – 東山은 왕유와 장오가 은거했던 嵩山. 숭산은 五嶽 중 中嶽에 해당. 무술로 유명한 少林寺가 있다. 茅屋(모옥)은 草家.

○ 幸爲掃荊扉 – 荊扉(형비)는 사립문. 나무나 싸리로 만든 대문.

○ 當亦謝官去 – 謝官은 관직을 사임하다.

○ 豈令心事違 – 違는 어긋나다. 본심과 다르게 행동하다.

| 詩意 | 왕유는 이 시를 통해 은거하려는 우인을 위로하며, 자신도 곧 은거하겠다는 회포를 서술하였다.

張諲(장인)은 서화 특히 산수화에 뛰어났으며 한때 왕유와 같이 嵩山(숭산, 낙양 부근)에 은거한 적도 있었다. 뒤에 출사하여 刑部의 원외랑을 지내면서 왕유와 서로 酬唱(수창)한 시가 많다고 한다. 당시 장오의 은거는 楊國忠(양귀비의 사촌)이 정권을 쥐며 자신에 추종하지 않는 자를 배척했기에, 장오는 먼저 은거에 들어갔고 왕유도 은거의 뜻을 굳히고 있었다.

장오가 은거하려는 嵩山은 중국 오악 중 中嶽으로, 今 河南省 중부 登封市의 서북쪽에 자리했는데 최고봉 連天峰은 해발 1,512m이지만 五嶽之尊이라 알려졌다.

送丘爲落第歸江東(송구위낙제귀강동)

憐君不得意, 況復柳條春.
爲客黃金盡, 還家白髮新.
五湖三畝宅, 萬里一歸人.
知爾不能薦, 羞稱獻納臣.

落第하여 江東으로 돌아가는 丘爲를 전송하다

뜻을 얻지 못한 그대가 안타깝나니,
하물며 버들 다시 피는 이 봄날에!
나그네 신세에 여비도 바닥났으며,
고향에 돌아갈 희끗한 中年이어라.
五湖 부근 많지 않은 전택으로,
만리 먼길 다시 돌아온 분이라!
그대의 재주 알고도 천거하지 못했으니,
인새 천거를 임무라 말하기도 부끄럽소!

| 註釋 | ○ 〈送丘爲落第歸江東〉 – '落第하여 江東으로 돌아가는 丘爲를 전송하다.'

丘爲(구위, 邱爲)는 嘉興(今 浙江省 북동부의 嘉興市, 上海市 서남쪽) 사람으로, 여러 번 낙방했다가 天寶 2년(743)에 급제하였다. 구위는 시인이며, 관직은 太子右庶子이었다. 이 시는 왕유가 右拾遺로 재직하던 開元 23년(735) 경에 지은 시로 알려졌다.

江東은 吳越(長江 하류의 남부)에 대한 범칭으로, 今 江蘇省의 남부, 上海市. 浙江省(절강성) 지역을 지칭한다.

○ 憐君不得意 - 憐은 불쌍히 여기다. 안타깝게 생각하다.

○ 爲客黃金盡 - 爲客은 타향을 떠도는 나그네. 黃金盡은 여비를 다 소비하다. 전국시대 蘇秦(소진)은 秦王에게 10여 차례 상서하는 동안 갖고 간 황금을 다 없앴다는 故事가 있다.

○ 五湖三畝宅 - 五湖는 太湖. 蘇州市 西湖. 丘爲의 고향. 三畝宅는 많지 않은 田宅.

○ 知禰不能薦 - 禰는 禰衡(이형, 예형), 후한 사람. 《삼국지연의》에 나온다. 孔融(공융)과 친했고 공융의 천거로 벼슬길에 올랐다. 나중에 曹操(조조)의 배척을 받아 죽는다. 구위를 이형에, 자신을 공융에 견주었다.

○ 羞稱獻納臣 - 羞는 부끄러울 수. 獻納臣은 황제가 필요한 인재를 등용할 수 있도록 준비나 천거를 담당하는 신하. 補闕, 拾遺, 御使中丞, 侍御使 등의 직책을 지칭. 당시 왕유는 우습유였다.

| 詩意 | 首聯은 봄날 丘爲가 낙제한 소식을 들었다. 함련에서는 객지에 와서 응시하면서 갖고 온 여비를 다 쓰고 실의 속에 귀향할 수밖에 없으며, 頸聯(경련)에서는 찾아갈 고향의 처량한 처지를 묘사하였다. 여기까지는 제목에 상응하는 묘사이다.

이어 마지막 尾聯에서는 구위가 현명한 인재라는 사실을 알면서도 천거하지 못하는 무능한 자신과 울적한 심사로 구위에 대한 위로를 대신하였다. 왕유의 직책인 右拾遺의 拾遺란, 본래 '버려진 것을 줍는다.' 라는 뜻이다. 중서성에는 우습유, 문하성에는 좌습유가 있었는데 유능한 인재 천거와 諫言(간언)을 담당했다.

獻始興公(헌시흥공)

寧棲野樹林，寧飮澗水流.
不用坐粱肉，崎嶇見王侯.
鄙哉匹夫節，布褐將白頭.
任智誠則短，守仁固其優.
側聞大君子，安問黨與讐.
所不賣公器，動爲蒼生謀.
賤子跪自陳，可爲帳下不.
感激有公議，曲私非所求.

始興公에게 올립니다

차라리 거친 들판에 숨어서라도,
산속의 냇물 마시며 살겠습니다.
부귀를 누리려고 뜻을 굽혀가며,
王侯를 만나지는 않을 것입니다.
필부의 지조가 비루할지 몰라도,
늙도록 삼베옷 입고서 살렵니다.
文才나 지식이 비록 짧더라도,
仁義를 굳건히 지키며 살렵니다.
듣건대 공께선 훌륭한 현인이시니,
인재를 쓰면서 친소를 따지렵니까?

관작을 절대로 매매치 않으시면서,
백성만 위하는 정치를 해주십시오.
미천한 몸이나 무릎 꿇고 아뢰오니,
賢公을 따라 모실 수 있을는지요?
공정한 세상 여론에 따를 뿐이지,
사적인 恩情 저도 바라지 않습니다.

| 註釋 | ○ 〈獻始興公〉 – 〈始興公에게 바칩니다〉.

始興公은 張九齡(장구령). 장구령은 開元 22년(734)에 中書令에 올랐는데, 왕유를 右拾遺(우습유)에 발탁하였다. 다음 해에(735) 장구령은 始興伯에 봉해졌다. 이 시는 그 무렵에 지어졌을 것이다.

○ 寧棲野樹林 – 寧은 ~할지언정. 어찌. 棲는 은거하다. 깃들 서.

○ 不用食粱肉 – 粱肉은 黃粱(황량, 기장)과 魚肉. 食粱肉은 부귀한 생활을 하다.

○ 崎嶇見王侯 – 崎嶇(기구)는 산길이 매우 험함. 세상살이가 몹시 힘들다. 불안한 모양. 뜻을 굽히다. 기울다.

○ 鄙哉匹夫節 – 鄙哉(비재)는 비루할지라도. 학문이나 식견이 천박하다. 哉는 어조사 재. 감탄사. 反語나 강조의 뜻을 표현. 匹夫는 布衣의 백성.

○ 布褐將白頭 – 布褐(포갈)은 布衣. 평민의 옷. 白頭는 無冠의 평민.

○ 任智誠則短 – 任智는 권모나 智略으로 살아가다. 誠은 진실로.

참으로. 副詞로 쓰였다. 短은 단점.

○ 守仁固其優 – 守仁은 인의를 고수하다. 固는 처음부터, 본디. 참으로, 진실로. 優는 뛰어나다. 잘하다.

○ 側聞大君子 – 들은 바 있다. 알고 있다는 의미의 謙辭(겸사). 大君子는 인의를 실천하는 大義君子. 여기서는 장구령을 지칭.

○ 安問黨與讐 – 安問은 어찌 구별하겠는가? 黨與讐는 내 편과 반대편. 친한 사람과 원수(讐는 원수 수).

○ 所不賣公器 – 公器는 公有物. 官爵. '官爵者는 天下之公器라.'

○ 動爲蒼生謀 – 蒼生은 백성. 謀는 着想.

○ 賤子跪自陳 – 賤子는 자신. 謙辭.

○ 可爲帳下不 – 帳下는 部下, 屬官. 不는 否. 부하(下屬)가 될 수 있겠습니까?

○ 感激有公議 – 公議는 공정한 논의. 正論.

○ 曲私非所求 – 曲私는 옳지 않으며(正의 반대), 私的인 일(公的의 반대).

| 詩意 | 이런 시를 干謁詩(간알시)라고 한다.

간알은 알현을 원한다는 뜻이다(干은 求). 당대 관직에서 상관을 만나보고 나니 고위직의 추천은 관직 생활의 성패와 직접 관련되었다.

왕유는 이 시에서 자신의 포부와 함께 權貴나 王侯에게 굽히지 않을 것이라는 자신의 지조와 기개를 읊었다.

또 장구령의 왕유를 천거는 결코 私的 恩澤이 아니었으며, 왕유도 자신의 出仕는 지극히 공적인 것으로 생각하였다. 이 시를 통하여 왕유 흉중의 비분강개한 기질을 느낄 수 있다.

始興公인 張九齡(장구령, 678? – 740)의 字는 子壽, 韶州 曲江人(今 廣東省 韶關市). 唐代의 著名한 詩人이며 재상이었다. 玄宗 開元 21년(733)에, 재상급인 中書侍郎同中書門下平章事가 되었다. 張九齡은 재상으로서 정직하고 현명하였으며 風采와 儀表가 매우 단정하여 그때 사람들이 '曲江風度(曲江은 그의 고향)' 라고 칭찬을 하였다. 장구령이 재상 직책을 그만둔 뒤에, 현종은 인재 추천을 받으면 '그 사람의 풍도가 장구령에 비해 어떠한가?' 라고 반문하였다고 하니 '紳士 중의 신사' 였다고 생각된다.

장구령은 이 무렵에 王維를 右拾遺에 천거했으며, 나중에 간신 李林甫 등의 미움을 받아 개원 25년(737)에 荊州(형주)長史로 좌천되었는데, 그때 孟浩然을 막료로 데리고 갔었다. 장구령은 개원 28년(740)에 고향에서 노환으로 죽었다.

장구령은 시인으로서도 명성을 날렸는데, 장구령의 〈感遇〉 12首 중 2수가 《唐詩三百首》의 첫 머리에 실리는 영광을 누렸다. 이는 그가 인품으로 존경을 받았기 때문이라고 짐작할 수 있다.

使至塞上(사지새상)

單車欲問邊, 屬國過居延.
征蓬出漢塞, 歸雁入胡天.
大漠孤煙直, 長河落日圓.
蕭關逢候騎, 都護在燕然.

출장으로 변새에 가다

수레 하나로 변새 관문을 찾아가며,
여러 속국을 거쳐 居延에 부임했다.
마른 쑥대가 성문 밖에 나뒹굴고,
북향 기러기 胡地 하늘을 가른다.
넓은 사막에 연기가 곧게 오르고,
긴긴 황하에 지는 해가 둥그렇다.
蕭關에서 만난 정찰 기병의 말에,
都護 장군은 燕然山에 출정했단다.

| 註釋 | ○ 〈使至塞上 - 〈출장으로 변새에 가다〉.

使는 奉命하여 出使하다. 塞上는 변방의 요새, 보통 邊塞라고 말한다. 개원 25년(737) 봄에, 河西節度使 崔希逸(최희일)은 吐蕃族(토번족)을 공격, 격파하였다. 왕유는 감찰어사의 신분으로 변방에 파견되어 節度判官으로 3년 정도 근무했다.

○ 單車欲問邊 - 問邊은 邊塞 관문을 묻다.

○ 屬國過居延 – 居然(거연)의 속국을 지나갔다. 屬國은 漢의 변방 군현에 설치한 투항한 이민족의 집단 거주지. 이민족은 군현내에서 자신들의 습속을 유지하며 거주할 수 있었다.

居延(거연)은 漢代의 張掖郡의 縣名. 今 內蒙古 阿拉善盟 관할하의 額濟納旗.(盟과 旗는 내몽고 지역의 행정 단위임). 寧夏回族自治區의 서쪽 내몽고 지역임. 그곳에 호수가 있어 漢代에는 '居延澤' 후세에는 '西海', 唐代 이후로는 '居延海' 로 불렀으나, 후세에 사라졌다.

○ 征蓬出漢塞 – 征蓬은 마른 쑥이 뭉쳐 바람에 굴러다니는 것. 왕유 자신도 바람에 날려 다니는 쑥대와 같다고 생각했을 것이다. 漢塞는 중국(唐)의 변새.

○ 歸雁入胡天 – 征蓬出漢塞과 완전한 對句를 이룬다.

○ 大漠孤煙直 – 大漠은 끝없는 사막. 孤煙直은 연기 한 줄기가 수직으로 피어오르다.

○ 長河落日圓 – 大漠孤煙直과 완전한 對句이다. 이 聯은 千古의 絶唱이라 불린다.

○ 蕭關逢候騎 – 蕭關(소관)은 關中 땅의 북쪽, 今 寧夏回族自治區 固原市 동남, 武關, 潼關, 大散關과 함께 '關中四關' 의 하나. 중원과 塞北(새북)의 교통 요충지, 북방 이민족에 대한 군사 거점. 候騎(후기)는 정찰하는 기병.

○ 都護在燕然 – 都護는 唐 도호부의 지휘관. 당에서는 單于(선우) 都護部 외 北庭, 安西, 安北, 安東, 安南 등 6대도호부가 있었다. 燕然(연년)은 몽고의 杭愛山(항애산). 後漢의 車騎將軍 竇憲(두헌)이 흉노를 대파한 곳.

| 詩意 | 內地에서 나고 자랐으며, 장안과 낙양에서 주로 생활했던 왕유에게 변새의 풍경과 그곳 사람들의 생활은 전혀 새로운 경험이었다. 이 시기에 왕유는 변새를 소재로 한 여러 작품을 남겼다.

首聯은 單車로 변새에 부임하는 묘사이다. 함련의 征蓬과 歸雁은 변새의 삭막한 풍경에 대한 묘사이고, 경련에서 大漠의 孤煙과 長河 落日의 변새 자연경관은 스케일을 그림으로 전해준다. 大漠의 '直' 과 長河의 '圓' 은 정말 잘 그린 그림의 구도와 같다. 시인이 자연경관을 바라보는 안목은 정말 예리하여 감탄할 수밖에 없다.

결구는 戰勝과 凱旋(개선)의 묘사로 전체적으로 雄渾한 느낌으로 無力을 전혀 생각할 수도 없다.

唐代의 여러 시인은 漢의 역사적 사실로 당의 상황을 설명하거나 비유하였다. 이 시에 나오는 居延, 蕭關, 燕然 등의 지명은 漢代의 事跡으로 唐代와 일치하는 것이 아니며 그곳을 왕유가 직접 다녔다는 뜻도 아니다. 지리적 실제와 일치하지 않더라도 詩情에는 무관할 것이다.

隴西行(농서행)

十里一走馬, 五里一揚鞭.
都護軍書至, 匈奴圍酒泉.
關山正飛雪, 烽戍斷無煙.

농서의 노래

십리마다 말을 갈아타 내달리며,
오리마다 한번 채찍을 휘두른다.
위급을 알리는 都護 문서가 오면,
흉노는 벌써 酒泉郡을 공격한다.
隴山의 蕭關에 백설이 막 날리니,
봉수도 끊겨서 연기도 안 보인다.

| 註釋 | ○ 〈隴西行〉 – 〈농서의 노래〉.

隴西는 隴山 서쪽이라는 뜻으로, 漢代의 郡名, 郡의 治所는 狄道縣(今 甘肅省 定西市 臨洮縣). 唐代에도 변경에 속했다. 樂府古題로 〈步出夏門行〉이라고도 한다.

○ 五里一揚鞭 – 鞭은 채찍 편. 5리마다 채찍을 휘두르다. 급보를 알리는 군졸의 모습.

○ 都護軍書至 – 漢代에 서역을 개척하고, 서역 여러 국가를 통제하기 위해 西域都護府를 설치했었다. 唐는 서역에 6개의 도호부를 설치했었다.

○ 匈奴圍酒泉 – 酒泉은 漢代에 설치한 郡名(今 甘肅省 서북부 酒泉市 肅州區). 원래 흉노 休屠王(휴저왕)과 渾邪王(혼야왕)의 통치 지역에 속했으나 武帝 元狩 2년에 霍去病(곽거병)의 漢軍이 이곳을 차지하고 郡을 설치하였다. 河西 四郡 중 가장 일찍 설치한 郡. '城 안에 金泉이 있는데, 그 물맛이 술처럼 좋았다.' 고 한다.

○ 關山正飛雪 – 關山은 蕭關의 隴山. 正飛雪은 막 눈이 날리다.

○ 烽戍斷無煙 – 烽戍는 烽燧臺(봉수대). 戍는 지킬 수. 위급 상황이 해결되어 봉수대에 연기가 오르지 않는다는 뜻.

| 詩意 | 이 시는 현종 開元 25년(737), 왕유가 감찰어사의 신분으로 河西節度使 崔希逸의 막부에 근무하며 지은 것이라 알려졌다.

흉노가 침범하면 酒泉郡에서 위급을 알리는 문서가 들어오고 봉화가 피어오른다.

왕유는 그런 한 단면을 잘라 변방의 상황을 간략하면서도 심도 있게 그려내었다.

曉行巴峽(효행파협)

際曉投巴峽，餘春憶帝京.
晴江一女浣，朝日衆雞鳴.
水國舟中市，山橋樹杪行.
登高萬井出，眺迥二流明.
人作殊方語，鶯爲故國聲.
賴多山水趣，稍解別離情.

새벽에 巴峽(파협)을 지나가다

새벽녘에 巴峽으로 가는 길,
늦은 봄날에 고향이 그립다.
날이 개인 강가에 빨래하는 여인,
아침 해가 뜨면서 닭이 울어댄다.
강가 마을에 배가 모여 장이 서고,
산위 다리는 나무 끝에 걸린 것 같다.
중턱 높은 곳에 큰 마을이 있고,
멀리 강물 두 개 뚜렷하게 보인다.
여러 사람 사투리가 낯설지만,
꾀꼬리 울음은 고향과 같도다.
본래 山水에 익숙한 나그네라,
고향이 심히 그립지는 않도다.

| 註釋 | ○ 〈曉行巴峽〉 – 〈새벽에 巴峽(파협)을 지나가다〉.

開元 29년(741)에, 왕유는 시어사로 남쪽에 출장을 나가며 荊州 襄陽(양양)에 갔다가 뒤에 서쪽으로 長江을 거슬러 올라갔다. 이 시는 그때 지은 것으로 알려졌다.

파협은 기주(夔州)의 永安縣(今, 重慶市 奉節縣) 동쪽의 협곡이다. 劉備가 죽은 永安縣 白帝城은, 지금 重慶市 東部 長江 북안의 奉節縣으로부터 8km 거리. 백제성은 瞿塘峽(구당협)을 내려다보는 지점이었으나 지금은 산샤댐(三峽大壩, Sānxiá Dam)의 수위가 높아져 강 가운데 섬이 되었다.

○ 際曉投巴峽 – 際曉는 새벽녘. 投는 ~를 향하여 가다. 머무르다. ~지경에 이르다. 巴峽은, 今 重慶市 奉節縣 長江의 山峽.

○ 餘春憶帝京 – 餘春은 늦은 봄날. 끝나가는 봄. 얼마 남지 않은 봄. 憶은 회억하다, 회상하다. 帝京은 長安.

○ 晴江一女浣 – 晴江은 흐렸던 날이 맑게 갠 날의 강가. 날씨가 갠 것을 '날이 들었다' 라고 한다. 浣은 빨래하다. 강가의 평화로운 풍경을 묘사.

○ 水國舟中市 – 水國은 강가의 마을. 舟中市는 배들이 모여 형성된 장터.

○ 山橋樹梢行 – 山橋는 산에 걸친 다리. 樹梢行(수초행)은 나뭇가지 끝을 걷는 것 같다.

○ 登高萬井出 – 登高는 산 높은 곳. 산 중턱. 萬井出은 1만 호의 마을이 나타나다. 井은 市井.

○ 眺迥二流明 – 眺迥(조형)은 멀리 바라보다. 迥은 멀 형. 二流는 長江에 흘러드는 두 지류, 閬水와 白水라는 주석이 있다. 明은

뚜렷하게 보이다.

○ 人作殊方語 – 殊는 다른. 方語는 사투리.

○ 鶯爲故國聲 – 鶯는 黃鶯, 꾀꼬리. 故國은 고향.

○ 賴多山水趣 – 賴는 다행히. 힘입을 뢰. 山水趣는 산수를 즐기는 정취.

○ 稍解別離情 – 稍는 점점. 작다. 벼 줄기 끝 초.

| 詩意 | 객지를 여행하다 보면 보고 듣는 것이 고향과 다르기에 호기심을 갖게 된다. 강가에 빨래하는 여인의 모습과 아침에 들리는 마을의 닭 울음소리는 평화롭기만 하다. 배들이 모여 형성된 시장이나, 산에 걸친 다리를 지나가는 사람이 마치 나무 끝을 걸어가는 것 같고, 산 중턱에 형성된 큰 마을과 장강에 흘러드는 지류 등 멀고 가까운 경치를 담담하게 그렸는데 어디든 가라앉은 기분은 없다. 지방 사투리와 꾀꼬리 소리는 시인이기에 콕 집어낼 수 있는 차이일 것이다. 그리고 무엇보다도 본디 산수를 좋아했기에 객지를 떠도는 旅愁(여수)가 심하지 않다는 結聯은 왕유 美意識이 절로 드러난 結語라 할 수 있다.

왕유가 지나간 파협은 長江의 폭이 좁아 兩岸의 경치가 한 눈에 들어오는 절경인데다가 유비와 관련된 역사의 현장이라서 많은 시인이 여기서 시를 읊었다. 그 중에서 가장 잘 알려진 명작이 李白의 〈早發白帝城〉이다.

觀別者(관별자)

青青楊柳陌，陌上別離人.
愛子遊燕趙，高堂有老親.
不行無可養，行去百憂新.
切切委兄弟，依依向四鄰.
都門帳飮畢，從此謝親賓.
揮涕逐前侶，含悽動征輪.
車徒望不見，時見起行塵.
吾亦辭家久，看之淚滿巾.

헤어지는 사람들을 바라보며

푸르고 푸른 버들이 늘어선 길,
거리서 떠날 사람과 헤어진다.
안쓰런 아들은 河北에 가야 하고,
집에는 늙으신 부모만 남게 된다.
떠나지 않으면 모실 수 없으며,
가자니 백가지 근심걱정 뿐이다.
절절히 친척과 형제에게 당부하고,
구구히 이웃집 사람에게 부탁한다.
성문서 路祭도 모두 마쳤으니,
여기서 친척과 헤어져야 한다.

눈물을 뿌리며 앞선 일행을 따라,
슬픔을 머금고 수레가 움직인다.
수레와 사람들 점점 보이지 않고,
뒤에는 가끔씩 흙먼지만 날린다.
이몸도 고향을 떠난 지 오래라서,
저들을 보면서 수건에 눈물적신다.

| 註釋 | ○ 〈觀別者〉 – 〈헤어지는 사람들을 바라보며〉.

觀은 바라보다, 쳐다보다, 생각하다. 이별의 아픔을 묘사한 시. 석별의 정으로 자신 관직 생활의 비애를 표출하였다.

○ 青青楊柳陌 – 楊柳는 버들. 버드나무. 陌은 길. 두렁 맥.

○ 陌上別離人 – 陌上은 좁은 길. 논밭 사이의 길.

○ 愛子遊燕趙 – 燕은 춘추 이후 나라 이름. 趙는 전국시대 나라 이름. 燕은 지금의 河北省 북부, 北京市, 天津市, 遼寧省 서남부 일대를 지칭. 趙는 지금의 河北省 남부, 山西省 중부와 陝西省 동북부 일대를 지칭. 長安에서 본다면 山東이다.

○ 行去百憂新 – 百憂新은 온갖 근심 걱정이 생기다.

○ 切切委兄弟 – 切切은 간곡하게. 句句節節히.

○ 依依向四鄰 – 依依는 섭섭해하는 모양. 서운해하다. 四鄰은 이웃.

○ 都門帳飲畢 – 都門은 도성의 성문. 帳은 祖帳, 祖祭를 지내는 곳. 전별연.

○ 從此謝親賓 – 謝親賓은 친척이나 손님과 헤어지다.

○ 揮涕逐前侶 – 逐은 따라가다. 前侶(전려)는 앞에 간 일행.

- 含悽動征輪 – 含悽는 슬픔을 머금고. 動征輪은 먼 길 가야 할 수레가 움직이다.
- 時見起行塵 – 起行塵은 길가는 먼지가 피어나다.
- 吾亦辭家久 – 이 구절은 왕유 자신의 서술이다.
- 看之淚滿巾 – 滿巾은 수건을 적시다.

| 詩意 | 이별이 왜 슬픔이며 고통인가? 모든 것이 다 갖추어졌다면 가족 곁을 떠나지 않아도 된다. 먹고 살기 위해 떠나야 한다면? 떠나는 사람이나 남아있는 사람이나 걱정 속에 이별을 서러워한다. 벼슬을 해야 부모를 모실 수 있다면 이곳저곳을 옮겨 다녀야 한다. 가족과 친지와 벗과 헤어져야 한다. 이별은 가슴 아픈 슬픔이기에 이별의 시는 많고, 또 애절하다.

떠나갈 먼 길의 안전을 위해 여행길을 주재하는 祖神에게 路祭를 지내고 餞別(전별)한다. 祖道, 祖行, 祖送은 '전별하다' 는 뜻이고, 祖宴, 祖帳은 송별연이다. 떠나는 사람에게 버들가지를 꺾어주며 이별하였다. 버들이 다시 피기 전에 돌아오라고! 또는 버들은 아무 데서도 뿌리를 내리고 잘 살기에 버들처럼 살아 잘 지내다가 돌아오라고 버들가지를 꺾어주었다고 한다. 그래서 이별의 시에는 버들이 자주 등장한다.

왕유도 많은 이별을 경험했다. 이별의 정은 가슴 아픈 이별을 겪은 사람이 실감나게 그 심경을 토로할 수 있을 것이다. 눈물이 많은 사람, 적은 사람이 있고, 多情多感이란 말에서 이별의 감정 역시 개성이란 것을 알 수 있다. 시인은 아픈 이별이 많았기에 이리 멋진 이별의 시를 지을 수 있었으리라.

五. 輞川(망천) 閑居

개원 29년(741), 왕유는 知南選의 임무를 마치고 장안으로 돌아왔다. 조정의 정치는 李林甫가 좌지우지하였다. 왕유는 諫官인 殿中侍御使로 재직 중이었는데, 그 시기에 이임보의 잘못된 정치를 규탄할 만한 여건도 되지 않았고, 왕유 자신도 규탄하다가 안 되면 관직을 버리겠다는 결심도 없었다.

바로 이 점이 도연명과 달랐다. 도연명은 五斗米 때문에 향리 소아에게 허리를 굽힐 수 없다며 관직을 버렸고, 안빈낙도하며 극도의 빈궁을 견뎌냈다. 그러나 왕유에게는 장남으로서 홀로 된 모친을 모시며 또 어린 형제들을 보살펴 주어야만 했다. 곧 현실적인 타협과 생존의 방책이 필요했을 것이다.

현종의 마지막 年號 天寶(원년 742 – 14년 755년) 연간은 당나라가 번영에서 쇠퇴로 넘어가는 분수령이었다. 天寶 원년(742), 왕유는 左補闕에 임용되었고 이 해에 綦毋潛(기무잠)은 관직을 버리고 고향 江東으로 돌아갔다. 왕유는 자신의 관직 생활이 순탄하지 않으며 매우 위험하다는 것도 알고 있었다. 때문에 모든 것이 조심스러울 수밖에 없었다. 그것은 노모를 모시는 장남의 책임이었을 것이다.

이임보의 조정에서 왕유는 문하성 소속의 左補闕(좌보궐)이 되었다가, 兵部 소속 부서로 兵器庫와 그 무기를 관리하고, 儀仗(의장), 포로

관리 등을 담당하는 庫部員外郎으로 전직했다. 요즈음으로 따지면, 왕유가 수도경비사령부 병기 관리 장교가 된 셈이다. 그의 직급은 7품에서 6품을 오갔는데, 요즈음 7급에서 6급 主事職에 해당하는 하위직이었다.

왕유는 천보 원년(742)에서 3載(744) 사이에 옛 宋之問(송지문, 656? – 712)이 살던 輞川(망천)의 별장을 구매하여 半官半隱(반관반은)의 전원생활을 시작한다. 半官半隱의 생활이란 관직을 갖고 있으면서 틈틈이 또는 휴가 중에 별장에 거처하는 것으로 그 당시에 유행하였던 朝隱(조은)으로 이해하면 될 것이다.

朝隱(조은)이란 조정에 벼슬을 갖고 있으나 名利를 초월한 淡泊(담박)한 처신으로 은자와 다름없는 사람을 지칭한다.

왕유의 경우, 이는 이임보의 질시를 피하면서 자기 나름의 지조를 지킬 수 있는 방편이었을 것이다.

輞川別業에 은거할 때 왕유는 관직에서의 경쟁을 버리고 산림과 자연 속에 완전히 하나가 되었음을 시로 그려내었는데, 망천의 절경과 그의 의지를 한꺼번에 보여주는 詩를 연이어 지었다. 그런 시 20首는 나중에 《輞川集》이라는 제목으로 묶었다.

왕유는 裴迪(배적)과 함께 망천을 거닐며 시를 주고받으면서 산속의 逸興을 즐기었다. 또 전원에서 볼 수 있는 농부들의 일하는 모습을 자연과 함께 그려내었는데, 하층민에 대한 진정한 애착을 표현하였다. 天寶 9載(750)년에, 왕유는 모친상을 당했고 천보 11년에 탈상하였을 것으로 추정한다.

《輞川集》

| 註釋 | 《輞川集(망천집)》은 왕유의 망천별장 주변의 경치 좋은 곳 20곳에서 지은 시를 모은 시집이다. 여기에는 왕유의 오언절구 20수와 함께 같은 제목으로 裴迪(배적)의 오언절구 20수를 나란히 수록하였다. 망천집 서문은 아래와 같다.

「나의 別業은 輞川의 山谷에 있다. 그곳에 놀만한 곳으로 孟城坳(맹성요), 華子岡(화자강), 文杏館(문행관), 斤竹嶺(근죽령), 鹿柴(녹채), 木蘭柴(목란채), 茱萸沜(수유반), 宮槐陌(궁괴맥), 臨湖亭(임호정), 南垞(남택, 언덕 택), 欹湖(의호), 柳浪(유랑), 欒家瀨(난가뢰), 金屑泉(금설천), 白石灘(백석탄), 北垞(북택), 竹里館(죽리관), 辛夷塢(신이오), 漆園(칠원), 椒園(초원) 등이다. 배적과 함께 한가하여 각자 절구를 읊었다.」

왕유와 배적은 서로 배를 타고 왕래하며 彈琴(탄금) 賦詩(부시)하였다니, 이 《망천집》의 시는 일시에 지어진 것은 아니다. 망천 주변의 경치를 감상하며, 왕유는 세상사에 초연하며 자연의 위대한 변화와 정취 속에 은자의 여유를 즐겼을 것이다.

裴迪(배적, 716 - ?, 迪은 나아갈 적)은 王維의 우인으로 소개되지만 나이 차가 많았다 하니 詩友라는 표현이 더 좋을 것 같다. 杜甫와도 친교가 있었다고 한다. 배적은 과거에 여러 번 응시하였으나 번번이 실패하였다. 終南山에 은거하면서 왕유와 날마다 시를 주고받았다. 天寶 연간 이후에 출사하여 蜀州 자사를 역임하며 杜甫, 李頎(이기) 등과도 친했다. 尙書郎을 역임했다. 시풍은 왕유와 닮았고, 지금 그의 詩 29수가 전한다.

孟城坳(맹성요)

新家孟城口，古木餘衰柳.
來者復爲誰，空悲昔人有.

맹성요

孟城 들목에 새 집을 마련했는데,
古木이라곤 늙은 버들만 남았다.
내 뒤를 이어 누구가 여기살까?
내 앞에 살던 사람이 괜히 슬퍼한다.

| 註釋 | ○ 〈孟城坳〉 – 〈맹성요〉. 孟城은 옛 성의 이름. 坳는 땅이 파일 요. 산과 산 사이의 우묵한 곳. 계곡의 일부. 이는 王維《輞川集(망천집)》의 첫 수이다.

○ 新家孟城口 – 新家는 새로 살 집. 집을 완전 새로 지었는지? 아니면 새로이 이사한 집인가는 알 수 없다. 아마 전부터 있던 집을 수리하여 입주했을 것이다.

○ 古木餘衰柳 – 衰柳는 늙어 거의 죽어가는 버드나무. 衰는 盛의 반대이다. 衰는 盛을 경험하였다. 수목의 榮枯(영고)와 인간의 盛衰(성쇠)는 무엇이 다른가?

○ 來者復爲誰 – 來者는 뒷날 여기에 와서 살 사람. 내가 往하면 또 누군가가 來할 것이다. 誰는 누구 수.

| 詩意 | 도연명은 〈歸田園居〉의 4首에서 '徘徊丘壟間하여 依依昔人居'를 찾았는데, '井竈有遺處하고 桑竹殘朽株' 한 것을 보고 나무꾼에게 물었더니 모두 죽고 남은 사람이 없다고 하였다. 도연명은 여기서 '人生似幻化하니 終當歸空無라.'는 이치를 읊었다.

왕유도 〈맹성요〉에서 내 다음에 여기 살 사람은 누구인가? 여기 살던 사람을 생각하니 인생이 서글프다고 하였다. 왕유는 이 시를 통해 《망천집》의 大義를 밝힌 것 같다.

왕유가 宋之問을 직접 만나지는 못했을 것이다. 그러나 어떻게든 그런 사람이 있었다는 이야기는 들었을 것이다. 송지문은 昔人으로 往했고, 왕유는 今人으로 來하였다. 그러나 왕유 다음의 來者에게 왕유 또한 昔人일 뿐이다. 이것도 일종의 輪廻(윤회)이다. 왕유는 나중에 輞川別墅(망천별서)를 어머니를 위한 願刹(원찰)로 만들었다.

華子岡(화자강)

飛鳥去不窮，連山復秋色.
上下華子岡，惆悵情何極.

화자강

새들은 끝없이 날아가고,
산들은 예처럼 秋色이다.
화자강 언덕을 오르내리면,
서글픈 마음은 왜 이리 많은가?

| 註釋 | ○ 〈華子岡〉 – 〈화자강〉. 岡은 언덕 강. 산등성이.

〈輞川集〉의 제2首로 망천의 황혼녘 가을을 그렸다. 맹성요에서 약간 떨어진 곳의 작은 산. 華子期라는 仙人의 이름에서 유래되었다는 주석이 있다.

○ 飛鳥去不窮 – 不窮은 끝이 없다.

○ 連山復秋色 – 連山은 이어진 산. 復은 다시. 또. 작년에 이어.

○ 上下華子岡 – 上下는 오르내리다. 위, 아래가 아니다.

○ 惆惆悵何極 – 惆悵은 슬픔. 걱정. 失心한 모양. 極은 끝.

| 詩意 | 새들은 마음껏 멀리, 어디든 날아간다! 작은 산을 오르내리면서 가을이라는 계절적 슬픔이 아니라도 인간의 존재가 미약하다는 것을 느껴 마음이 슬펐을 것이다.

본래 그런 철학적 의미 말고도 글 읽는 사람의 가을은 언제나 서글프다.

가을이면 한 해의 결실을 거두어야 하는데, 글 읽는 선비는 가을에 무엇을 거둘 수 있겠는가? 올 한 해 정말 열심히 읽고 쓰며 짓고 생각했는가? 학문이 나아졌는가?

생각하면 정말 서글픈 계절이다.

文杏館(문행관)

文杏裁爲梁，香茅結爲宇.
不知棟裏雲，去作人間雨.

문행관

文杏木 잘라 대들보 만들고,
香茅를 엮어 지붕을 덮었다.
모르겠나니, 들보서 나온 구름이,
인간세상에 흘러가 비를 내리나?

| 註釋 | ○ 〈文杏館〉 – 〈문행관〉. 나뭇결이 있는 살구나무로 지은 집이다. 文은 紋(무늬 문). 杏은 살구나무 행.

○ 文杏裁爲梁 – 裁는 치수를 재어 재단하다. 梁은 대들보.

○ 香茅結爲宇 – 香茅(향모)는 향기 나는 띠 풀. 宇는 지붕. 집 우.

○ 不知棟裏雲 – 棟裏雲은 대들보에서 생겨나는 구름. 신선의 집 대들보에서 구름이 피어난다.(雲生梁棟間, 風出窓戶裏.) 구름이 심산에서 피어오르는 것으로 현인의 산림에 은거하는 것을 상징.

○ 去作人間雨 – 人間雨은 인간 세상에 내리는 비.

| 詩意 | 1구와 2구의 文杏과 香茅는 실제 사실이 아니나 주인의 품격이 고결함을 상징한다. 棟裏雲을 인격화하여 신선이 사는 집에

서 구름이 생겨나고 그 구름이 인간 세상에 와서 비를 내린다고 하였다. 여기에서 왕유의 현실참여 의지를 엿볼 수 있다는 해석도 있는데, 과연 그러한가는 여러 독자의 생각에 달렸을 것이다.

왕유의 시에는 白雲이 많이 나오는데, 모두 脫俗의 의미나 은일의 뜻으로 사용되었다.

〈早入滎陽界〉의 '前路白雲外', 〈送別〉의 '白雲無盡時', 〈終南山〉의 '白雲迴望合', 〈酬虞部蘇員外〉의 '唯有白雲外', 〈早秋山中作〉의 '空林獨與白雲期' 등이 바로 그런 예이다.

斤竹嶺(근죽령)

檀欒暎空曲, 靑翠漾漣漪.
暗入商山路, 樵人不可知.

근죽령

대밭 그림자는 빈 골짝에 드리웠고,
푸른 대나무는 넘실대며 흔들린다.
가늘게 뻗어가 商山에 이어지는데,
지나는 나무꾼도 알지 못하리라.

| 註釋 | ㅇ 〈斤竹嶺〉 - 〈근죽령〉.

文杏館 뒤쪽의 야산. 근죽은 껍질이 흰 대나무.

ㅇ 檀欒映空曲 - 檀欒(단란)은 대나무가 쭉쭉 뻗어 아름다운 모양. 檀은 박달나무 단. 대나무의 형상. 欒은 모감주나무 란. 모이다.

ㅇ 靑翠漾漣漪 - 漾은 물 출렁거릴 양. 漣漪(연의)는 잔물결이 이는 모양. 漣은 잔물결일 연(련). 漪는 잔물결 의.

ㅇ 暗入商山路 - 商山은 前漢 초기 商山四皓(상산사호)가 은거했던 산.

ㅇ 樵人不可知 - 樵人(초인)은 나무꾼.

| 詩意 | 근죽령은 물가에 있는 대나무 밭으로 그려졌다. 물론 산속

으로 이어진 길인데, 그 길을 商山으로 이어진다고 생각했다.

상산에 은거했던 四皓(사호, 4인의 백발노인)는 漢 高祖의 초빙에도 끄덕하지 않았지만, 張良(장량)의 계책에 따라 간곡히 부탁하자 태자를 따라 모시겠다고 하산하였다. 이는 은거자의 자존심을 상징하는 사실로 왕유 자신의 뜻을 표현하였다고 볼 수 있다.

鹿柴(녹채)

空山不見人，但聞人語響.
返景入深林，復照青苔上.

녹채

산에 사람은 보이지 않고,
다만 말소리만 울려온다.
지는 햇살 숲 깊이 들어와,
다시 푸른 이끼를 비춘다.

| 註釋 | ○ 〈鹿柴〉 – 〈녹채〉. 글자로는 '사슴 우리' 란 뜻이다. 柴는 울타리 채, 寨와 同. 섶 시, 땔나무 시, 姓 시. 여기서는 '녹채' 로 지명. 왕유가 은거하는 망천의 別墅(별서)에서 경치가 좋은 곳으로 알려진 곳. 여기서 사슴을 가두고 길렀다는 뜻은 아니다. 이 시는 왕유 40세 이후, 곧 왕유 후기 산수시의 대표작품으로 알려졌다.

○ 空山不見人 – 空山은 적막한 숲.

○ 但聞人語響 – 響은 울림 향.

○ 返景入深林 – 景은 影과 같음. 返景(반영)은 석양 무렵 다른 쪽에서 반사되어 들어오는 햇빛. 산속에 거울이 있는 것도 아니니, 과학적으로는 설명이 좀 어렵지만 해질녘에 산속에 들어가면 분명히 이런 느낌이 온다.

○ 復照靑苔上 – 復는 다시 부. 돌아올 복. 苔는 이끼 태.

| 詩意 | 空山이란 어떠한 산인가? 새가 날고 나무와 풀이 우거졌는데 왜 공산이라 했는가? 단지 인적이 보이지 않는다는 뜻일 것이다. 그러나 보이지만 않을 뿐 사람은 산속에 있다. 그러니 무슨 말인지 알아들을 수는 없지만 말소리의 울림(響)은 들려온다.

한낮에는 숲이 깊어도 위에서 햇빛이 내리 비춘다는 느낌이 온다. 그러나 해질 무렵이면 석양이 나무나 산의 이곳저곳을 비추고, 그중 한 줄기 빛이 바위 위에 내려와 이끼를 비출 때 이를 返景(반영, 返照)이라 하였다. 어둠이 내리려는 산속에 따스한 기운을 주는 빛이라고 해석한 사람도 있다. 하지만 전체적으로 조용한 공간에 움직임을 느낄 수 있는 빛일 것이다.

〈녹채〉의 실경은 자연 속의 경치이며, 마음으로 생각해 낸 경치가 아니다. 그 자연의 실경 속에서 왕유 '意中의 뜻'을 읽을 수 있다. 그곳은 인간 세상의 티끌에 아직은 더럽혀지지 않았다. 그곳에 왕유의 뜻이 투영되었다.

말소리가 들리지만 그것은 산속이 비어 있다는 空을 알려주는 뜻이지 인간 세상이라는 뜻으로 전달되지 않는다. '但聞人語響'이 그려낸 공간은 참으로 심오하다.

심원한 의미가 있으며 閒靜(한정)의 느낌을 전해 주고 淡白(담백)한 雅趣(아취)를 느낄 수 있어 이 시가 좋은 것이다. 글자의 뜻을 새긴 다음에 마음속으로 그런 정경을 그려보면 느낌이 올 것이라고 생각한다.

글자 20자의 絶句를 설명하는 글이 수백 자라면 시의 맛이 가실 것이다. 좋은 음악을 들어 느낀다면, 시도 읽어 느끼면 되는 것이지 사전적 설명이 많아야 감상에 도움이 되지는 않을 것이다.

王維의 산수를 읊은 詩 작품은 그의 詩歌藝術의 진정한 대표작이라 할 수 있다. 5언 위주로 은거 생활과 전원을 묘사하며 청정하고 한적한 정신세계를 그림 그리듯 그려내었다. 왕유의 작품에 불도와 은거의 사상이 농후한 것은 어렸을 적 가정의 영향도 있는데다가 정치적 좌절을 겪었고, 아내와 사별을 통해 불교적 사색에 더욱 가까워졌으리라 생각할 수 있다.

木蘭柴(목란채)

秋山斂餘照，飛鳥逐前侶.
彩翠時分明，夕嵐無處所.

목란채

가을 산은 석양을 거둬들이고,
나는 새는 앞서간 짝을 따른다.
울긋불긋 가을색이 분명하기에,
어스름 빛 어디든 머물데 없도다.

| 註釋 | 〈木蘭柴〉 – 망천집의 제 6首, 木蘭은 木蓮, 辛夷(신이), 迎春化, 木筆 등으로 불린다. 柴는 울. 울타리의 뜻.

- ○ 秋山斂餘照 – 斂은 거둘 렴. 수렴하다. 餘照는 餘暉(여휘). 석양.
- ○ 飛鳥逐前侶 – 逐은 따라가다. 侶는 짝 려.
- ○ 彩翠時分明 – 彩翠(채취)는 여러 색으로 물든 초목.
- ○ 夕嵐無處所 – 夕嵐(석람)은 저녁 어스름에 생겨나는 기운. 저녁때의 아지랑이. 嵐은 남기 람. 이내.

| 詩意 | 시간은 가을 저녁 무렵이다. 단풍이 들었겠지만 푸른색도 많다. 석양이 비추고 모든 경물은 자기 색을 갖고 있다. 모두 고요하고 자연스럽다.

저녁때 새들이 날아간다. 왕유는 '飛鳥逐前侶'의 逐으로 움직이는 동영상을 만들어내었다.

逐은 변화이다. 위치의 이동, 경물의 변화, 山色의 변이는 곧 만물의 流轉이 아니겠는가?

봄에 화려한 꽃은 피웠던 목련은 지금 천천히 내년을 준비하고 있다. 지금은 봉우리로 매달린 목련은 내년 봄에 화려한 꽃을 피울 것이다.

피부가 고운 미인의 아름다운 자태를 자랑하는 목련이다. 시인의 마음속에 그려진 미인일 것이다.

지금 눈앞에 어른거리는 夕嵐(석람)은 금방 눈에서 사라질 것이다. 목련에 대한 환영도 함께 사라질 것이다. 시인은 겨우 20자를 가지고 이 많은 것을 다 설명하였다.

茱萸沜(수유반)

結實紅且綠, 復如花更開.
山中倘留客, 置此茱萸杯.

수유반

수유 열매 붉고도 푸르니,
꽃이 다시 또 핀 듯하구나.
만약 산중에 손님이 온다면,
이 수유로 담근 술을 내리라!

| 註釋 | ○ 〈茱萸沜〉 - 〈수유반〉.

茱萸는 나무 이름. 우리나라에서 보통 산수유라 하며 마을 주변에 많다. 낙엽교목, 그 열매도 수유라 한다. 열매로 기름을 짜서 머릿기름으로 쓴다. 沜은 물가(水涯) 반, 泮의 古字.

○ 結實紅且綠 - 수유 열매는 가을에 붉게 익는다. 파란색은 아직 덜 익은 것.

○ 復如花更開 - 更開는 다시 開花하다.

○ 山中倘留客 - 山中은 輞川別墅. 倘은 혹시 당. 만약 ~이라면. 진실로.

○ 置此茱萸杯 - 杯는 술. 수유로 담근 술. 여기서는 술잔이 아니다. 《全唐詩》에는 茱萸를 芙蓉(부용)이라 했다. 그러면 부용 모양의 술잔에 수유 열매로 담근 술을 내놓겠다고 해석할 수 있

다. 술꾼만이 과일주를 담그지는 않는다. 藥酒로 담그는 과일주도 많다. 역자는《王右丞集箋注》에 의거 茱萸杯로 옮겼다.

| 詩意 | 우리나라에서 산수유는 이른 봄에 꽃이 핀다. 그리고 파란 열매를 맺는데 늦가을에 빨갛게 익는다. 이를 보고 시인은 꽃이 다시 핀 것 같다고 하였다. 시인은 자연에 대한 통찰력을 갖고 있다.

산수유 열매를 따다 술을 담근다. 일종의 과실주라 할 수 있는데 그 색이 아름답다. 그래서 이 산중에 만약 손님이 온다면 이 술을 대접하겠다고 하였다. 손님이 온다고 하지 않고 '倘留客 혹시 머물게 되면' 이라 하였다. 손님이 늘 있는 것도 아니고, 내방을 약속한 손님도 아니라는 뜻이다. '倘' 이라는 글자로 주인이 은자임을 알 수 있다.

宮槐陌(궁괴맥)

仄徑蔭宮槐, 幽陰多綠苔.
應門但迎埽, 畏有山僧來.

궁괴맥

오르막 좁은 길에 우거진 홰나무,
어둑한 그늘에 파란 이끼가 많다.
下人은 그냥 손님맞이 소제를 하나,
山僧이 혹시 찾아올까 걱정이 된다.

| 註釋 | ○ 〈宮槐陌〉 - 〈궁괴맥〉. 궁궐에 심는 홰나무가 있는 길. 槐는 우리말로 홰나무 괴. 또는 회화나무이다. 昌德宮 같은 궁궐에 가면 쉽게 볼 수 있는 낙엽교목이다. 홰나무는 정승을 상징한다고 한다. 陌은 두렁 맥. 논과 밭 사이의 길이다.

○ 仄徑陰宮槐 - 仄徑(측경)은 비탈진 좁은 길. 陰은 그늘을 만들다. 우거지다.

○ 幽陰多綠苔 - 綠苔는 푸른 이끼. 고목이라야 이끼가 붙는다.

○ 應門但迎掃 - 應門은 문에서 응대하다. 하인, 문지기. 但은 무릇, 다만 ~한다면. 迎掃는 손님맞이 소제, 청소.

○ 畏有山僧來 - 畏는 걱정된다. 山僧은 和尙.

| 詩意 | 모든 것이 유심하다. 아마 집에서 좀 멀리 떨어진 산 비탈길

에 서 있는 홰나무일 것이다. 그늘진 고목 홰나무에 이끼가 낀다.

산책을 마치고 돌아와 하인에게 소제하라고 시켰을 것이다. 하인이야 늘 하던 대로 청소할 것이다. 그러나 혹 山僧이라도 찾아온다면? 왕유의 걱정조차 자연스럽다. 은자는 몸도 마음도 정결해야 한다. 집과 육신이 정결하지 않다면 은자가 아니라 게으름뱅이다.

臨湖亭(임호정)

輕舸迎上客, 悠悠湖上來.
當軒對尊酒, 四面芙蓉開.

임호정

작은 배로 귀한 손님을 맞이하여,
여유 있게 호수를 건너 모시었다.
정자에 올라 술잔을 마주하니,
연꽃은 사방 곳곳에 다 피었다.

| 註釋 | ○ 〈臨湖亭〉 – 〈호숫가의 정자〉.

○ 輕舸迎上客 – 輕舸는 작은 배. 舸는 큰 배 가. 작은 배에도 쓸 수 있다.

○ 悠悠湖上來 – 悠悠(유유)는 천천히.

○ 當軒對樽酒 – 當軒은 정자에 오르다. 軒은 추녀 헌. 여기서는 창문. 樽은 술통 준.

○ 四面芙蓉開 – 芙蓉은 연꽃.

| 詩意 | 輕舟를 보통 '가벼운 배' 라고 번역한다. 배를 보았다면 큰 배? 작은 배를 나름대로 구분한다. 들어보거나 무게를 알아보고서 가볍다 무겁다는 판단하지 않는다.

아무리 배가 작더라도 들어본 다음에 '가볍다' 고 말하지 않는다. 漢字에서야 輕舟라고 쓰지만 우리말은 '작은 배'이다. 輕車는 '작은 차'라는 의미가 우선이고, 다음으로 '가벼운 차'라고도 생각할 수 있다.

사소한 시비가 아니라, 가능하다면 정확하게 표현해야 하고 사물의 이치에 맞아야 한다는 말이다.

南垞(남택)

輕舟南垞去，北垞淼難卽.
隔浦望人家，遙遙不相識.

남쪽 언덕

작은 배로 남쪽 언덕에 올랐으나,
큰물 건너 북택엔 가기 쉽지않다.
포구 건너로 인가가 보이지만,
멀고 멀어 구별하기 쉽지않다.

| 註釋 | ○ 〈南垞〉 – 〈남택〉 (남쪽 언덕).

垞은 작은 언덕 택. 垞(土部 6획) 원음은 chá. '탁' 이란 음독은 오류. 南坨(남타)가 아님. 坨(土部 5획)는 비탈질 타(이).

○ 輕舟南垞去 – 南垞은 물가에 있는 작은 언덕.

○ 北垞淼難卽 – 淼는 물 아득할 묘. 물이 넓은 모양. 難卽(난즉)은 가기 어렵다.

○ 隔浦望人家 – 隔浦(격포)는 포구 건너.

○ 遙遙不相識 – 遙遙(요요)는 먼 모양.

| 詩意 | 왕유는 山을 좋아한 만큼 물도 좋아했을 것이다. 왕유의 詩에 山을 묘사한 시가 많지만, 왕유는 行旅에 큰 강을 건너거나 배를 타면 꼭 시를 지었다는 생각이 든다. 망천 20景 배를 타고 가

서 올라야 하는 작은 언덕도 왕유에게는 소중했을 것이다. 그렇다면 망천별서 주변에 물이 많았고, 欹湖(의호)도 있고 臨湖亭도 있었다. 물 건너 마을에 인가가 보이지만 구별하기 어렵다는 구절에서 왕유는 속세와 단절한 은자의 모습으로 그려진다.

欹湖(의호)

吹簫凌極浦, 日暮送夫君.
湖上一回首, 青山卷白雲.

의호 - 아름다운 호수

통소 소리 포구 멀리 퍼지고,
해질녘에 배로 美人을 보낸다.
물 위에서 고개 한번 돌려보니,
흰 구름은 푸른 산에 감기었네.

| 註釋 | ○ 〈欹湖〉 - 〈아름다운 호수〉.

欹는 기울 기. 아름답다고 할 의. 歎美辭. 猗(아름다울 의)와 通. 호수의 주변 지형이 비스듬히 기울었기에 '기호' 라고 해석한다면 좀 무리다. 대부분의 호수 주변은 경사가 졌다. 호수의 바닥이 기울었기에 '기호' 라고 해설한 책도 있는데, 왕유가 잠수부인가? 호수 바닥까지 들여다보았는가? 의호 주변의 美景은 裴迪(배적)도 크게 감탄하였다.

○ 吹簫凌極浦 - 吹簫(취소)는 통소를 불다. 凌은 넘다. 極浦는 아주 먼 포구.

○ 日暮送夫君 - 送夫君의 夫君은 美人. 상상 속의 미인, 신화 속의 미인이지, 실제 구체적 어떤 인물은 아니다. 楚辭 〈九歌〉의 〈湘君〉에 '思夫君兮未來' 라는 구절이 있다. 夫君을 친우로 해

석할 수도 있지만 택하지 않는다.

○ 湖上一回首 – 回首는 고개를 돌려보다.

○ 青山卷白雲 – 卷은 둘러싸이다. 에워싸이다.

| 詩意 | 이 시는 호수의 아름다운 경치를 직접 묘사하기보다는 楚歌의 〈湘君〉이나 〈河伯〉의 구절을 활용하여 神話的 境界에서 묘사하였다. '吹簫', '凌極浦', '送夫君(美人)' 이 바로 그런 예라고 한다.

그리고 '湖上一回首 青山卷白雲' 은 錢起(전기, 722 – 780. 大曆十才子의 한 사람)의 〈省詩湘靈鼓瑟(성시상령고슬)〉에 나오는 '曲終人不見, 江上數青峰' 의 意境과 매우 비슷하다.(전기는 왕유보다 후대 사람이기에 왕유가 전기의 작품을 모방할 수가 없다.) 하여튼 왕유의 이 시는 신운이 감도는 시라 할 수 있다.

柳浪(유랑)

分行接綺樹，倒影入清漪.
不學御溝上，春風傷別離.

늘어선 버들

양쪽에 줄로 이어진 아름다운 버들이
그림자를 거꾸로 잔물결에 드리웠다.
본뜨지 말지어니, 장안 냇가의 버들처럼,
봄바람에 꺾이며 이별을 아파하지 말라.

| 註釋 | ○ 〈柳浪〉 – '늘어선 버들' 浪을 버드나무 가지가 흔들리는 물결로 해석한다면 무리다. 바람이 안 불면?

○ 分行接綺樹 – 分行은 줄지어 늘어선. 行은 줄 항. 接綺樹는 아름다운 버들이 이어져있다.

○ 倒影入清漪 – 倒影은 물에 거꾸로 선 그림자. 漪는 물가 의. 잔물결.

○ 不學御溝上 – 不學은 본뜨지 말라. 御溝(어구)는 장안성 주변의 개천.

○ 春風傷別離 – 傷別離은 이별에 아파하다. 이별하는 사람은 늘 버들가지를 꺾어주는데 버들은 아팠을 것이다.

| 詩意 | 망천의 버드나무가 얼마나 많은지는 알 수 없지만 물가에는

어디든 버들이 자랐다. 장안 도성 밖 물가의 버들이 장안에 살아서 좋을 것인가? 오히려 사람 손이 닿지 않는 망천의 버드나무가 더 행복하다는 뜻인가?

아마도, 사람은 태어나면서 타고난 운명의 줄이 있을 것이다. 부자나 고관이 되는 줄에 선 사람은 부자나 고관으로 살아간다. 깊은 산속에 뿌리내려 자연 속에 크는 나무와 길가에서 사람한테 시달리며 자라는 나무 역시 그 팔자가 다른 것이다.

欒家瀨(난가뢰)

颯颯秋雨中，淺淺石溜瀉.
跳波自相濺，白鷺驚復下.

난가뢰

쇄아쇄아 내리는 가을비 속에,
찰찰 대며 돌 위로 물이 흐른다.
돌에 튕겨 이리저리 흩뿌리니,
놀란 백로 날았다 다시 앉는다.

| 註釋 | ○ 〈欒家瀨〉 – 〈난가뢰〉. 欒은 나무 이름 난. 瀨는 여울 뢰(뇌).

○ 颯颯秋雨中 – 颯颯(삽삽)은 바람소리. 여기서는 바람 불며 비 오는 소리.

○ 淺淺石溜瀉 – 淺淺(천천)은 물이 빨리 흐르는 모양. 石溜瀉는 돌 위에서 물이 떨어져 흐르다. 溜은 방울져 떨어질 류. 瀉는 흐를 사.

○ 跳波自相濺 – 跳波(도파)는 튀는 물방울. 濺은 물 뿌릴 천.

○ 白鷺驚復下 – 復下는 날아올랐다가 다시 내려앉다.

| 詩意 | 이 시에는 사람이 보이지 않는다. 그러나 활기차고 경쾌하다. 바람에 따라 후드득거리며 내리는 비. 결코 여름 소나기와 같

지는 않아도 개울물은 쉽게 불어난다. 돌에 튀며 흐르는 물! 하얀 백로가 놀라 날아올랐다가 다시 내려 앉으며 보이던 움직임은 순간 정지한다. 가까이에서 세밀하게 보다가 멀리서 관조한다. 튀는 물방울은 보이지 않는다. 왕유는 靜中動의 세계를 묘사했다. 시인의 심미안이 놀랍다.

金屑泉(금설천)

日飮金屑泉, 少當千餘歲.
翠鳳翔文螭, 羽節朝玉帝.

금설천

날마다 금설천의 샘물을 마시면,
젊음을 천년이나 가질 수 있으리.
푸른 봉황 수레를 용이 끌게 하여,
羽節 짚고 옥상상제를 배알하리라.

| 註釋 | ㅇ 〈金屑泉〉 - 〈금설천〉. 샘물 이름.

ㅇ 日飮金屑泉 - 金屑泉은 황금 가루를 뿌린 것 같은 샘물. 금가루는 약재이다. 屑은 가루 설. 부스러기.

ㅇ 少當千餘歲 - 少는 젊음. 왕유인들 무병장수를 바라지 않았겠는가? 이는 전설처럼 내려오는 이야기일 것이다.

ㅇ 翠鳳翔文螭 - 翠鳳(취봉)은 푸른 깃털로 봉황처럼 장식한 수레. 신선이 타는 수레. 翔(빙빙 돌아 나를 상)은 飛翔하다. 날아가다. 文螭(문리)는 仙人의 수레를 끌고 다니는 뿔 없는 용. 螭는 교룡 리.

ㅇ 羽節朝玉帝 - 羽節은 仙人이 들고 다니는 깃털 장식한 지팡이. 朝는 알현하다. 玉帝는 옥황상제. 天帝.

| 詩意 | 신선이 되어 무병장수할 수 있다면? 왕유도 그런 이야기가 전설이며 현실적으로 불가능하다는 것을 알고 있었다.

그러나 망천에 물맛이 좋은 샘물이 있어 金屑泉이라 이름을 지어 주고 날마다 그 물을 마시니, 자신도 신선이 될 것이고 그러면 용이 끄는 수레를 타고 하늘에 오를 것이다.

왕유의 재미있는 유머가 아니겠는가?

白石灘(백석탄)

清淺白石灘, 綠蒲向堪把.
家住水東西, 浣紗明月下.

백석탄

맑고 얕은 물이 흐르는 백석탄,
푸른 부들 베어 손으로 묶는다.
집의 양쪽 모두 물이 있어서,
밝은 달빛 아래 빨래를 한다.

| 註釋 | ㅇ 〈白石灘〉 - 〈백석탄〉. 흰 돌이 깔린 여울. 灘은 여울 탄.

ㅇ 淸淺白石灘 - 淺은 얕을 천.

ㅇ 綠蒲向堪把 - 蒲는 부들 포. 자라면 베어다가 깔개나 자리를 만들 수 있다. 向은 접근하다. ~한 상태에 이르다. 堪은 可以. ~ 할 수 있다. 견딜 감. 把는 묶음. 묶다.

ㅇ 浣紗明月下 - 浣紗(완사)는 비단을 빨다. 浣은 빨래할 완.

| 詩意 | 이 시는 月色의 야경을 서술했다. 왕유가 본 일하는 여자는 주로 빨래를 하였다. 달빛 아래 빨래를 하는 여인 - 참 멋진 구도이다.

造景이 아닌 造境과 寫境(사경) 모두에 능한 시인이 왕유이다. 왕유는 〈山居秋暝〉에서 '竹喧歸浣女, 蓮動下漁舟' 라고 읊었다.

이 시의 詩眼은 명월이다. 명월이라서 빨래를 할 수 있다. 명월과 백석은 서로를 돋보이게 한다. 〈山居秋暝〉의 '明月松間照하고 淸泉石上流하다.' 의 경지이다.

北垞(북택)

北垞湖水北，雜樹暎朱闌.
逶迤南川水，明滅青林端.

북쪽 언덕

북쪽 언덕은 의호 북쪽에 있는데,
잡목 사이로 붉은 난간이 보인다.
구불구불 흘러오는 남천의 물이,
푸른 수풀 끝에 보였다가 가려진다.

| 註釋 | ○ 〈北垞〉 – 〈북쪽 언덕〉. 垞은 작은 언덕 택.

○ 北垞湖水北 – 北垞은 欹湖(의호)의 북쪽.

○ 雜樹暎朱闌 – 暎은 비칠 영. 朱闌(주란)은 朱欄. 붉은 칠을 한 난간.

○ 逶迤南川水 – 逶迤(위이)는 구불구불 이어진 모양. 逶는 구불구불할 의. 迤는 비슴듬 할 이.

○ 明滅青林端 – 明滅은 보였다가 안 보였다 하다.

| 詩意 | 남택과 북택, 남산과 欹湖(의호)의 위치 관계는 《망천집》에 실린 배적의 시와 함께 종합하면 그 관계가 명확해진다. 의호는 남산의 남녘에 있는데, 남산에서 흘러내린 물이 모여 의호를 이룬다. 시인 왕유는 혼자 북쪽 언덕을 찾아갔는데 수풀 사이로 민

가의 붉은 난간과 남천수가 보였다가 안 보였다 한다고 묘사했다.

무심코 늘 걷던 길도 어느 날 다시 보면 생각지도 못하던 것이 보인다. 처음 가는 길에서 산모퉁이를 돌면 마을이 있으리라 기대했는데, 마을이 없고 논밭만 나타나면 왠지 서운하다는 생각이 들 때가 있었다. 그러면 아! 내가 초행길에 조금 걸었더니 벌써 사람이 그리운 것인가? 이런 생각이 든다. 그래서 여행이, 특히 혼자 걷는 길이 재미있다.

竹里館(죽리관)

獨坐幽篁裏, 彈琴復長嘯.
深林人不知, 明月來相照.

죽리관

조용한 대숲에 홀로 앉아,
탄금에 긴파람 불어본다.
깊은 숲에 남들은 모르고,
밝은 달이 나만을 비춘다.

| 註釋 | ○ 〈竹里館〉 - 〈죽리관〉. 망천별서 부근의 한 곳. 대밭 속에 지은 작은 오두막. 또는 작은 집. 이 시는 敍景詩이다.

○ 獨坐幽篁裏 - 篁은 대나무 숲 황. 竹叢生也. 幽篁(유황)은 조용한 대나무 숲.

○ 彈琴復長嘯 - 復는 다시(又). 嘯는 휘파람 불 소. 입을 모아 소리를 내는 동작인데, 오늘날의 휘파람과는 다르다고 하였다. 魏晋 시대 이후 道士들만의 취향이고 풍조였으며 표시였는데, 지금은 失傳되었다고 한다.

○ 深林人不知 - 深林이라서 남은 不知하고, 혼자 있다는 뜻.

○ 明月來相照 - 明月이 자신의 아취를 알아주는 것 같다. 1句에는 '獨坐' 했는데, 여기서는 '相照' 하니 시인과 明月의 交感을

느낄 수 있다.

| 詩意 | 이 시는 〈輞川集〉의 중에서도 많은 찬탄을 받는 시이다. 이런 시에는 그의 진심과 정감이 들어있고 사물을 보는 시인의 따뜻한 정서와 興趣(흥취)를 느낄 수 있다. 실제로 왕유처럼 산수를 좋아하는 사람의 마음을 보통 사람은 잘 알지 못한다. 왕유 자신도 나의 이러한 뜻을 사람들은 모르지만 明月은 나를 아는 양 비춘다고 읊었다.

사실 이 시에서 특별히 좋은 표현이나 감동을 주는 언어, 인간을 깨우치는 警句, 또는 이 글자가 바로 '詩眼' 이라고 비평가들이 좋아할만한 글자도 없다.

경치를 서술한 '幽篁', '深林', '明月' 이 있고, 시인의 동작을 묘사한 '獨坐', '彈琴', '長嘯' 가 있어 그냥 평범한 뜻을 갖고 있다. 그런데 누구나 다 바라보고 알고 있는 명월이 시인과 '相照' 하니, 이 앞의 6개 단어들이 모두 살아나고 움직이는 것이다.

字句는 특별하지 않지만 풍경은 그윽하고, 주변은 고요하며, 시인의 마음은 한없이 평화로우니 詩가 전체적으로 무척이나 아름답다. 하여튼 시인 왕유의 능력은 정말 특별하다.

그러니 후세인들이 '唐詩를 三分하여, 李白(仙), 杜甫(聖), 王維(佛)가 하나씩 나눠가졌다.' 고 말했을 것이다. 그리고 이들이 거의 동시대에 살았다는 것도 정말 특이한 일이다.

辛夷塢(신이오)

木末芙蓉花，山中發紅萼.
澗户寂無人，紛紛開且落.

목련이 핀 냇가 둑

가지 끝 피어난 목련 꽃,
산속에 붉은 꽃잎 피웠다.
한적한 냇가 인적 없는 곳,
분분히 피었다가 떨어진다.

| 註釋 | ○ 〈辛夷塢〉 – 〈목련이 핀 냇가 둑〉. 辛夷(신이)는 목련. 일명 木筆. 목련의 꽃망울은 붓과 비슷하다. 塢는 둑 오. 마을.

○ 木末芙蓉花 – 木末은 가지 끝. 芙蓉花는 연꽃. 나무 끝에 피었으니 목련이다.

○ 山中發紅萼 – 發은 피다. 紅萼(홍악)은 붉은 꽃잎. 萼은 꽃받침 악.

○ 澗戶寂無人 – 澗戶는 냇물을 가운데 두고 양쪽 산언덕이 마주 본 곳. 언덕이 마주보는 대문과 같다는 뜻이지 민가가 있다는 뜻이 아니다. 寂無人은 사람이 다니지 않아 적막하다. 戶를 민가의 뜻으로, 寂無人을 일을 하러 들에 나갔을 것이라고 해석할 수도 있으나 취하지 않았다.

○ 紛紛開且落 – 紛紛은 어지러이. 開且落은 피었다가 지다. 且는

又(또 우).

| 詩意 | 참 평범하고 쉽게도 지었고 어려운 글자도 없다. 그냥 객관적으로 묘사하였다. 봄날, 적적한 산속의 시냇가이다. 목련은 혼자 피었다가 진다. '無人空山에 水流花開라!' 그리고서는 아무 말도 필요 없을 것이다. 목련이 피고 지는 모습을 통해 왕유는 得意와 默言(묵언)을 생각했을 것이다.

漆園(칠원)

古人非傲吏, 自闕經世務.
偶寄一微官, 婆娑數株樹.

칠원

옛날 莊周는 도도한 관리가 아니었고,
본래 세상을 이끌어갈 능력이 없었다.
어쩌다 하급 관직에 몸담았지만,
한가히 작은 숲에서 소요하리라.

| 註釋 | ○ 〈漆園〉 – 〈칠원〉. 망천별서의 한 곳.

옛 莊子(莊周)가 한때 漆園吏였는데, 楚의 칠원이라는 지명에 대하여는 정론이 없다. 今 山東省 菏澤市〔Hézé, 하택시, 《水滸傳》의 무대 梁山泊(양산박)이 있던 곳〕, 河南省, 安徽省이 접경하는 그 어디리고 추정한다.

○ 古人非傲吏 – 古人은 莊子(莊周). 傲吏(오리)는 도도한 관리. 楚 威王이 장자의 명성을 듣고 관리를 시켜 후한 예물과 함께 장자를 卿相으로 초빙하려 했지만 장자는 확실하게 거부하였다. 때문에 장자는 도도하다는 평을 받았다. 郭璞(곽박)도 그의 〈游仙詩〉에서 '漆園有傲吏, 萊氏有逸妻' 라고 하였다. 왕유는 자신을 장주에 비유한 셈이다.

○ 自闕經世務 – 自闕은 스스로 그런 능력이 없었다. 經世務는 세

상을 경륜하다.

○ 偶寄一微官 – 偶은 우연히. 一微官은 莊周가 역임한 漆園吏. 왕유는 자신의 하급 관직을 莊周의 漆園吏에 비유하였다.

○ 婆娑數株樹 – 婆娑는 옷이 너풀거리는 모양. 여기서는 여유만만, 편안히 逍遙(소요)하는 모양. 數株樹는 몇 그루의 나무, 작은 숲.

| 詩意 | 남들이 높은 관직을 뿌리친 장주를 오만하다고 말하지만, 왕유는 장주가 본래 세상을 이끌고 다스릴 능력이나 뜻이 없었기에 거절했다고 생각했다. 그런 장주가 칠원리라는 하급 자리에 잠시 머물렀듯 왕유 자신도 경제생활을 영위해야 하기에 잠시 미관말직에 머물지만, 출세보다는 한가히 소요하며 悠悠自適(유유자적)한 생활이 더 좋다는 뜻을 노래했다.

椒園(초원)

桂尊迎帝子，杜若贈佳人.
椒漿奠瑤席，欲下雲中君.

초원

계수나무 술잔으로 신령을 맞이하고,
杜若을 미인에게 올리고 싶다.
椒漿을 올리고 좋은 자리를 준비해,
雲中君께서 강림하기를 바란다.

| 註釋 | ○ 〈椒園〉 - 〈초원〉. 〈산초나무 밭〉.

椒는 山椒(산초), 우리말로는 '분디' 라고 한다. 椒는 胡椒(호초, 후추), 고추의 뜻도 있다. 우리나라 사람들이 후추를 즐겨 먹지만, 후추는 우리나라 토산물이 아니다.

○ 桂樽迎帝子 - 桂樽은 계수나무로 만든 술잔. 帝子는 堯의 두 딸 娥皇과 女英.

○ 杜若贈佳人 - 杜若(두약)은 香草. 佳人은 神人.

○ 椒漿奠瑤席 - 椒漿(초장)은 좋은 음식. 奠은 바치다. 제사지낼 전. 瑤席은 구슬 장식을 한 좋은 자리.

○ 欲下雲中君 - 雲中君은 雲神.

| 詩意 | 이는 《망천집》의 맨 마지막인 20수이다. 왕유는 은자의 생

활에서 신선을 동경하게 된다. 사실 무병장수의 신선을 갈구하는 것이 아니라 속세를 초월한 인격체로서의 신선이 되기를 기대했을 것이다. 신선의 실체를 본 사람은 없다. 그러나 신선에 관한 기록은 굉장히 많다. 신선과 관련한 여러 이야기나 전설을 특별히 仙話라고 한다.

왕유는《楚辭》에도 정통했을 것이다. 여기 나오는 桂樽, 帝子, 杜若, 椒漿, 雲中君 등의 용어가 모두《楚辭》에 나온다. 舜의 아내였던 堯의 두 딸은 舜의 죽음을 듣고 달려와 결국 소상강에서 투신하여 湘君과 湘夫人이 된다. 왕유는 이런 신령을 받들면서 그들의 도움을 받고 싶었을 것이다.

山中(산중) 二首 (其一)

荊谿白石出，天寒紅葉稀.
山路元無雨，空翠濕人衣.

산중 (1 / 2)

형계 흰 돌이 드러나 보이고,
추운 날 붉은 단풍도 드물다.
산길에 본디 비가 아니 내렸는데,
떠도는 푸른 기운 옷에 스며드네.

| 註釋 | ○ 〈山中〉 - 〈산속〉. 《全唐詩》에는 〈闕題〉로 실렸다.

○ 荊溪白石出 - 荊溪(형계)는, 今 陝西省 남부 藍田縣의 서북을 흐르는 하천. 白石出은 水落石出의 뜻.

○ 天寒紅葉稀 - 天寒은 추운 날.

○ 山路元無雨 - 元無雨는 본래 비가 내리지 않았다. 元은 本來.

○ 空翠濕人衣 - 空翠는 동중에 떠도는 푸른 기운. 겨울에도 여전히 푸른 산.

| 詩意 | 蘇東坡는 이 시에 대해 '詩中畵' 라고 했다. 시에는 흰색과 붉은색이 선명하다. 그리고 산속의 푸른 기운이 내 옷에 스며들 것 같다고 하였으니, 실체가 없는 공중의 푸름을 옷에 물들여 視覺으로 느끼게 했고 또 만져질 것 같은 觸覺으로 전환시켰다. 이

는 일종의 通感이라고 할 수 있다.

초겨울의 산행에서 본 경치를 묘사하였다. 날이 추워지면서 냇물이 줄어 돌이 드러나고 곳곳에 백석이 깔려 있는 하천은 여름 냇물과 다른 새 모습이다. 시인은 1, 2구에 냇물과 가끔 보이는 붉은 잎을 그렸다. 3, 4句는 시인의 상상이다. 날이 춥지만 여전히 짙푸른 산색은 비가 내리지 않아도 옷을 물들일 것 같다고 생각하였다. 이 시는 초겨울 산속의 공기마냥 청신하고도 명쾌하여 왕유의 뛰어난 심미의식을 맛보게 된다.

《全唐詩》에는 〈闕題〉로 되어 있는데 洪邁(홍매)의 《萬首絶句》에 따른다고 하였다. 그러나 많은 책에 제목이 〈山中〉으로 되었다.

山中(산중) 二首 (其二)

相看不忍發, 慘淡暮潮平.
語罷更攜手, 月明洲渚生.

산중 (2 / 2)

마주보며 차마 떠나지 못하는데,
서글프게 저녁 물이 차 평평하다.
말을 마치고 다시 손을 잡을 때,
달은 훤하게 여러 물가를 비춘다.

| 詩意 | 첫 수가 하도 유명하여 그 두 번째의 존재가 완전히 가려졌고 二首를 언급한 책도 거의 없다. 二首에서는 초저녁 산중에서의 이별을 묘사하였는데, 정 때문에 헤어지지 못하는 모습과 그에 맞춰 天地의 정황을 뛰어나게 묘사하였다.

시인 왕유가 一首에 공을 들였다 하여 二首에 소홀했겠는가? 공을 들이기는 다 마찬가지인데, 독자들이 一首에 감동하여 二首에서는 감동의 느낌이 상대적으로 적었을 것이다.

田園樂(전원락) 七首 (其一)

出入千門萬戶，經過北里南鄰.
蹀躞鳴珂有底，崆峒散髮何人.

전원의 즐거움 (1 / 7)

황궁의 수천만 문을 출입하고,
아래위 큰 이웃집을 왕래한다.
빠른 말방울 소리는 어디서 나는가?
崆峒山에서 산발한 신선은 누구인가?

| 註釋 | ○ 〈田園樂〉 – 〈전원생활의 즐거움〉.

이 시는 망천에 은거하며 지은 六言絶句의 連章體 시이다. 전원에 은거하는 은자의 속진을 털어버린 즐거움을 형상화하였다. 제목이 〈輞川六言〉으로 된 책도 있다. 절구는 보통 五言과 七言이라서 6言絶句는 없다고 생각하는 사람도 있다.

○ 出入千門萬戶 – 千門萬戶는 황궁의 수많은 출입문.

○ 經過北里南鄰 – 北里南鄰는 王侯나 귀족의 거주지. 여기서는 귀인의 일상생활을 뜻한다.

○ 蹀躞鳴珂有底 – 蹀躞은 말이 걷는 모양. 蹀은 밟을 접. 말리 빨리 걷는 모양. 躞은 걸을 섭. 鳴珂는 말방울 소리. 珂는 흰 옥돌가. 말굴레의 옥 장식. 有底는 어디서 나는가? 底는 何, 什麽.

○ 崆峒散髮何人 – 崆峒은 空洞山, 廣成子라는 仙人이 여기서 살았다고 한다.

田園樂(전원락) 七首 (其二)

再見封侯萬户，立談賜璧一雙.
詎勝耦耕南畝，何如高臥東窗.

전원의 즐거움 (2 / 7)

두번 상면에 일만 호 제후가 되었고,
짧은 유세로 옥벽 한 쌍을 받았다.
南田에서 함께 일하기보다 어찌 나으며,
東窓아래 편히 누운들 무슨 일이 있으랴?

| 註釋 | ○ 再見封侯萬戶 – 두 번째 만나 유세하자 1만 호의 제후에 봉해지다. 《史記 平原君虞卿列傳》에서 虞卿(우경)이 趙 효성왕에게 遊說(유세)한 행적을 말한 것임.

○ 立談賜璧一雙 – 立談은 짧은 시간에 설득하다. 璧은 둥근 옥벽. 우경이 효성왕을 만나 잠깐 이야기를 나누었는데 玉璧 1쌍을 하사받았다. 짧은 기간에 높이 출세했다는 뜻.

○ 詎勝耦耕南畝 – 詎는 어찌 거. 적어도. 反語의 뜻을 나타냄. 豈와 同. 耦耕(우경)은 함께 밭일을 하다. 耦耕南畝는 長沮(장저)와 桀溺(걸익)과 함께 일을 하다. 孔子는 子路를 시켜 이들에게 나루터 가는 길을 묻게 했다(問津). 《論語 微子》.

○ 何如高臥東窓 – 은자의 한적한 생활. 陶淵明 〈與子儼等疏〉의 '常言五六月中, 北窗下臥, 遇涼風暫至, 自謂是羲皇上人'과 비슷한 뜻.

田園樂(전원락) 七首 (其三)

采菱渡頭風急，策杖林西日斜.
杏樹壇邊漁父，桃花源裏人家.

전원의 즐거움 (3 / 7)

마름 따는 나루터엔 바람이 세지만,
지팡이 짚고 간 숲에는 해가 기운다.
언덕의 살구나무 아래 일없는 어부,
도화원 같은 마을에는 인가가 있네.

| 註釋 | ○ 采菱渡頭風急 – 采菱은 採菱. 菱(마름 릉, 蔆)은 수초의 일종. 열매가 마름모꼴이다. 뿌리를 식용한다.

○ 策杖林西日斜 – 策杖은 지팡이를 짚다.

○ 杏樹壇邊漁父 – 杏樹는 살구나무. 壇은 흙을 쌓아 좀 높은 곳.

○ 桃花源裏人家 – 桃花源은 도연명의 이상향.

田園樂(전원락) 七首 (其四)

萋萋春草秋綠，落落長松夏寒.
牛羊自歸村巷，童稚不識衣冠.

전원의 즐거움 (4 / 7)

무성했던 봄 풀은 가을에도 푸르고,
가지많은 큰 솔은 여름에도 시원하다.
牛羊들은 마을길을 알아서 찾아오고,
어린애는 벼슬 높은 사람을 몰라본다.

| 註釋 | ○ 萋萋春草秋綠 – 萋萋는 초목이 무성한 모양. 萋는 풀이 우거질 처. 春草秋綠을 芳草春綠(좋은 풀은 봄에 푸르고)라고 한 판본도 있다.

○ 落落長松夏寒 – 落落은 가지가 길게 늘어진 모양. 뜻이 높고 커서 世俗에 맞지 않는 모양. 寒은 寒氣가 돈다.

○ 牛羊自歸村巷 – 村巷은 마을 안 길. 巷은 골목.

○ 童稚不識衣冠 – 童稚(동치)는 어린아이. 衣冠은 의관을 갖춘 귀인.

田園樂(전원락) 七首 (其五)

山下孤煙遠村, 天邊獨樹高原.
一瓢顔回陋巷, 五柳先生對門.

전원의 즐거움 (5 / 7)

산 아래 먼 마을에 한 줄기 연기가,
하늘 끝 높은 산에 우뚝 선 큰 나무.
마을 골목에는 청빈한 顔回가 살고,
五柳先生은 대문 맞은편에 산다네.

| 註釋 | ○ 山下孤煙遠村 – 山下의 遠村에는 孤煙이 피어오르고.

○ 天邊獨樹高原 – 天邊의 高原에는 獨樹가 서있다.

○ 一瓢顔回陋巷 – 一瓢는 單瓢. 簞瓢. 簞食瓢飮(단사표음). 대나무 광주리에 담은 밥을 먹고 바가지로 물을 떠먹는 사람. 청빈한 생활을 하는 사람. 顔回는 공자의 수제자였으나 너무 가난하여 영양실조로 머리가 하얗게 세었고, 부친과 스승보다도 먼저 죽었다. 陋巷은 누추한 골목.

○ 五柳先生對門 – 對門은 대문을 마주하다. 건너편에 살다.

田園樂(전원락) 七首 (其六)

桃紅復含宿雨，柳綠更帶朝煙.
花落家童未埽，鶯啼山客猶眠.

전원의 즐거움 (6 / 7)

도화는 어젯밤 비에 흠뻑 젖었고,
버들은 아침 안개에 더 푸르렀다.
꽃이 져도 어린 하인은 쓸지 않고,
새가 울어도 산골 객인은 아직도 잔다.

| 註釋 | ○ 이 한 首는 皇甫曾(황보증)의 詩라는 주석도 있다.

○ 桃紅復含宿雨 – 宿雨는 어젯밤 비.

○ 柳綠更帶朝煙 – 朝煙은 아침 안개.

○ 花落家童未掃 – 家童은 家僮, 어린 하인.

○ 鶯啼山客猶眠 – 山客은 산골 나그네. 은자를 지칭한다고 볼 수 도 있다.

田園樂(전원락) 七首 (其七)

酌酒會臨泉水，抱琴好倚長松.
南園露葵朝折，東谷黃粱夜舂.

전원의 즐거움 (7 / 7)

물가에 앉아 함께 술을 마시고,
비파를 안고 큰 소나무에 기댄다.
남쪽 밭에서 이슬 젖은 아욱을 따고,
동쪽 마을선 누런 조를 밤에 찧는다.

| 註釋 | ○ 한가로운 농촌의 밤과 낮을 그렸다.

○ 酌酒會臨泉水 – 酌酒는 술을 마시다. 酌은 술 따를 작.

○ 抱琴好倚長松 – 好는 여기서 좋아하다는 뜻이 아니라 어떤 동작이 잘 이루어진다, ~하기가 좋다는 뜻으로 쓰였다. 倚는 기댈 의.

○ 南園露葵朝折 – 露葵는 이슬에 젖은 아욱(채소 이름). 국을 끓이면 시금칫과 비슷하다.

○ 東谷黃粱夜舂 – 黃粱은 누런 조. 수수(高粱). 밭곡식의 하나. 黃粱夢(황량몽)의 고사가 떠오른다. 舂은 방아 찧을 용. 절구질하다.

| 詩意 | 全 7首 중, 1, 2首는 부귀영화를 버리고 은거를 택한 자신의 의지를 형상화하였다. 3首에서 7首까지는 은거에서 맛보는 여러

情趣를 그려내었다.

3首는 莊子와 도연명의 전고를 이용하였다. 4首는 전원의 순박한 풍경을, 5首는 은거하며 賢人高士와 이웃에 함께 사는 즐거움을, 6수는 心身이 아주 안락한 은자의 생활을, 7수는 은거의 청아함을 노래했다.

六言이지만 王維 시의 그림 같은 특색은 똑같다. 때로는 진하게, 또 어디는 엷은 먹물로 그린 무채색 산수화 같지만 전원을 즐기는 시인의 마음은 정말 다채롭기만 하다. 그리고 모든 것이 자연스러울 뿐이다.

소나 양은 제 집을 알아서 찾아온다. 시골의 천진한 어린아이가 벼슬하는 貴人을 몰라주는 것도 자연이다. 시골의 가난도 자연이고 顔回(안회, 顏淵)와 도연명 같은 사람이 궁벽한 마을에서 가난하게 사는 것도 인간 세상에 볼 수 있는 자연의 일부이다. 왕유의 자부심이 느껴지는 連作詩이다.

戲題輞川別業(희제망천별업)

柳條拂地不須折, 松樹披雲從更長.
藤花欲暗藏猱子, 柏葉初齊養麝香.

輞川別業에서 장남삼아 짓다

버들이 땅에 닿아도 꺾을 필요가 없고,
소나무 자라 구름을 만져도 더 커야 한다.
등나무 꽃에 원숭이 새끼가 숨으려 하고,
측백 잎이 새로 피면 사향노루를 키운다.

| 註釋 | ○ 〈戲題輞川別業〉 – 〈輞川別業에서 장남삼아 짓다〉. 戲는 장난하다, 희롱하다.

○ 柳條拂地不須折 – 拂地는 땅을 쓸다, 땅에 닿다. 不須折은 꺾을 필요가 없다.

○ 松樹披雲從更長 – 披雲은 구름에 닿다. 披는 나눌 피. 찢다, 쪼개다.

○ 藤花欲暗藏猱子 – 藤은 등나무 등. 猱子는 작은 원숭이. 猱는 원숭이 노.

○ 柏葉初齊養麝香 – 柏葉은 측백나무 잎. 初齊는 가지런히 피다. 養麝香은 사향노루를 기르다.

| 詩意 | 이는 왕유가 망천별업에 정착한 이후, 右拾遺로 출사하기

전에 지었다. 왕유는 망천을 경영하면서 자연의 아름다움을 보전하려 많은 애를 썼다. 버들이나 소나무 등은 저절로 자라고 그 안에서 원숭이나 노루들이 살 수 있어야 한다고 생각했다.

시는 장난으로 지었다고(戲題) 했지만 만물이 본성에 따라 살아야 한다는 신념을 표출하고 있다. 시는 생기가 있고 활발하여 망천의 분위기를 그대로 살려 지은 것 같다.

山居秋暝(산거추명)

空山新雨後，天氣晚來秋.
明月松間照，清泉石上流.
竹喧歸浣女，蓮動下漁舟.
隨意春芳歇，王孫自可留.

산속 거처에 가을 해가 지다

空山에 내린 비가 막 그치고,
天氣는 늦가을로 접어들었다.
明月이 松林을 비추면,
清溪는 돌 위를 흐른다.
대밭이 시끄럽게 빨래한 여인 돌아오고,
연잎이 흔들리니 어부의 배가 지나간다.
어느새 봄꽃이 없어졌다 하지만,
귀인은 스스로 여기에 머물리라.

| 註釋 | ○ 〈山居秋暝〉 – 〈산속 거처에 가을 해가 지다〉. 暝은 어두울 명. 황혼 무렵.

○ 空山新雨後 – 空山은 다른 사람이 없다는 의미. 新雨後는 비가 금방 그친 뒤.

○ 天氣晚來秋 – 晚來秋는 만추가 되다. 晚秋來의 뜻인데, 운을 맞추려고 어순을 바꿨다.

○ 明月松間照 – 明月은 松間을 照하고.

○ 清泉石上流 – 清泉은 石上을 流하다. 清泉은 맑은 시냇물.

○ 竹喧歸浣女 – 喧은 의젓할 훤, 시끄러울 훤. 아이가 울음을 그치지 않다. 竹은 대나무밭. 浣女는 빨래한 여인들.

○ 蓮動下漁舟 – 下는 지나가다. 漁舟는 고기잡이 배.

○ 隨意春芳歇 – 隨意(수의)는 다른 사람의 뜻에 맡기다(任他也). 제멋대로. 내 의지와는 상관없이. 어느덧. 春芳(춘방)은 봄꽃. 歇은 쉴 헐. 비다. 다하다. 枯死(고사)하다. 왕유의 인생에서 봄과 같은 시절은 가고 없다는 의미.

○ 王孫自可留 – 王孫(왕손)은 貴人. 여기서는 왕유 자신을 지칭한다고 볼 수 있다. 自可留(자가류)는 마음대로 머물 수 있으리라!

| 詩意 | 이 시는 왕유가 망천에 은거하는 초기 무렵의 작품으로 알려졌다.

王維의 은거지에 가을을 재촉하는 비가 내리다가 금방 그쳤다. 가을비가 오는 그대로 날은 날마다 추워지니, 지금은 晩秋이다. 이 首聯에서는 遠景을 스케치하였는데, 이는 제목에 들어있는 '秋'에 대한 착실한 묘사이다.

가까이 보니 송림 사이로 명월이 비추고 맑은 냇물은 돌 위를 흐른다. 頷聯(함련)은 왕유 신변의 묘사이다. 아직은 사람이 보이지 않는다. 왕유는 靜謐(정밀)한 공간을 먼저 그렸다.

늦가을의 초저녁, 바로 제목의 暝에 해당하는 이 시간, 빨래를 마친 여인들이 무리 지어 떠들면서 대밭을 지나간다. 그런가 하면 소리 없이 지나는 고깃배에 연잎이 흔들린다. 動과 靜의 대비를 통해 경치의 묘사에서 분위기를 바꾼다. 생동하는 자연이 느껴진다. 이것이 바로 頸聯, 곧 起承轉結의 轉에 해당한다.

그러면서 尾聯에서는 왕유 자신의 심경을 말한다. 내 뜻과 상관없이 계절은 순환한다. 봄꽃이 없는 계절이지만 귀인은 어디에 가겠는가? 내가 머무는 이곳도 매우 좋다는 뜻이다. 隱居에 대한 자부심과 함께 그렇다고 산에서 내려간다 하여도 무엇을 하겠는가? 왕유 심경은 매우 복잡했을 것이다.

왕유는 空을 森羅萬象의 본질로 인식했다. 아무것도 없다는 뜻의 空이 아닐 것이다. 또 왕유에게 空은 집착이 없는 無我의 경지이다. 빨래를 마치고 떠들며 돌아오는 여인들의 말소리가 시인에게 무엇이겠는가? 배가 지나가면서 연꽃이 흔들리는 것은 또 무엇인가? 모두 다 본래의 空으로 돌아갈 것이니, 그렇다면 나는 어떠한가? 왕유의 思念도 정지했을 것이다.

'대나무 밭이 시끄럽고(竹喧)', '연꽃이 흔들리는(蓮動)' 은 하나의 暗示이다. 빨래한 여인이 누구인지 연꽃을 흔들며 지나간 배에 누가 있는지 시인도 모른다. 그냥 그 자체가 자연으로 잠깐 나타났을 뿐이다. 시인은 이러한 소박한 암시를 통해 空의 실상을 설명하려 했을 것이다. 시인의 無心을 그림으로 그려 보여주었을 뿐이다.

하여튼 왕유가 별로 힘들이지 않고 손 가는대로 그려내었지만, 읽는 사람에게는 구구절절이 왕유의 미의식이 나타나 있다. 그래서 왕유의 시를 '詩中에 有畫하고, 畫中에 有詩라.' 고 말했을 것이다. 이 시는《唐詩三百首》에도 수록되어 널리 알려졌다.

終南別業(종남별업)

中歲頗好道，晩家南山陲.
興來每獨往，勝事空自知.
行到水窮處，坐看雲起時.
偶然值林叟，談笑無還期.

종남산의 별장

중년에 불도를 좋아하여,
만년에 남산 기슭에 산다.
신나면 곧잘 혼자 다니고,
기꺼운 일은 절로 다 안다.
걷다가 물이 끝나는 곳에서,
앉아서 가끔 피는 구름을 본다.
우연히 산속 노인을 만나면,
담소하며 돌아갈 줄 모른다.

| 註釋 | ○ 〈終南別業〉 – 〈終南山의 별장〉.

제목이 〈初至〉, 또는 〈入山寄城中故人〉으로 된 책도 있다. 이 시는 開元 21년(733)에 지은 시로 알려졌다. 앞의 〈終南山〉이 종남산의 산세를 읊었다면, 이 시는 종남산에 은거하는 자신의 생활을 노래했다.

○ 中歲頗好道 – 中歲는 中年. 頗는 자못 파. 제법. 好道는 佛道를

좋아하다. 首句는 은거 이유를 설명한 셈이다. 왕유가 불도를 좋아한 것은 그 모친의 영향이며 형제들이 모두 불도에 심취했었다.

- ㅇ 晩家南山陲 – 晩은 만년에. 家는 집을 짓다. 동사로 쓰였다. 陲은 근처 수. 부근.
- ㅇ 勝事空自知 – 勝事는 기쁜 일(快意), 자연을 즐기는 일.
- ㅇ 行到水窮處 – 水窮處는 물이 다한 곳. 발원지. 산속 깊은 곳.
- ㅇ 坐看雲起時 – 雲은 雲霧. 時는 가끔. 운을 맞추기 위해 자리를 바꾸었다. 여기까지는 은거의 日常을 그렸다.
- ㅇ 偶然値林叟 – 値는 만나다. 林叟(임수)는 산골 노인. 叟는 늙은이 수.
- ㅇ 談笑無還期 – 無還期는 돌아갈 기약이 없다. 돌아갈 때를 잊는다.

| 詩意 | 왕유는 개원 16년부터 道光禪師를 따라 佛學에 심취하여 清靜하고 空寂한 생활을 추구하면서 자연에 순응하였다. 왕유가 무엇인가를 얻거나 가지려는 순응이 아니었다. 그의 일상의 순환, 자연의 생성과 소멸에는 어떤 인위적인 장애가 없었다.

왕유는 好佛의 신념이 확실했다. 그리고 信佛하여 가장 즐거운 일은 스스로 空을 깨달은 것이라 하였다(勝事空自知). 이렇게 開悟(개오)한 왕유는 산간의 샛길이나 계곡을 逍遙(소요)했다. 그러니 산속 노인을 만나도 같이 담소하며 즐길 수 있었다.

終南山에서 한가한 생활을 노래했는데, 首聯에서는 은거의 이유를 말했다. 이후 6구는 모두 왕유가 사는 모습이다.

'行到水窮處, 坐看雲起時' – 이것이 왕유와 자연의 혼연일치이며 千古의 절창이다. 앞산에서 피는 구름을 바라보며 空을 깨우쳤으니 아마 이 경지가 최고의 '勝事' 일 것이다.

그러면서 그의 생활은 '偶然値林叟하여 談笑無還期라.' 하였으니 어디에 꾸밈과 人爲가 있겠는가?

그의 생활이 자연 그대로, 表裏(표리)가 다름이 없었으니, 그의 시가 곧 그림이고 자연이 그대로 詩이었다.

그는 시를 지으려 애써 고심하지 않았을 것이다.

春中田園作(춘중전원작)

屋上春鳩鳴，村邊杏花白.
持斧伐遠揚，荷鋤覘泉脈.
歸燕識故巢，舊人看新曆.
臨觴忽不御，惆悵遠行客.

봄날 전원에서 짓다

봄날 지붕에 빼꾸기가 날며 울고,
마을 저편에 살구꽃이 환히 폈다.
작은 도끼로 뽕나무 가지를 치고,
논엔 괭이로 물길을 새로 뚫는다.
돌아온 제비는 옛집을 찾아 들었고,
나이든 농부는 새 책력을 꺼내 본다.
술잔을 앞에 두고서 다시 들지 않으며,
고향을 멀리 떠나 온 나그네는 서글프다.

| 註釋 | ○ 〈春中田園作〉 – 〈봄날 전원에서 짓다〉.

왕유가 봄날 농촌의 풍경을 읊었지만, 결련에서 고향을 떠난 처량한 심경을 말했다.

○ 屋上春鳩鳴 – 春鳩는 빼꾸기(布穀鳥).

○ 村邊杏花白 – 삼월에 살구꽃이 피면 농사일을 시작해야 한다.

○ 持斧伐遠揚 – 遠揚은 높다랗게 길게 뻗은 뽕나무 가지. 뽕나무

를 손질한다는 뜻. 이 句는《詩經 豳風(빈풍) 七月》의 '蠶月條桑 取彼斧斨 以伐遠揚' 의 구절에 典故를 두었다.

○ 荷鋤覘泉脈 – 鋤는 보통 호미로 번역하지만, 우리나라의 호미는 자루가 짧아 앉아서 작업을 해야 한다. 대신 괭이는 자루가 길어 서서 작업할 수 있다. 물도랑을 손질한다는 뜻이니, 괭이라고 번역했다. 覘은 엿볼 첨(점). 탐색하다. 泉脈은 물길. 물도랑.

○ 歸燕識故巢 – 故巢는 지난해에 둥지를 지었던 농가. 제비가 돌아오면 으레 새로 집을 짓는다. 그래서 우리나라에서는 가을에 제비가 떠나가면 묵은 제비집을 부수었다.

○ 舊人看新曆 – 舊人은 옛 주인. 新曆은 새해의 册曆.

○ 臨觴忽不御 – 臨觴은 술잔을 마주하다. 御는 술을 마시다.

○ 惆悵遠行客 – 惆悵(추창)은 슬퍼하다. 遠行客은 먼 곳에 와 있는 나그네. 왕유 자신. '思遠客' 으로 된 판본도 있다.

| 詩意 | 봄날 농촌의 원근 경치를 그렸다. 비둘기가 구구거리고 살구꽃이 핀 춘삼월의 動靜을 먼저 그리고서 농사일을 서술했다. 이어 옛집을 찾아오는 제비와 새 册曆을 보는 것으로 세월이 무상함을 말하면서 바로 고향을 그리는 정으로 마무리를 했다. 봄의 정경은 결국 고향 그리움이다.

山居卽事(산거즉사)

寂寞掩柴扉，蒼茫對落暉.
鶴巢松樹遍，人訪蓽門稀.
嫩竹含新粉，紅蓮落故衣.
渡頭煙火起，處處采菱歸.

산에 기거하며 짓다

적막 속에 사립문을 닫는데,
까마득히 넓은 벌에 해가 진다.
솔밭 여러 둥지에 백학이 잠자고,
찾는 이 없어 사립문도 열 일 없다.
자라는 죽순은 마디가 굵어지고,
피었던 홍련은 꽃잎이 떨어진다.
나루터 끝에 여러 등이 켜지면서,
곳곳서 마름 따고 함께 돌아온다.

| 註釋 | ○ 〈山居卽事〉 – 〈산에 기거하며 짓다〉.

○ 寂寞掩柴扉 – 掩은 가릴 엄. 柴扉(시비)는 사립문.

○ 蒼茫對落暉 – 蒼茫(창망)은 넓고 까마득한 벌판. 落暉(낙휘)는 해가 지다.

○ 鶴巢松樹遍 – 鶴巢는 학의 둥지. 巢는 깃들 소. 여기서는 동사로 棲宿(서숙)의 뜻. 명사인 窩(와, 둥지, 움집)의 뜻이 아님. 遍은

널려 있다.

○ 人訪蓽門稀 – 蓽門(필문)은 사립문. 대나무쪽을 엮어 만든 문. 찾아오는 사람이 거의 없다 보니 사립문 열고 닫을 일도 별로 없다는 뜻. 蓽은 사립짝 필.

○ 嫩竹含新粉 – 嫩竹(눈죽)은 새로 나오는 죽순. 嫩은 어릴 눈. 죽순은 땅에서 솟으면서 얇은 겉껍질이 있는데, 죽순이 자라 이 껍질이 떨어지는 마디에 하얀 가루가 있다고 한다. 여기서는 빠르게 자라는 대나무로 세월이 흐름을 설명하였다.

○ 紅蓮落故衣 – 紅蓮은 적색 꽃이 피는 蓮. 故衣는 시든 연꽃잎. 연꽃이 져야 연밥이 자라서 검고 굵은 열매가 나온다.

○ 渡頭燈火起 – 渡頭는 나루터.

○ 處處采菱歸 – 菱은 마름 능. 일년생 수생 식물, 열매는 식용한다.

| 詩意 | 왕유의 산수 전원시는 경치의 묘사가 담백하며 자연스럽지만 그런 속에서도 강한 의지로 노력하는 사람들의 모습을 생동감 있게 묘사하였다. 이 시는 初秋의 晩景을 그렸는데, 송학을 벗으로 삼고 지내는 시인의 심경에 이어 대나무 죽순이 자라고 연꽃이 자라 열매를 맺고 나루터에 등불을 켜고 마름을 따고 돌아오는 보통 사람들의 강한 생명력을 잘 서술하였다.

春園卽事(춘원즉사)

宿雨乘輕屐，春寒著弊袍.
開畦分白水，間柳發紅桃.
草際成棋局，林端擧桔槔.
還持鹿皮几，日暮隱蓬蒿.

봄날 뜰에서 짓다

엊저녁 비에 가벼운 나막신 신었고,
봄날이 추워 솜을 둔 웃옷을 입었다.
논두렁 따라 나뉜 논 물빛이 하얗고,
버들 사이로 복숭아꽃이 붉어졌다.
풀밭 가운데 바둑판처럼 금을 그었고,
수풀 끝에는 두레박틀이 올려져 있다.
사슴 가죽 두른 안궤를 갖고 들어와,
해질 녘에 초가 안에서 기대어 쉰다.

| 註釋 | ○ 〈春園卽事〉 – 〈봄날 뜰에서 짓다〉.

봄날 전원의 원경과 근경을 두루 서술하고 이어 은자의 고결한 생활을 언급하여 마치 高士傳을 읽는 것 같다.

○ 宿雨乘輕屐 – 宿雨는 어젯밤에 내린 비. 乘은 입다. 여기서는 신다. 輕屐(경극)은 가벼운 나막신. 屐은 나막신 극.

○ 春寒著弊袍 – 著은 입을 착. 弊袍(폐포)는 헌 솜옷. 袍는 웃옷

포. 솜옷.

○ 開畦分白水 – 畦는 밭두둑 휴. 논두렁.

○ 間柳發紅桃 – 發紅桃는 붉은 복숭아꽃이 피다.

○ 草際成棋局 – 草際는 풀밭. 成棋局은 바둑판처럼 나뉘었다.

○ 林端擧桔槹 – 擧는 들어 올리다. 桔槹(길고)는 물을 퍼 올리는 두레박. 桔은 두레박 틀 길. 槹는 두레박 고.

○ 還持鹿皮几 – 鹿皮几는 녹피(사슴가죽)를 댄 几席(궤석). 기대어 앉는 것.

○ 日暮隱蓬蒿 – 蓬蒿(봉고)는 쑥. 은자의 초가.

| 詩意 | 시나 소설을 번역하면서 특히나 어려운 부분은 옷이나 각종 장식, 음식이나 가구, 동식물의 이름, 가옥 구조 등 생활과 관련되는 것으로 우리의 환경과 다르기에 많은 설명이 필요하고, 또 설명하더라도 이해가 쉽지는 않다.

옛날 우리나라 농촌의 우물은 그렇게 깊지 않았다. 따라서 두레박으로 물을 길었으나 도르래를 사용하는 경우는 많지 않았다. 왕유가 묘사한 풀밭에 바둑판과 같은 경계는 아마 소나 말을 풀어놓거나 매어놓는 울타리 같은 것으로 짐작된다. 또 桔槹(길고)는 지렛대의 원리를 이용한 물을 퍼 올리는 장치인데, 한쪽 끝에는 두레박을 매달았고 다른 쪽은 어지간한 돌을 묶어놓았다는 설명이 있다. 대략 어떨 것이라고 짐작은 하지만 멀리서 그것이 보일 정도면 단순한 식수를 얻기 위한 장치는 아닐 것이다. '두레박 틀' 이라고 옮기고서도 한참을 더 생각해야만 했다.

新晴野望(신청야망)

新晴原野曠, 極目無氛垢.
郭門臨渡頭, 村樹連溪口.
白水明田外, 碧峰出山後.
農月無閒人, 傾家事南畝.

비가 갠 날 들에서 바라보다

비 그친 들녘은 끝없이 넓은데,
눈 닿는 데까지 티끌 하나 없다.
성문은 나루터 앞에 열려있고,
나무는 계곡에 이어 늘어섰다.
논에 든 물이 사방에 반짝이고,
푸른 봉우리 산 너머로 보인다.
농사 분주할 때 노는 이 없으니,
식구 모두가 남녘 밭에서 일한다.

| 註釋 | ㅇ 〈新晴野望〉 - 〈비가 갠 날 들에서 바라보다〉.

'溪口' 등으로 보아 왕유가 망천에 은거할 때의 작품으로 알려졌다. 〈新晴晩望〉으로 된 제목도 있다.

ㅇ 新晴原野曠 - 曠은 밝을 광. 들이 탁 트이다.

ㅇ 極目無氛垢 - 極目은 눈 닿는 곳까지. 氛垢는 하늘에 뜬 안개나 흙먼지. 黃砂. 氛은 기운 분. 垢는 때 구. 티끌.

○ 郭門臨渡頭 – 郭門은 성곽 출입문. 渡頭는 나루터.

○ 白水明田外 – 明田는 물이 찬 논이 허옇게 보이는 것.

○ 碧峰出山後 – 出山後은 山後出, 산 너머로 보이다.

○ 傾家事南畝 – 傾家는 온 식구.

| 詩意 | 봄비가 그친 뒤 들판의 淸新한 풍경을 눈길 가는대로 그려내었다. 白水와 碧峰의 배경으로 '明田外', '出山後'를 쓴 것은 그림보다도 더 뚜렷하다.

그리고 '農月無閒人하니 傾家事南畝라.'의 결구는 풍경화의 畵龍點睛(화룡점정)이라 아니할 수 없다. 분명히 고요와 평화와 청신한 靜寂(정적)한 풍경을 그렸는데 이 한 구절로 마무리하면서 그림 전체를 살아있는 동영상으로 만들었다.

시인 왕유의 전원생활은 은자의 비생산적 생활이 아닌, 농민과 같이 일하며 땀 흘리는 은거이었다. 시인의 이런 명구는 다른 사람에게 깊은 감동을 준다.

秋夜獨坐(추야독좌)

獨坐悲雙鬢, 空堂欲二更.
雨中山果落, 燈下草蟲鳴.
白髮終難變, 黃金不可成.
欲知除老病, 唯有學無生.

秋夜에 홀로 앉아

혼자 앉아서 늙었다 슬퍼하는데,
적막한 방안 벌써 이경이 가깝다.
빗속에 산속 열매가 떨어지고,
등불에 풀섶 벌레가 슬피운다.
백발은 끝내 다시 검지 않고,
황금을 만들 수는 없으리라.
늙어서 앓는 병을 고치려면,
오로지 생사를 알아야 한다.

| 註釋 | ○ 〈秋夜獨坐〉 – 〈秋夜에 홀로 앉아〉.

이 시는 李林甫가 정권을 장악하고 있던 무렵의 작품이라 알려졌다.

○ 獨坐悲雙鬢 – 雙鬢(쌍빈)은 양쪽 구레나룻. 허연 구레나룻은 늙음을 상징.

○ 空堂欲二更 – 空堂은 적막한 집. 아내와 사별한 뒤 혼자 살아

온 시인의 쓸쓸한 집이고 때는 가을밤. 二更은 밤 9시 – 11시 (乙夜).

○ 白髮終難變 – 白髮은 다시 검어질 수 없다.

○ 黃金不可成 – 黃金不可成은 연금술. 前漢 시절 方士는 雜鐵을 황금으로 만들 수 있고(鍊金), 여러 약물로 불사약을 만들 수 있으며(煉丹), 仙境에 가서 신선을 불러올 수 있으며, 심지어는 적병을 물리칠 수도 있다고 큰소리쳤다. 이런 황당한 주장을 가장 열심히 믿었던 사람이 秦始皇帝이며 漢 武帝이었다. 두 사람은 닮은 점이 아주 많았다.

○ 欲知除老病 – 늙어서 앓는 병을 고치려 하다. 노인의 아집을 버리고 싶다면.

○ 唯有學無生 – 오로지 生死를 알아야 한다. 無는 死. 생사가 없다면 老와 病이 있을 수 있겠는가? 철리가 깊은 구절이다.

| 詩意 | 왕유는 울퉁불퉁한 세상살이의 이런저런 맛을 보았다. 만년에 거울을 앞에 두고 인생무상을 느끼면서 이 시를 지었는지도 모르겠다.

二更이 되도록 잠을 못 이루는 밤. 깊어가는 가을 밤, 가을비가 내리면서 나무 열매가 떨어지고 창밖에 벌레가 울고 – 이런 작은 움직임과 소리가 마음에 들리는 靜謐(정밀), 늙어가는 쇠약이 몸으로 느껴지는 나이에, 시인은 만물이 본래 無生無滅이라고 깨닫는다. 번뇌를 씻어내는 참선의 경지는 아마 이럴 것이다.

이 시에는 生을 성찰하는 모습과, 시화와 음악에 뛰어난 시인의 예술적 감각이 느껴진다.

冬夜書懷(동야서회)

冬宵寒且永，夜漏宮中發.
草白靄繁霜，木衰澄清月.
麗服暎頹顏，朱燈照華髮.
漢家方尚少，顧影慙朝謁.

겨울밤의 소회를 쓰다

춥고도 긴긴 겨울 밤중에,
궁궐서 치는 누각 종소리.
시들은 풀에 무서리가 내리고,
낙엽진 나무에 달빛만 차갑다.
화려한 관복에 얼굴은 늙었고,
불그런 등불은 백발을 비춘다.
황제도 여전히 젊은이 등용하니,
조정에 나가기 부끄런 모습이다.

| 註釋 | ○ 〈冬夜書懷〉 - 〈겨울밤의 소회를 적어보다〉.

이 작품은 대략, 天寶 元年(742) 이후의 작품이라 알려졌다.

○ 冬宵寒且永 - 宵는 밤 소.

○ 夜漏宮中發 - 夜漏는 밤에 물시계에 의해 시각을 알고 치는 북소리.

○ 草白靄繁霜 - 草白는 시든 풀. 靄는 구름 피어오를 애. 밤안개

가 짙은 모양. 繁霜은 된 서리.

○ 木衰澄淸月 – 澄淸(징청)은 맑고 깨끗함.

○ 麗服暎頹顔 – 暎은 비칠 영. 頹顔(퇴안)은 늙고 쇠약한 모습.

○ 朱燈照華髮 – 華髮은 흰머리. 老年.

○ 漢家方尙少 – 漢家는 漢武帝. 곧 당의 현종. 이 구절은 漢代의 일을 典故로 왕유의 정치적 불우를 묘사하였다. 《漢武故事》에 의하면, 漢代에 顔駟(안사)란 사람이 무제에게 말했다. "文帝께서는 文士를 좋아하였으나 저는 무사였고, 景帝께서는 노인을 우대했으나 그때 저는 젊었습니다. 지금 폐하께서는 젊은이를 좋아하시지만 저는 늙었습니다. 그래서 저는 三代를 거치면서 아직도 郎官입니다."

○ 顧影慙朝謁 – 慙은 부끄러울 참. 朝謁(조알)은 조회하며 알현하다. 조정에 근무하다.

| 詩意 | 현종 때, 李林甫는 권력을 장악하고서 왕유를 장구령의 黨人이라 생각하며 보이지 않는 종종의 압력을 가했다. 40세가 넘은 왕유가 볼 때, 어리고 無行不學의 젊은이들이 이임보를 추종하여 날로 승진하고 왕유는 그 아래에 머물러야 하는 현실을 겪으면서 이런저런 생각이 많았을 것이다. 그렇다고 권력 앞에 굽히기는 생각도 못할 일이고, … 왕유는 자신의 불우한 관운을 漢代의 고사를 들어 술회하며, … 하여튼 긴긴 겨울밤 소회가 많았을 것이다.

輞川閑居贈裴秀才迪(망천한거증배수재적)

寒山轉蒼翠，秋水日潺湲.
倚杖柴門外，臨風聽暮蟬.
渡頭餘落日，墟里上孤煙.
復値接輿醉，狂歌五柳前.

망천에서 한거하며 秀才 裴迪에게 주다

가을 산은 더더욱 어둡게 바뀌고,
가을 물은 날마다 소리내 흐른다.
지팡이를 짚고 사립문을 나서니,
바람맞아 저녁 매미소리 듣는다.
나루터엔 지는 석양볕이 남았고,
마을엔 한가닥 저녁연기 피어난다.
接輿를 또다시 만나 술에 취한다면,
五柳선생 앞에서 크게 노래하리라.

| 註釋 | ○ 〈輞川閑居贈裴秀才迪〉 – 〈망천에서 한가히 지내면서 秀才 裴迪에게 주다〉.

輞은 바퀴 테 망. 輞川(망천)은, 今 陝西省 西安市 藍田縣. 남전현은 玉의 산지로 유명하다. 秀才는 당나라 초기에는 科擧의 한 영역이었으나 곧 폐지되었다. 士人에 대한 일반적 칭호로 널리 사용되었다.

○ 寒山轉蒼翠 – 寒山은 한랭한 산. 여기서는 낙엽이 진 가을의 산. 轉은 바뀐다. 蒼翠(창취)는 푸른 듯 검다. 蒼에는 '회백색' 이라는 뜻도 있다. 하여튼 낙엽이 진 산의 충충한 색이지 봄이나 여름철과 같은 푸른색은 아니니다.

○ 秋水日潺湲 – 潺은 물 흐르는 소리 잔. 湲은 물 흐를 원. 이상 수련은 자연의 경치를 묘사.

○ 倚杖柴門外 – 倚杖(의장)은 지팡이를 짚다.

○ 臨風聽暮蟬 – 暮蟬(모선)은 해 저물 무렵에 우는 매미.

○ 渡頭餘落日 – 渡頭(도두)는 나루터. 餘落日은 落日의 볕이 남아있다. 아직 환하다. 餘와 다음 句의 上은 동사 역할을 한다.

○ 墟里上孤煙 – 墟里는 마을. 墟는 언덕 허. 上孤煙(상고연)은 한 줄의 연기가 피어오르다.

○ 復值接輿醉 – 值는 값 치. 만나다. 置로 쓴 판본도 있다. 接輿(접여)는 人名. 楚의 狂人. 《論語 微子(미자)》편에 현실참여 의지를 가진 孔子를 비웃는 인물로 등장한다.

「楚狂接輿歌而過孔子曰, 鳳兮鳳兮, 何德之衰. 往者不可諫, 來者猶可追. 已而已而. 今之從政者殆而. 孔子下, 欲與之言. 趨而辟之, 不得與之言.」

○ 狂歌五柳前 – 狂歌는 미친 듯 노래하다. 큰 소리로 노래하리라. 五柳는 도연명. 五柳先生. 도연명처럼 은거하리라.

| 詩意 | 首聯과 頸聯(경련, 5, 6句)은 자연 景觀을 묘사하고 頷聯(함련, 3, 4구)과 結聯(결련)은 왕유와 배적을 서술하였다. 경관과 사람을 교체하며 보이는 대로 묘사하였다.

寒山, 秋水, 落日, 孤煙 등 가을을 느끼는 경관으로 계절과 세월을 묘사하면서 臨風하며 매미 울음을 듣는 인물, 接輿(접여)와 五柳선생으로 배적과 자신을 견주었다. 왕유의 망천 별장에는 대나무 숲이 있고 계절 따라 꽃이 피었는데 詩友 裴迪(배적)이 거문고를 안고 와서 같이 즐겼다고 한다.

적극적인 현실참여 의지를 가지고 여러 나라를 14년이나 轍環(철환)하였던 孔子를 '위험한 짓을 하는 사람' 이라 비웃었던 楚人 接輿(접여)가 있었고, 집 앞에 五柳를 심고 自號하며 농사를 지었던 도연명이었다. 접여나 오류선생 모두 현세에서 뜻을 펴지 못했다.

특히 도연명은 유가적 가풍에 학문을 했고, 웅지를 품었지만 현실에서는 불우했다. 이는 배적과 왕유도 마찬가지였다. 狂歌를 부르지 않고서는 못 견딜, 그런 회포가 가슴에 남아있었다.

酬張少府(수장소부)

晚年唯好靜，萬事不關心.
自顧無長策，空知返舊林.
松風吹解帶，山月照彈琴.
君問窮通理，漁歌入浦深.

張少府에게 답하다

늘그막에 오직 청정을 좋아하여,
세상만사 관심 없이도 살았지요.
내가 봐도 좋은 방책이 없었으니,
그냥 예전 살던 여기를 찾았다오.
솔바람이 불면 옷띠 풀어버리고,
산에 뜬 달이 밝아 탄금하지요.
세상을 사는 이치 그대가 물었지만,
어부의 노래 소리 포구서 들리네요.

| 註釋 | ○ 〈酬張少府〉 – 〈장소부에게 답하다〉.

酬(갚을 수)는 보내온 것에 대한 답장이나 답례. 주고받다.〔예 : 酬酌(수작), 술잔을 주고받다.〕 少府는 縣尉. 최하급 행정단위인 현의 군사담당. 張少府의 인명 미상. 아마 出仕를 권유하는 편지나 시를 보내온 것으로 추정된다.

○ 晚年唯好靜 – 靜은 고요할 정. 淸靜, 靜居, 靜閑.

○ 自顧無長策 – 自顧(자고)는 자신의 생각으로는. 長策은 좋은 方策.

○ 空知返舊林 – 返은 돌아올 반. 舊林은 전에 살던 산속. 輞川(망천).

○ 松風吹解帶 – 解帶(해대)는 옷의 띠를 풀고. 예의 격식을 잠시 버리다. 여기서는 逍遙適意하는 왕유의 모습이 연상된다.

○ 山月照彈琴 – 照는 照耀(조요). 환하게 비추다.

○ 君問窮通理 – 君問 당신의 물음. 窮通理(궁통리)는 困窮(곤궁)과 亨通(형통)의 이치. 은거하거나 出仕하려는 뜻.

○ 漁歌入浦深 – 漁歌는 어부의 노래. 浦는 水邊. 물가. 굳이 '浦口'라 번역하지 않는다. 入浦深은 深入浦. 강가에서 산 쪽으로 먼 곳. '可以濯吾纓하고 可以濯吾足하면서 遂去不復與言' 했던 屈原 〈漁父辭〉 속의 漁父 모습이 연상된다.

| 詩意 | 이 시는 왕유의 나이가 지긋해졌을 때의 작품으로 생각된다. 벗이 시를 보내와 이런저런 사유에 적극적인 관직생활을 권유했을 것이다. 그러나 왕유는 '나는 잘하는 것이 없다' 면서 산속의 생활에 대한 이야기를 하면서 정면에서의 확답을 회피하다가 마지막에 '漁歌入浦深' 이라고 禪意로 대답하였다.

사실 왕유도 젊었을 적에는 濟世救民하고 立身揚名할 포부도 있었다. 그러나 이제 李林甫 같은 사람이 현종의 신임을 받으며 楊國忠 一家와 함께 국정을 오로지 하는 현실에서는 일찍 뜻을 접을 수밖에 없었다.

漁歌入浦深의 結句를 '어부는 노래하며 물길 깊숙이 들어간다.' 또는 '어부의 노래가 강가의 안쪽까지 들려온다. 그래서 이 곳의 내가 들을 수 있다.' 그리고 '어부 노래가 강가 안쪽으로 사라진다.' 등 여러 가지로 생각할 수 있는데, 禪問答(선문답) 같은 시구이니, 그 정경은 시를 감상하는 마음에 따라 달라질 것이다.

屈原의 〈漁父〉는 빙그레 웃으며 노를 저어가며 노래를 부르면서 사라졌다. '滄浪之水淸兮, 可以濯吾纓. 滄浪之水濁兮, 可以濯吾足.' - 이는 세상과 추이를 같이 하라는 뜻이다.

왕유는 양자택일이 아니라 中觀(중관)의 지혜로 처신하겠다는 뜻이다. 半官半隱의 생활, 현실 속에서도 고결한 지조를 지켜나가겠다는 독립선언과도 같다. 하여튼 왕유는 적극적으로 벼슬길에서 경쟁하고 싶은 생각이 없다는 것을 확실히 밝혔다.

輞川別業(망천별업)

不到東山向一年，歸來纔及種春田.
雨中草色綠堪染，水上桃花紅欲然.
優婁比丘經論學，傴僂丈人鄕里賢.
披衣倒屣且相見，相歡語笑衡門前.

輞川의 별장

東山에 다녀간 지 일년이 되는데,
輞川에 와보니 봄 농사철이로다.
봄비에 젖은 풀색 옷을 물들이고,
물가의 복숭아꽃 불타듯 붉도다.
迦葉(가섭) 같은 비구에게 경론을 배우고,
마을 노인은 등이 굽었어도 지혜롭다.
서둘러 옷과 신발 걸치고 함께 만나,
서로 좋아 대문 앞에서 웃고 떠든다.

| 註釋 | ㅇ 〈輞川別業〉 - 〈輞川(망천)의 별장〉.

輞川은 수도 장안에서 그리 먼 곳은 아니었다. 別業은 別莊, 別墅(별서). 이 시는 〈早秋山中作〉과 동시에 지어졌다고 알려졌다.

ㅇ 不到東山向一年 - 東山은 망천에 있는 산 이름. 向一年은 1년이 다 되어간다.

ㅇ 歸來纔及種春田 - 種은 씨 뿌리다. 春田은 경지.

ㅇ 雨中草色綠堪染 – 綠堪染은 녹색이 옷을 물들일 것 같다.

ㅇ 水上桃花紅欲然 – 然은 燃.

ㅇ 優婁比丘經論學 – 優婁(우루)는 釋迦牟尼의 수제자 迦葉(가섭). 가섭처럼 똑똑한 比丘. 比丘는 수계를 받은 남자. 화상. 比丘는 乞者란 뜻. 부처에게서 불법을 구하고 시주에게 먹을 것을 얻어야 할 사람이라는 뜻. 經은 부처님의 말씀을 적은 것. 論은 부처님 말씀을 설명한 글.

ㅇ 傴僂丈人鄕里賢 – 傴僂는 등이 굽은. 꼽추. 傴는 구부릴 구. 僂는 구부릴 루. 丈人은 노인.

ㅇ 披衣倒屣且相見 – 披衣는 옷을 걸치다, 옷을 서둘러 입다. 倒屣(도사)는 짚신을 거꾸로 신다. 서둘러 대충 입고 신고 나오다.

ㅇ 相歡語笑衡門前 – 衡門은 사립문을 대신하는 가로 막대.

| 詩意 | 이 시는 망천에서의 전원생활을 읊은 七言律詩이다. 시인이 망천에 돌아왔을 때는 봄철 농사가 시작될 무렵이었다.

二聯에서 '染' 一字로 봄비에 푸르러지는 풀을, 그리고 然(燃) 一字로 물가 桃李의 붉은색을 그려내어 화려한 춘색과 발랄한 생기를 옮겨왔다. 三聯에서는 가까이 지내는 比丘와 鄕老의 교제를 언급하고 結聯에서 그들과 상면의 기쁨과 환담으로 망천생활의 즐거움을 표현하였다.

積雨輞川莊作(적우망천장작)

積雨空林煙火遲, 蒸藜炊黍餉東菑.
漠漠水田飛白鷺, 陰陰夏木囀黃鸝.
山中習靜觀朝槿, 松下清齋折露葵.
野老與人爭席罷, 海鷗何事更相疑.

장마에 망천 별장에서 짓다

장마끝 인적 드문 숲, 느릿느릿 피는 연기,
명아주 찌고 기장밥을 동쪽 밭에 내보낸다.
끝없이 넓디 넓은 무논에 백로가 날고,
울창한 여름 숲속 꾀꼬리가 지저귄다.
조용한 산중 늘 하던 그대로 아침 무궁화 보고,
소나무 아래 이슬에 젖은 아욱 꺾어 素食한다.
시골 노인이라 남과 자리다툼도 않는데,
강변 물새인들 무슨 일로 날 의심하리?

| 註釋 | ㅇ 〈積雨輞川莊作〉 - 〈장마에 輞川 별장에서 짓다〉.

제목이 〈秋歸輞川莊作〉, 또는 〈積雨輞川莊上作〉으로 된 것도 있다. 輞川(망천)은, 今 陝西省 西安市 藍田縣 輞川鎭. 종남산 기슭. 輞은 바퀴 테 망.

ㅇ 積雨空林烟火遲 - 積雨는 장마, 久雨未晴. 烟火遲(연화지)는 연기도 천천히 피어오르다.

○ 蒸藜炊黍餉東菑 – 蒸은 찔 증. 藜는 명아주 여(려). 잎은 식용할 수 있다. 黍는 기장 서. 餉은 건량 향. 도시락. 들밥. 菑는 묵정밭 치. 산을 개간해서 만든 밭.

○ 漠漠水田飛白鷺 – 漠은 사막 막, 넓을 막. 鷺는 해오라기 노(로).

○ 陰陰夏木囀黃鸝 – 陰陰은 잎이 우거져 침침하다. 囀은 지저귈 전. 黃鸝(황리)는 꾀꼬리.

○ 山中習靜觀朝槿 – 習靜(습정)은 靜養에 익숙하다. 朝槿(조근)은 아침에 피는 무궁화. 아침에 피었다가 저녁에 오므라드는 무궁화에 대해 중국에서는 인식이 별로 좋지는 않다. 아침저녁으로 변하는 소인의 마음을 槿花心이라 한다. 무궁화는 본래 아욱과에 속하는 낙엽관목이다. 무궁화와 비슷한 모양의 꽃이 피는 풀이 있는데, 그것은 식용할 수 있다. 여기서는 草本 무궁화를 지칭하는 것 같다. 우리 國花인 무궁화는 木槿(목근)으로 표기해야 정확하다.

○ 松下淸齋折露葵 – 淸齋(청제)는 素食, 비린 음식이나 자극적 조미료도 들어가지 않은 菜食. 葵는 해바라기 규. 아욱. 줄기에 난 잎을 먹는 채소. 시금치하고는 다르다. 露葵는 이슬이 남아 있는 아욱.

○ 野老與人爭席罷 – 野老는 시골 늙은이. 왕유 자신. 爭席은 자리를 다투다. 名利를 다투다. '爭席' 이야기는 《莊子 寓言》에 나오는 이야기로 '서로 친밀하고 격의가 없을 정도로 세속적이 되었다.' 는 뜻이다. 여기서 '爭席' 을 그만두었다는 뜻은 세상과 거리를 두었다는 뜻이니, 곧 世俗事에 대한 관심이 없음을 강조하였다.

○ 海鷗何事更相疑 – 鷗는 갈매기 구. 海鷗는 갈매기. 물새란 뜻. 更相疑(경상의)는 다시 나를 의심하겠는가? 나는 機心(기심)이 없다. 내가 갈매기를 잡으려 하는 마음이 없는데 갈매기가 나를 왜 의심하겠는가? 자신은 세상 물욕이 하나도 없음을 선언한 말이다.

海鷗는《列子 黃帝篇》에 나오는 이야기이다. 機心의 사전적 풀이는 '간교하게 속이려는 마음', '간교한 심보'이다. 列子 책에는 海鷗지만 長安(西安市)은 내륙이라 바다 갈매기를 모른다. 그냥 물새로 번역했다.

| 詩意 | 왕유의 시에 七言律詩는 그 작품 수가 많지 않다. 그러나 왕유의 〈積雨輞川莊作〉은 '唐代 칠언율시의 典範'이라는 평가를 받는 작품이다.

이 시는 자연 속에 생활하는 은자의 모습을 담담하게 묘사해낸 성공적인 작품으로, 객관적 景物과 주관적 心境이 잘 어울린 시이다.

수련은 積雨로 시작해서 불 때고 밥을 지어 들밥을 내가는 과정을 묘사하였는데 모두가 천천히 움직인다.

頷聯은 白鷺와 黃鸝(황리)로 여름의 풍경을 그렸으니 白과 黃, 크고 작은 새가 서로 어울렸다. 이 함련은 화가의 안목으로 볼 때도 뛰어난 묘사이다. 광활한 물 논과 우거진 나무, 백로와 노랑 꾀꼬리가 對를 이루고, 날으는 동작과 지저귀는 소리가 어울리는 그림이다. 그리고 漠漠과 陰陰의 첩어를 쓰는 것도 쉬운 일이 아닌데, 여기서는 積雨의 상황에 딱 맞는 첩어라 아니할 수 없다.

頸聯에서는 素食하는 자신의 식생활을 말했다. 사실 식생활은 다른 의복이나 주거 못지않게 사람마다 개성이 있는 생활방편이다. 여기서는 식용이 가능한 朝槿과 露葵(노규, 아욱)의 이름을 거명하였다.

그리고 結聯은 이미 세상 名利와 다툼, 곧 세속사와는 상당한 거리를 두었기에 갈매기에게 들킬만한 機心(기심)도 없다. 그러니 물새인들 나를 의심하겠느냐며 반문하고 있다.

酌酒與裴迪(작주여배적)

酌酒與君君自寬, 人情翻覆似波瀾.
白首相知猶按劍, 朱門先達笑彈冠.
草色全經細雨濕, 花枝欲動春風寒.
世事浮雲何足問, 不如高臥且加餐.

裴迪과 술을 마시다

그대 위한 술이니 마음 편히 가지시고,
뒤바뀌는 인정은 파도처럼 무상하도다.
서로 늙도록 사귀어도 상대를 견제하며,
먼저 출세했다면서 덕 볼 자를 비웃는다.
들풀은 봄비를 맞아 한껏 푸르지만,
꽃망울 피려 해도 봄추위에 움츠린다.
뜬구름 같은 세상사 물어 무엇하리,
차라리 편히 지내며 보신만 하리라!

| 註釋 | ○ 〈酌酒與裴迪〉 – 〈裴迪(배적)과 술을 마시다〉.

○ 酌酒與君君自寬 – 酌酒는 술을 마시다. 酌은 술 따를 작.

○ 人情翻覆似波瀾 – 翻覆(번복)은 이리저리 뒤집히다. 波瀾(파란)은 물결이 치다. 瀾은 물결 란. 물결이 치다.

○ 白首相知猶按劍 – 白首는 노인. 猶按劍은 칼을 잡으려는 것과 같다. 방어 자세를 취하다.

○ 朱門先達笑彈冠 – 朱門은 대문을 붉게 칠한 귀인의 집. 先達은 먼저 출세한 사람. 먼저 높은 자리에 올랐다면 유능한 知人을 천거하는 것이 우정일 것이다. 笑彈冠은 천거할 것이라고 기다리는 사람을 비웃다. 彈冠은 冠의 먼지를 털다. 곧 出仕하려 하다.

《漢書 王貢兩龔鮑傳》에 立傳된 王吉(? – 前 48)은 瑯琊王氏(낭야 왕씨)의 先祖로 청렴하고 유능하였다. 貢禹(공우, 字 少翁, 前 124 – 44)도 같이 입전되었는데, 세상 사람들은 '王陽在位, 貢公彈冠〔王子陽, 王吉이 在位하니 貢公(貢禹)도 벼슬하려 하네.〕' 라고 말할 정도로 두 사람은 취향이 같았다. 〈王貢兩龔鮑傳〉은 《漢書》의 高士傳이라고도 하는데, 거기에 왕길과 아들, 손자까지 입전되었고 이어 공우도 입전되었다.

○ 草色全經細雨濕 – 細雨濕은 봄비를 맞으며 싱싱하게 자라다.

○ 花枝欲動春風寒 – 春風寒은 차가운 봄추위.

○ 世事浮雲何足問 – 何足問은 일고의 가치도 없다는 뜻.

○ 不如高臥且加餐 – 加餐(가찬)은 加養. 몸을 잘 保養하다.

| 詩意 | '朱門先達笑彈冠' 의 彈冠은 《漢書 王吉傳》의 고사이다. 곧 《한서》를 읽지 않았다면 이런 典故를 정확하게 쓸 수 없을 것이다. 시에 쓰이는 典故를 모르면 시를 이해할 수가 없다.

'白首~' 聯은 왕유도 등용되어 뜻을 펴고 싶었지만 앞선 사람들이 밀어내니 어쩔 수 없다는 현실적 불평이 녹아 있다. 내 처지나 생각이 상대방과 같을 때 마음이 통하고 위로가 성립되는 것이다.

그리고 '草色~' 聯은 초목이나 꽃가지도 봄에 피어나나 春寒을 당하면 움츠리는 것과 마찬가지로 당신과 나는 때를 못 만났다는 위로이다. 그러면서 미련에서는 '浮雲과 같은 세상사를 어찌 다 묻고 알아야 하겠는가?' 라며 은거의 뜻을 확실히 하였다. 이 3, 4련은 《詩經》 六義(風, 雅, 頌과 賦, 比, 興)의 比나 興이 아니겠는가?

이 시는 술 한 잔을 나누면서 裴迪을 위로한 시이나 이런 위로 속에는 왕유의 불평도 녹아있다. 이런 저런 뜻으로 술을 마시기는 예나 지금이나 똑같다.

본래 '酒逢知己千杯少(술이 知己를 만나면 천 잔도 많지 않다.' 고 하였지만, 왕유는 '今夕有酒今夕醉(오늘 저녁술이 있으면 오늘 취하고)', '明日愁來明日愁(내일 걱정거리가 생기면 내일 걱정한다).' 는 술꾼은 아니었다.

春日與裴迪過新昌里訪呂逸人不遇

(춘일여배적과신창리방려일인불우)

桃源一向絶風塵，柳市南頭訪隱淪.
到門不敢題凡鳥，看竹何須問主人.
城上青山如屋裏，東家流水入西鄰.
閉戶著書多歲月，種松皆老作龍鱗.

봄날, 裴迪과 함께 新昌里에~

세속 티끌 멀리한 도화원 같은 마을인,
柳市 남쪽 끝으로 隱者를 찾아 갔었다.
대문에 이르러 '凡鳥'라 써놓지 못했고,
대나무 구경했으니 주인을 만나보랴?
성밖 청산이 집안에서 다 보이고,
동쪽 시내는 서쪽 마을로 흘러든다.
오랜 세월 폐문하고 저술에만 힘쓰니,
손수 심은 솔은 늙어 용비늘이 되었다.

| 註釋 | ㅇ 〈春日與裴迪過新昌里訪呂逸人不遇〉 - 〈봄날, 裴迪(배적)과 함께 新昌里에 들려 呂逸人을 찾았으나 만나지 못하다〉.

新昌里는 長安 朱雀街의 新昌坊. 呂는 성씨. 隱逸의 성명 미상. 遇는 만날 우.

ㅇ 桃源一向絶風塵 - 桃源은 武陵桃源. 呂逸人의 거처. 絶風塵은

장안 성내에서도 좀 외진 곳이었다.

○ 柳市南頭訪隱淪 – 柳市은 장안의 東市. 柳市는 朱雀街의 4坊에 있고, 新昌坊은 8坊에 있어 柳市의 남쪽 끝이라는 주석이 있다. 隱淪은 隱逸. 淪은 빠질 윤(륜). 숨어들다.

○ 到門不敢題凡鳥 – 題凡鳥는 凡鳥(범조)라고 쓰다. 凡鳥는 鳳의 破字.

《世說新語 簡傲》에서 인용한 典故. 呂安이란 사람은 嵇康(혜강, 竹林七賢의 한 사람, 중국 역사상 4大 美男의 한 사람)의 친구였는데, 어느 날 혜강의 집으로 찾아갔으나 혜강은 집에 없었다. 마침 혜강의 형인 嵇喜(혜희)가 나와 맞이하며 안으로 들라고 하였다. 그러나 여안은 대문에 '鳳' 한 字를 써놓고 돌아갔다. 그 깊은 뜻을 이해 못한 혜희는 그저 좋은 뜻으로 생각했다. 이를 破字하면 '凡鳥(범조, 보통의 새)'로, 이는 혜강의 형을 조롱한 짓거리였다. 여기서는 그냥 만나지 못했다는 뜻으로 쓰였다. 왕유는 누구를 놀려 줄 정도로 오만하지 않았다.

○ 看竹何須問主人 – 看竹은 역시 《世說新語 簡傲》에서 인용한 典故. 王子猷〔王徽之(왕미지), 王羲之(왕희지)의 다섯째 아들〕가 吳中을 지나다가 어느 사대부 집에서 아주 좋은 대나무가 자라는 것을 보았다. 주인은 유명한 왕자유가 틀림없이 내방할 것이라 예상하고 집안을 깨끗이 청소하고 기다렸다. 어느 날 예상대로 왕자유가 대문 안으로 들어왔다. 왕자유는 곧장 대나무 있는 곳에 가서 시를 읊고 휘파람을 불며 대나무를 감상하였다. 주인은 왕자유가 구경을 마치면 들어올 것이라 생각하였다. 그러나 왕자유가 그냥 돌아가려 하자 하인을 시켜 대문을

닫아버렸다. 왕자유는 주인의 고집에 감탄하며 할 수 없이 주인을 만나 담소를 나누었다고 한다.

○ 城外青山如屋裏 – 如屋裏는 집안에 있는 것 같다.

○ 東家流水入西鄰 – 西鄰은 서쪽의 이웃.

○ 閉戶著書多歲月 – 閉戶는 外人과 교제하지 않다.

○ 種松皆老作龍鱗 – 作龍鱗은 소나무의 껍질이 용의 비늘과 같다. 老松일수록 그 껍질이 크고 두껍다.

| 詩意 | 二聯의 '凡鳥'와 '看竹'은 옛 隱逸(은일)의 奇行을 빌려다가 呂逸人의 고상한 인품을 설명하였으니, 이를 통해서 왕유가 얼마나 많은 독서를 했는가를 알 수 있다.

평범한 뜻이라도 시인의 표현을 거치면 특별한 의미를 지닌다. 그래서 시인을 언어의 마술사라고 한다지만 많은 독서와 깊이 있는 사색이 아니라면 결코 언어의 마술사가 될 수 없다.

三聯은 隱逸의 주거가 幽深(유심)함을, 그리고 尾聯은 은자가 불출하며 적막 속에서 저술에 몰두한다는 서술로 만나지 못한 은일에 대한 존경심을 표출하였다.

시는 전체적으로 솔직 담백하며 전고에 능통하여 깊은 뜻을 담고 있으며 그림 같은 배경을 깔고, 그 안에서 저술에 전념하는 모습을 아주 자연스레 그려내었다.

여기서 이 시의 내용과 비슷한, 위에 거명한 혜강에 관련된 일화 하나를 소개해야 한다.

鍾會(종회)란 사람은 당시의 명사들과 친하고 싶어 嵇康(혜강)을 처음으로 찾아갔다. 그때 혜강은 큰 나무 아래에서 쇠를 鍛鍊

(단련)하고 向秀(상수, 向은 姓 상)는 옆에서 풀무질을 하고 있었다. 혜강이 망치질에 열중하고 있어 종회는 말 한마디 건넬 수도 없었다. 종회가 돌아가려고 하자, 혜강이 말했다.

"무슨 말을 듣고 왔다가 무엇을 보고 가는가?(何所聞而來 何所見而去?)"

그러자 종회가 대답했다.

"들을 것을 듣고 왔다가 볼 것을 보고 갑니다!(聞所聞而來 見所見而去!)"

(출처,《世說新語 簡傲》)

酬諸公見過(수제공견과)

嗟予未喪, 哀此孤生.
屛居藍田, 薄地躬耕.
歲晏輸稅, 以奉粢盛.
晨往東皐, 草露未晞.
暮看煙火, 負擔來歸.
我聞有客, 足埽荊扉.
簞食伊何, 副瓜抓棗.
仰厠羣賢, 皤然一老.
媿無莞簟, 班荊席藁.
泛泛登陂, 折彼荷花.
淨觀素鮪, 俯映白沙.
山鳥羣飛, 日隱輕霞.
登車上馬, 倏忽雲散.
雀噪荒村, 雞鳴空館.
還復幽獨, 重欷累歎.

여러 사람의 내방에 답하다

아! 나는 아직 죽지 못하고,
서럽고 외롭게 살고 있도다.

藍田山 아래에 은거하면서,
척박한 땅에서 농사짓는다.
섣달에 나라에 田租 바치고,
제수를 갖춰 제사를 지낸다.
새벽에 동쪽 밭에 나가니,
풀잎엔 이슬이 가득 맺혔다.
저녁 밥 짓는 연기를 보면서,
괭이 메고서 집으로 돌아온다.
귀한 손님이 온다는 말을 듣고,
사립 안팎을 깨끗이 청소했다.
쟁반에 무슨 과일을 올리나?
참외를 깎고 대추를 따왔다.
훌륭한 손님 곁에 끼어 앉은,
머리가 허연 주인 늙은이다.
돗자리도 없어 부끄러웠지만,
싸리나무 자리 펴고 모시었다.
배 띄워 호수를 거슬러 올라가,
그 붉은 연꽃을 따며 놀았도다.
물속 흰 피라미 구경하다 보니,
하얀 모래밭에 그림자가 길다.
산새들이 떼 지어 돌아오고,
저녁노을 속으로 해가 진다.

손님 모두 수레나 말을 타고,
금방 빗방울 튀듯 흩어졌다.
적막한 마을에 참새 지저귀고,
텅 빈 집에선 닭이 혼자 운다.
다시 적막한 고독이 밀려오고,
길고 긴 탄식만 이어진다.

| 註釋 | 〈酬諸公見過〉 - 〈여러 사람의 내방에 답하다〉

酬는 酬答. 詩文으로 應待하다. 諸公은 여러 사람. 見過는 방문을 받다. 다른 사람이 찾아오다. 이는 四言詩라서 《全唐詩》 125권 왕유의 詩에서 맨 앞에 실렸다.

- ○ 嗟予未喪 - 嗟는 감탄사, 발어사. 嗟는 탄식할 차. 予는 나 여. 未喪은 죽지 않았다. 아직 살아서. 왕유는 아내가 먼저 죽었고 이후 모친상을 당한 것으로 알려졌다.
- ○ 哀此孤生 - 無父曰孤라 하고, 無母曰哀라 하나 때로는 혼동한다.
- ○ 屛居藍田 - 屛居(병거)는 숨어살다. 은거. 屛은 가릴 병, 물리칠 병. 藍田은 현명. 여기서는 산 이름.
- ○ 薄地躬耕 - 薄地는 척박한 땅. 躬耕은 직접 경작하다.
- ○ 歲晏輸稅 - 歲晏은 연말. 晏은 늦을 안. 편안하다. 輸稅(수세)는 조세를 납부하다.
- ○ 以奉粢盛 - 粢盛(자성)은 제기에 곡물을 담다. 제사에 쓰는 곡식. 여기서는 부모 제사를 지내다. 粢는 기장 자. 제물로 바친 곡물. 盛은 담을 성.

○ 晨往東皐 – 晨은 새벽 신. 皐는 언덕 고. 밭.

○ 草露未晞 – 草露는 풀잎에 맺힌 이슬. 未晞은 아직 마르지 않았다. 晞는 마를 희.

○ 暮看煙火 – 煙火는 밥 짓는 연기.

○ 負擔來歸 – 負擔은 등에 메다.

○ 足掃荊扉 – 荊扉(형비)는 사립문.

○ 簞食伊何 – 簞食(단사)는 대나무 광주리(그릇)에 담은 밥. 소박한 식사. 伊何는 무엇. 伊는 발어사, 어조사.

○ 副瓜抓棗 – 副瓜는 오이를 자르다. 副은 가를 벽. 瓜는 오이, 참외. 抓棗(조조)는 대추를 따다.

○ 仰厠羣賢 – 仰厠은 謙辭. 仰은 우러러보다. 厠은 厠身. 끼어 앉다. 厠은 곁, 가장자리.

○ 皤然一老 – 皤然은 머리가 희다. 皤는 머리가 센 모양 파.

○ 媿無莞簟 – 媿는 부끄러워할 괴. 莞簟은 왕골자리. 왕골로 만든 자리 중 아주 가늘게 쪼갠, 또 물들인 왕골로 만든 자리가 화문석이다. 莞은 왕골 완. 簟는 삿자리 점.

○ 班荊席藁 – 班荊는 싸리나무를 쪼개어 만든 자리. 席藁는 짚으로 엮은 자리. 멍석. 藁는 볏짚 고(稿와 同).

○ 泛泛登陂 – 泛泛(범범)은 띄우다. 표류하는 모양. 登陂는 물을 따라 올라가다. 상류로 가다. 陂는 저수지. 비탈 피. 저수지 둑.

○ 折彼荷花 – 荷花는 연꽃.

○ 淨觀素鮪 – 淨觀은 잡념 없이 바라보다. 素鮪는 흰색의 다랑어. 다랑어는 고등어과의 바닷물고기라서 민물고기로 흰색인 피라미로 번역.

○ 俯映白沙 – 白沙에 긴 그림자가 드리웠다.

○ 山鳥羣飛 – 羣飛는 떼 지어 날다.

○ 日隱輕霞 – 日隱은 해가 지다. 輕霞는 옅은 노을.

○ 倏忽雨散 – 倏忽(숙홀)은 갑자기. 순식간에. 雨散은 빗방울 튀듯 흩어지다.

○ 雀噪荒村 – 噪는 떠들썩할 조.

○ 還復幽獨 – 幽獨은 幽深한 고독.

○ 重欷累歎 – 重은 겹치다, 이어지다. 欷는 흐느낄 희. 탄식. 累는 중복하다. 歎은 탄식.

| 詩意 | 이 시는 四言詩인데, 《詩經》의 대부분은 四言詩이나 漢魏 이래로 사언시 창작은 크게 줄어들었다. 사언시는 질박하나 단조롭다는 단점이 있지만, 왕유의 이 시는 성공적인 작품으로 평가받고 있으며 전체적으로 竹林七賢의 嵇康(혜강), 東晋 陶淵明 작품의 영향을 받은 것이라고 알려졌다. 이 시는 '哀此孤生'의 구절로 보아 왕유가 모친상을 당한(天寶 9載, 750) 이후에 輞川莊에서 지은 것으로 대략 추정한다.

이 시의 시작은 왕유의 고독한 은거생활로 직접 농사일을 묘사하고 있다.

'晨往東皐, 草露未晞. 暮看煙火, 負擔來歸.'의 구절은 도연명의 '晨興理荒穢, 帶月荷鋤歸〈歸田園居(三)〉.'와 느낌이 거의 같다.

이어 朋友들과 모여 즐기며 감상하는 모습은 경쾌하나 친우들이 떠난 다음 혼자 남은 적막까지 순차적으로 묘사하여 은거하는 현자의 하루 생활을 직접 체험케 해 주었다.

渭川田家(위천전가)

斜陽照墟落，窮巷牛羊歸.
野老念牧童，倚杖候荊扉.
雉雊麥苗秀，蠶眠桑葉稀.
田夫荷鋤至，相見語依依.
卽此羡閑逸，悵然吟式微.

위천의 농가

기운 석양이 마을 길을 비출 때,
좁은 안길로 소와 양이 돌아온다.
시골 노인네 목동을 염려하여,
지팡이 짚고 사립서 기다린다.
장끼가 울며 보리가 패어나고,
잠자는 누에 뽕잎도 거의 없다.
농부는 괭이를 메고 서서,
맞보고 말하며 멈칫댄다.
이런 田園의 여유가 부러워서,
슬피 詩經의 한편을 읊어본다.

| 註釋 | ㅇ〈渭川田家〉－〈위천의 농가〉. 一作〈渭水田家〉.
渭는 강 이름 위. 唐의 수도 長安(지금의 西安) 북쪽을 흘러 黃

河에 합류하는 황하의 가장 큰 지류. 渭水 또는 渭河라 통칭한다. 甘肅省의 渭源縣에서 발원하여 天水, 寶鷄, 西安을 경유하여 陝西省 潼關(동관)에서 황하 본류와 합쳐지는데 800여 km에 이르는 큰 지류이다.

○ 斜陽照墟落 – 斜는 비길 사. 비스듬하다. 斜陽은 기우는 저녁해, 夕陽, 斜光으로 쓴 판본도 있다. 墟는 언덕 허. 집터, 장터. 墟落은 한적한 농촌 마을. 황토 고원지대의 마을을 연상하며 이 시를 감상해야 한다.

○ 窮巷牛羊歸 – 巷은 거리 항. 마을의 집과 집사이의 골목. 窮巷은 막다른 골목.

○ 野老念牧童 – 念은 기다리다. 牧童은 牛羊을 데리려 나간 어린 아이.

○ 倚杖候荊扉 – 荊扉(형비)는 柴扉(시비), 곧 사립문.

○ 雉雊麥苗秀 – 雉는 꿩 치. 雊는 장끼가 울 구. 麥은 보리 맥. 곡물 이름을 우리말로 옮기기가 쉽지 않다. 麥이 보리(大麥)나 밀(小麥), 아니면 호밀(胡麥)인지 알 수가 없다. 關中에 논(水田) 농사가 없으니 벼(禾, 米)가 아닌 것은 확실하다. 秀는 이삭이 패다(나오다). 꽃이 피다.

○ 蠶眠桑葉稀 – 蠶은 누에 잠. 眠은 잠잘 면. 桑은 뽕나무 상. 葉은 잎사귀 엽. 稀는 드물 희.

누에가 알에서 깨어나면 2mm도 안 되는 애벌레이다. 뽕잎을 먹고 자라는데 잠을 한 번 잘 때마다 크기가 달라진다. 한 번 잠을 자고 나면 누에는 2살이 되는데, 4번 잠을 자면 7–8cm의 크기가 된다. 누에가 4잠을 자고 나면 뽕잎을 굉장히

먹어치운다. 누에가 작을 때는 뽕잎을 아주 가늘게 썰어 조금씩 준다. 3잠이나 4잠을 자고 나면 어른 손바닥만큼 큰 뽕잎을 썰지도 않고 쏟아 부어준다. 4번 잠을 자고 나서 뽕잎을 엄청나게 먹은 다음에 고치를 짓는다. 이때 뽕잎이 부족하면 누에가 고치를 짓지 않거나 고치를 지어도 완전하지 못하게 된다. 따라서 이때 뽕나무에는 뽕잎을 거의 볼 수가 없다. 물론 뽕잎은 이후에 다시 나온다. 우리나라에서는 보리나 밀 이삭이 팰 때면 누에가 4잠을 자고 나서 고치를 짓는다.

○ 田夫荷鋤立 – 荷는 멜 하, 연꽃 하. 鋤는 호미 서. 괭이. 풀을 매는 농기구. 우리나라는 자루가 짧아 손에 쥐고 앉아서 김을 매는 연장을 호미라 하고 자루가 긴 연장을 괭이라 하는데, 중국의 鋤는 우리의 괭이에 해당된다.

○ 相見語依依 – 依依는 아쉬워하는 모양, 사모하는 모양, 약하게 흔들리는 모양. 여기서는 할 이야기가 더 남아있어 멈칫멈칫하면서 그만두지 못하는 모양. 여기까지 한 구절 한 구절이 이어질 때마다 농촌의 여유와 즐거움을 심도 있게 묘사되었다.

○ 卽此羨閒逸 – 卽은 곧 즉. 卽此, 이와 같으니(就此). 羨은 부러워 할 선. 閒逸은 한가하고 안락함. 이 구절이 이 시에 나타난 시인의 뜻이다.

○ 悵然吟式微 – 悵은 슬퍼할 창. 悵然은 슬퍼하고 탄식하다. 式微는《詩經 邶風(패풍)》의 詩 이름. '왕실이 쇠하고 법도가 문란해졌으니, 왜 돌아가지 않으랴?(式微式微 胡不歸, / 微君之故 胡爲乎中露. 式微式微 胡不歸, / 微君之躬 胡爲乎泥中.) 여기서는 '왜 농촌으로 돌아가지 않으랴?' 의 뜻으로 쓰여 陶淵明

의 '歸去來兮' 의 감개를 서술하였다.

| 詩意 | 번잡하고 힘든 벼슬살이, 구속 많은 官界를 떠나 한가하게 농촌에 돌아와 소박한 농부들과 함께 살고 싶다는 詩이다. 5구와 6구가 對句다. 이 시에는 전원시인 陶淵明의 풍취가 마냥 풍긴다. 도연명의 〈歸園田居〉에 다음과 같은 구절이 있다.

~

榆柳蔭後檐, 桃李羅堂前.
曖曖遠人村, 依依墟里煙. (一首)

種豆南山下, 草盛豆苗稀.
晨興理荒穢, 帶月荷鋤歸. (三首)

왕유는 '墟落(허락), 窮巷(궁항), 荊扉(형비)' 라는 말을 시에서 썼다. 그러나 뜻은 도연명과 조금은 다르다. 왕유가 그린 농촌은 궁핍한 농촌이 아니고 자연과 더불어 자급자족하는 평화스러운 마을이었다.

靑谿(청계)

言入黃花川，每逐靑谿水.
隨山將萬轉，趣途無百里.
聲喧亂石中，色靜深松裏.
漾漾泛菱荇，澄澄映葭葦.
我心素已閒，淸川澹如此.
請留盤石上，垂釣將已矣.

푸른 시내

黃花川에 찾아가려 한다면,
언제나 淸溪 물을 따라 간다.
산모퉁이 따라 수없이 돌면서,
걸어도 백리가 안 되는 물길이라.
흩어진 돌 사이 물소리 요란하나,
우거진 솔 숲엔 만물이 고요하다.
넘실대는 물에는 마름이 떠있고,
맑디맑은 곳에는 갈대가 비친다.
나의 마음 언제나 한가로우니,
맑은 물도 이처럼 고요하도다.
이런 크고 널찍한 바위에서,
낚시 드려 조용히 지내리라.

| 註釋 | ○ 〈青谿〉 – '淸溪' 라 쓰기도 한다. 一作 〈過青谿水作〉. 《唐詩三百首》에 실렸기에 널리 알려진 秀作이다.

○ 言入黃花川 – 言은 發語辭로 實義가 없다. 굳이 바꾸자면 云과 같다. 黃花川은 唐代에는 鳳州 黃花縣(今 陝西省 寶鷄市 관할 鳳縣 동북쪽)에 있는 하천.

○ 每逐青谿水 – 逐은 쫓을 축. 쫓아내다. 따라가다. 이 시의 青溪에 대한 설명 자료를 종합한다면, 청계는 沮水(저수)의 여러 지류 중 하나로 '청계에 九曲이 있고, 수십 리를 이어졌다.' 고 하였다.

○ 隨山將萬轉 – 萬轉(만전)은 수없이 많이 산을 끼고 돌아가다.

○ 趣途無百里 – 趣는 달릴 취. 다다르다. 趨(달릴 추)와 같다. 途는 길 도. 도로. 趣途는 길을 따라가다.

○ 聲喧亂石中 – 喧은 떠들썩할 훤. 亂石은 냇물 가운데 아무데나 흩어져 있는 바위.

○ 色靜深松裏 – 色은 形相. 色卽是空 形卽是色의 色. 深松은 깊이 우거진 송림.

○ 漾漾泛菱荇 – 漾은 출렁거릴 양. 菱은 마름 능. 水草名. 荇은 마름 행.

○ 澄澄映葭葦 – 澄은 물 맑을 징. 葭는 갈대 가. 葦는 갈대 위.

○ 我心素已閒 – 素는 흴 소. 평소, 평상시. 閒은 閑暇無事하다. 閑(막을 한)과 同.

○ 淸川澹如此 – 澹은 담박할 담. 恬靜(염정)하다.

○ 請留盤石上 – 請은 ~할 것이다. 盤은 소반 반. 盤石은 크고 평평한 바위.

○ 垂釣將已矣 – 垂는 드리울 수. 釣는 낚시 조. 將은 ~하다. 곧,

장차, ~을. 將已矣는 句末 語助辭. ~ 하리라.

| 詩意 | 12구의 五言古詩로 속세를 멀리하고 맑고 조용한 青溪에서 여생을 보냈으면 좋겠다는 심정을 읊은 시다. 마지막 두 구절 '請留盤石上하여 垂釣將已矣라.' 가 이 시의 결론이라 할 수 있다. 표현의 수법으로는 賦(부)에 가깝고 전체적으로 완벽한 對句가 돋보인다.

곧 言入黃花川 每逐青谿水에서는 黃花와 青谿의 색채가 짝을 이룬다. 隨山將萬轉과 趣途無百里에서는 隨山과 趣途와 將萬轉과 無百里가 각각 對를 이루고 있다. 聲喧亂石中 色靜深松裏에서는 聲喧과 色靜은 물소리의 시끄러움과 만물의 고요함, 곧 動과 靜의 對偶가 눈앞에 그려진다. 또 亂石과 深松 역시 물에서의 움직임과 땅에서의 정적으로 절묘하게 짝을 이루고 있다. 그리고 소리를 내며 흐르는 물을 묘사한 뒤 고여 있는 물에 대해서는 '漾漾(출렁출렁)과 澄澄(맑디맑은)으로 글자를 겹쳐 강조하면서도 떠 있는 菱荇(마름)과 뿌리를 내린 葭葦(갈대)' 를 읊으니, 모든 구절 전체가 아름답게 對偶를 이루고 있다.

사실 이러한 풍경의 묘사는 단순히 자연에 대한 절묘한 묘사로만 생각할 수 없다. 이러한 묘사는 결국 시인의 마음을 서술한 것이 아니겠는가? 벼슬을 탐하고 재물을 얻고자 하는 마음뿐이라면 그가 비록 문자를 안다 해서 이런 경치의 서술은 불가능할 것이다. 시인의 경치 묘사는 시인의 심경의 표출이라고 볼 수 있다.

시인은 이미 자연 속에 몰입되었으니, 곧 景物로 景物을 보고 느끼며, 거의 無我之境에 이르렀을 것이다.

春夜竹亭贈錢少府歸藍田(춘야죽정증전소부귀남전)

夜靜羣動息，時聞隔林犬.
卻憶山中時，人家澗西遠.
羡君明發去，采蕨輕軒冕.

봄날 밤, 竹亭에서 藍田에 돌아가는 錢少府에게 주다

고요한 밤 모두 쉬고 있는데,
가끔씩 숲 건너 개가 짖는다.
예전의 山 생활 더듬어 보니,
마을은 내 서쪽 멀리 있었다.
날 새면 떠나갈 그대가 부럽나니,
고사리 꺾어도 부귀를 경시하게나.

| 註釋 | ○ 〈春夜竹亭贈錢少府歸藍田〉 – 〈봄날 밤, 竹亭에서 藍田에 돌아가는 錢少府에게 주다〉.

錢少府인 錢起(전기, 710? – 780)는 天寶 9載(750)에 진사과에 합격, 秘書省校書郎, 藍田 縣尉(縣의 군사 업무 담당관), 考功郎中 등을 역임했다. 大曆十才子의 한 사람. 《錢考功集》이 있다. 少府는 縣尉의 별칭.

○ 夜靜羣動息 – 羣은 움직이는 모든 것. 動息은 움직임을 멈추다.

○ 時聞隔林犬 – 時는 때때로. 隔林은 수풀 너머에서.

○ 卻憶山中時 – 卻은 도리어. 우리말로는 그러다 보니.

○ 人家澗西遠 – 人家는 마을. 澗은 하천, 냇물.

○ 羨君明發去 – 羨은 부러울 선. 明은 명일. 發은 밝다.

○ 采蕨輕軒冕 – 采蕨은 采薇, 고사리를 꺾어 먹고 살다. 극빈한 은자의 생활. 蕨은 고사리 궐. 輕은 경시하다. 軒冕(헌면)은 작위나 관직이 높은 사람.

| 詩意 | 이 시는 贈別詩(증별시)로, 왕유가 藍田(남전)으로 돌아가는 錢起(전기)에게 준 시로 봄날 밤에 죽정에서 지었다는 뜻이다. 전기는 이 시를 받고 〈酬王維春夜竹亭贈別〉를 지어 화답했다. 증별과 혼동하기 쉬운 것이 留別詩(유별시)인데, 이는 떠나가는 사람이 남아있는 사람에게 주는 시이다.

이 시는 왕유가 죽정에서 마을의 개 짖는 소리를 들으며 산중에 은거할 때를 생각하였다. 그러면서 떠나는 전기에게 '采蕨輕軒冕(고사리를 꺾어 먹고 살더라도 權貴를 경시하라).' 는 結句는 왕유다우면서도 참신하다.

奉寄韋太守陟(봉기위태수척)

荒城自蕭索，萬里山河空.
天高秋日迥，嘹唳聞歸鴻.
寒塘映衰草，高館落疎桐.
臨此歲方晏，顧景詠悲翁.
故人不可見，寂寞平林東.

태수 韋陟(위척)에게 보내다

황량한 성안은 본디 쓸쓸하고,
일만리 산하에 가을 깊어졌다.
드높은 하늘에 해는 높다랗고,
돌아온 기러기 울음 애달프다.
차가운 연못에 시든 풀 그림자,
덩그런 객관에 오동잎 뒹군다.
올해도 막 저물려는 이 무렵에,
외로운 그림자 〈사비옹〉을 읊다.
벗님을 만나리라 생각도 못하나,
平林의 동쪽 거기도 적막한가요?

| 註釋 | ○ 〈奉寄韋太守陟〉 - 〈태수 韋陟(위척)에게 보내다〉.

위척은 왕유의 우인으로 두 사람이 唱和한 시가 많다. 현종 天寶 2년(743)에, 李林甫에게 배척된 위척은 吏部侍郎에서 襄陽太守로 폄직되었다. 이때 왕유가 보낸 시이다. 奉은 敬詞. 태수는 郡의 행정관.

○ 荒城自蕭索 – 蕭索(소삭)은 쓸쓸한 모양. 蕭條.

○ 萬里山河空 – 山河空으로 가을철임을 알 수 있다.

○ 天高秋日逈 – 逈은 멀 형. 아득하다.

○ 嘹唳聞歸鴻 – 嘹唳(요려)는 새가 우는 소리. 울다. 嘹는 새소리 료. 唳는 울 려.

○ 寒塘映衰草 – 寒塘은 차가운 가을 연못. 푸른 물이 寒氣를 느끼게 하다. 塘은 못 당. 저수지.

○ 高館落疎桐 – 高館은 客舍. 疎桐(소동)은 잎이 떨어진 오동나무.

○ 臨此歲方晏 – 方晏은 막 저물려 하다, 다 지나가려 하다. 晏은 늦을 안.

○ 顧景詠悲翁 – 顧景(고영)은 자신의 고독한 그림자를 보다. 景(볕 경, 그림자 영)은 影. 詠은 시를 읊다. 悲翁은 古樂府 〈思悲翁〉. 韋陟(위척)을 사모하는 왕유 자신을 뜻함.

○ 故人不可見 – 故人은 알고 지내는 사람. 죽은 사람이란 뜻이 아니다.

○ 寂寞平林東 – 平林은 지명. 위척의 임지. 今 湖北省 襄陽市의 서쪽. 襄陽(양양)은 長江의 최대 지류인 漢水江의 중류에 위치.

| 詩意 | 쇠락하는 가을의 적막함, 기러기 울음소리, 잎사귀 떨어진 오동나무, 차가운 연못에 비치는 시든 풀의 그림자 등의 배경을 통해 폄직되어 지방에 내려간 위척을 위로하면서 시인의 쌓은 울분을 표출하고 있다. 정면에 대한 묘사가 아닌 측면 묘사로 友人에 대한 관심과 추모의 뜻을 곡진하게 그려내었다.

六. 만년의 詩佛(시불)

天寶 14載(755), 안녹산은 반란을 일으켜 東都(洛陽)를 점령하고 제위에 오른다.

다음 해(756, 천보 15載, 肅宗 至德 元年) 반군이 장안에 육박하자, 현종은 楊國忠과 楊貴妃 등 측근을 데리고 蜀(촉)을 향해 피난했고, 가는 도중 楊貴妃는 馬嵬坡(마외파)에서 자살했다.

현종은 촉에 피난하면서 태자에게 서북에 가서 勤王兵(근왕병)을 모집케 하였는데, 백성들은 태자가 제위에 올라야 한다고 수차례 상서하였다. 결국 현종의 讓位(양위) 조서가 내려지고 태자가 靈武(영무, 今 寧夏回族自治區 북쪽 끝의 銀川市)에서 756년 7월에 즉위하니, 이가 肅宗(李亨, 玄宗의 三子)이다.

756년 6월에, 장안이 함락되자 피난을 가지 못한 58세의 왕유는 반군에 잡혀 장안의 菩提寺(보리사)에 연금된다. 결국 안록산의 압력으로 원하지 않는 관직(僞職, 위직)에 나아가야만 했는데, 왕유는 약을 먹고 벙어리 흉내를 내면서 위장했다가 나중에 낙양으로 끌려가 普施寺(보시사)에 갇히게 된다.

肅宗 至德 2년(757), 장안과 낙양이 수복되고, 10월에 숙종은 장안으로 환도하고서 지난 날 안록산에 협력했던 자들을 6등급으로 나누어 처벌한다. 왕유는 낙양이 수복되면서 석방되었으나 위직을 맡았

다는 혐의로 長安에 압송된다.

이때 왕유의 동생 王縉(왕진)은 현종을 扈從(호종)하여 蜀에 들어갔었고 장안에 들어와 숙종의 신임을 받고 있었다. 왕진은 자신의 관직(刑部侍郞, 차관급)을 삭감하더라도 형의 죄를 사면해달라는 간절한 상서 〈請削官贖兄維罪表〉를 올렸다.

왕유가 장안 보리사에 연금되어 있을 때, 왕유의 詩友 裴迪(배적)이 찾아와 면회하면서 장안에 들어온 안녹산이 凝碧池(응벽지)에서 주연을 펼쳤고 梨園(이원)의 악공들을 강제로 동원하여 연주케 하였는데, 연주를 끝낸 악공들이 눈물을 흘렸다는 이야기를 들려주었다. 하찮은 악공들도 천자를 그리며 눈물을 흘렸다는 이야기에 감동을 받은 왕유는 거기서 시를〔凝碧詩(응벽시)〕 지어 배적에게 보여주었다. 그 시의 내용이 알려지면서 숙종도 왕유의 충성심을 인정하여 왕유는 죄에서 풀려났다.

建元 元年(758), 왕유는 태자의 시종과 의례를 담당하는 太子中允(태자중윤)이라는 직책에 降任되었고, 이후 안록산의 난 이전의 給事中에 복귀하였다. 왕유는 이 무렵 左省(門下省)의 左拾遺인 杜甫, 右省(中書省)의 右補闕인 岑參(잠삼), 또 詩友인 賈至(가지) 등과 시를 주고받으며 많은 가작을 남겼다.

안록산 난의 곤경을 겪은 왕유는 의기소침하였고 심경은 매우 복잡하였다.

가끔 수십 명의 승려에 식사를 공양하거나 玄談을 즐겼는데 집안에 재물도 거의 없어 겨우 차 솥과 약절구, 책상과 노끈을 얽어 만든 의자〔繩床(승상)〕뿐이었다. 조정에서 퇴근하면 향을 피우고 혼자 앉아 禪誦을 일로 삼았다. 왕유는 일찍 喪妻하였지만 후처를 맞이하지 않고 홀로 30년을 지내며 속세의 티끌을 버리고 살았다.

그렇다면 관직에서의 좌절과 안록산의 난을 지나면서 겪은 고초와 난 평정 이후 부역죄에서 벗어날 때까지 시인의 마음고생과 적막함이 어떠했을는지 짐작할 수 있다.

이 시기에 왕유는 망천에 갈 여유가 없었을 것이라 山水를 거의 읊지 못했다. 숙종 재임 중의 왕유의 관직은 조금씩 높아졌는데 숙종 建元 2년(759)에, 尙書右丞(尙書令의 보좌관)이 되었다가 上元 2년(761) 7월에 별세하니 卒年은 61(63)세였다.

安史의 亂 이후 두보도 잠시 관직에 있었지만 이후 서남쪽에서 주로 유랑하였고 이백도 각지를 유랑하였다. 그래도 왕유만이 만년에 비교적 안정된 생활을 할 수 있었다.

왕유는 상원 2년에 〈送楊長史赴果州〉를 지었는데 楊長史는 果州刺史인 楊濟이며, 〈送梓州李使君〉의 李使君은 東川節度使인 李叔明으로 모두 상원 2년에 현직에 임명된 사람들이었다. 그리고 왕유의 마지막 詩作은 上元 2년에 지은 〈送邢桂州〉인데, 이는 荊州都督兼桂管防禦都使인 邢濟(형제)를 전송한 시이다. 이런 시들은 송별시이면서 오언율시의 걸작으로 평가받고 있다.

이런 시를 통해서 왕유는 《舊唐書》의 기록인 숙종 建元 2년(759)에 죽지 않았고, 上元 2년(761)에 죽은 것으로 알려졌다.

別輞川別業(별망천별업)

依遲動車馬, 惆悵出松蘿.
忍別靑山去, 其如綠水何.

망천별장을 떠나다

머뭇머뭇 거리며 수레가 움직이니,
슬퍼하며 소나무 숲을 떠나간다.
마지못해 청산과 작별하나니,
저 푸른 냇물은 어찌해야 하나?

| 註釋 | ○ 〈別輞川別業〉 - 〈망천별장을 떠나다〉.

○ 依遲動車馬 - 依遲(의지)는 아쉬워 머뭇거리는 모양(依依). 遲는 늦을 지.

○ 惆悵出松蘿 - 惆悵(추장)은 마음이 서글픈 모양. 松蘿는 소나무 겨우살이. 소나무에 기생하는 늘어지는 넝쿨. 女蘿. 여기서는 솔밭, 은거지. 蘿는 담쟁이넝쿨 라.

○ 忍別靑山去 - 忍別은 마지못해 떠나가다.

○ 其如綠水何 - 其는 語氣辭, 의문의 뜻을 나타냄. 조동사로 쓰이면 장차 ~할 것이다.

| 詩意 | 왕유의 망천 별장은 모친이 돌아가신 뒤에 표문을 올려 현종의 허락을 받아 사찰로 만들었다고 하였다. 이 시는 언제 지었

는지 알 수가 없다. 그러나 내용으로 보면 일시적으로 떠나는 것이 아니라 아주 떠나가는 슬픔이 그려져 있다.

왕유는 안록산의 난 이후 망천에 산수시를 읊지 못했다. 안록산의 난 이후 곤경에 처했었지만 숙종의 신임을 받으며 관직도 높아졌다. 하여튼 안록산의 난 이전처럼 한가로이 半官半隱의 생활을 즐길 여유가 없었다.

《王右丞集箋注》에는 같은 제목으로 동생 王縉(왕진)의 시가 연이어 실려 있는데, 참고로 여기에 수록한다.

〈同詠別輞川別業〉(王縉)

山月曉仍在，林風涼不絕.
殷勤如有情，惆悵令人別.

새벽녘 산위에 달이 걸려 있는데,
숲에선 시원한 바람 그치지 않네.
은근한 정취가 그냥 남아 있는 곳,
슬픈듯 서럽게 나를 떠나보낸다.

歎白髮(탄백발)

宿昔朱顏成暮齒, 須臾白髮變垂髫.
一生幾許傷心事, 不向空門何處銷.

백발을 한탄하다

예전의 젊은 얼굴 세월따라 늙으면서,
어느새 검던 머리 흰머리로 바뀌었다.
평생에 마음 아픈 일 얼마나 많았던가!
佛門이 아니었다면 어디서 삭였겠는가?

| 註釋 | ○ 〈歎白髮〉 – 〈백발을 한탄하다〉.

○ 宿昔朱顏歲暮齒 – 宿昔은 예전. 이전, 평소. 朱顏은 紅顏, 젊은 얼굴. 歲는 세월 따라. 暮齒는 暮年. 늙은 나이. 齒는 나이 치. 연령(年齒).

○ 須臾白髮變垂髫 – 須臾(수유)는 잠깐 사이, 어느새. 須는 모름지기 수. 臾는 잠깐 유. 垂髫(수초)는 어린아이의 늘어트린 머리. 髫는 늘어트린 머리 초. 須臾에 垂髫가 白髮로 變했다.

○ 一生幾許傷心事 – 幾許(기허)는 얼마? 幾는 거의 기.

○ 不向空門何處銷 – 空門은 佛門. 銷는 녹일 소.

| 詩意 | 이 시는 안록산 난 이후의 작품으로 알려졌다. 노인의 독백으로 이루어진 이 절구는 살아온 생을 되돌아보면서 안식을 얻으

려는 노인의 자화상 같다. 한 세상 살며 마음 상한 일이 얼마나 많던가? 이 한마디에 왕유의 일생이 그려지고 불문에 귀의한 왕유의 평온을 느낄 수 있다.

凝碧詩(응벽시)

萬户傷心生野煙, 百僚何日更朝天.
秋槐葉落空宮裏, 凝碧池頭奏管弦.

응벽시

천하가 상심하고 들 불 연기 타는데,
백관은 언제쯤 천자를 다시 뵈려나?
가을 홰나무 꽃이 빈 대궐에 지는데,
궁궐 응벽지에서는 풍악을 연주한다.

| 註釋 | ○ 〈菩提寺禁, 裴迪來相看, 說逆賊等~〉 – 간략히 〈凝碧詩(응벽시)〉라고 한다. 원제목은 〈菩提寺禁, 裴迪來相看, 說逆賊等, 凝碧池上作音樂, 供奉七人等擧聲便一時淚下, 私成口號, 誦示裴迪.〉이다. 이 뜻은 '菩提寺(보리사)에 연금되어 있을 때, 裴迪(배적)이 찾아와 만났는데, 逆賊(역적, 안록산) 무리가 凝碧池(응벽지)에서 풍악을 연주하게 하였는데, 供奉(궁중 악인) 7인이 연주를 마치고 한때 눈물을 흘렸다는 말을 하여, 나는 몰래 시를 읊어(私成口號) 이를 배적에게 보여 주었다.' 이다.

○ 萬戶傷心生野煙 – 萬戶는 장안성. 천하. 野煙은 폐허 속에 피는 연기.

○ 百僚何日更朝天 – 百僚는 백관. 朝天은 천자를 조회에서 알현하다.

○ 秋槐葉落空宮裏 – 秋槐는 가을의 홰나무.

○ 凝碧池頭奏管弦 – 管弦은 管絃. 악기의 총칭.

| 詩意 | 천보 14載(755)에, 안녹산이 난을 일으키고 이듬에 장안에 들어오자, 현종은 촉(蜀)을 향해 피난했고, 가는 도중 양귀비는 馬嵬坡(마외파)에서 죽었다. 그때 피난을 가지 못한 왕유는 안록산의 압력으로 원하지도 않은 관직(僞官, 위관)을 맡았고 이 때문에 난이 평정된 뒤에 형벌을 받아야만 했었다. 장안에 들어온 안녹산이 凝碧池(응벽지)에서 주연을 펼치고 梨園(이원)의 악공들을 강제로 동원하자, 악공들은 슬피 통곡했다. 왕유는 그 사건을 전해 들은 뒤 악공들에게 감동하여 〈凝碧詩〉를 지었다.

菩提寺(보리사, 菩提는 범어 Bodhi의 음역, 正覺의 뜻)는 長安의 平康坊 남문 동쪽에 있었다. 장안에 남았던 왕유는 장안이 함락되면서 보리사에 연금되었다가 낙양 普施寺로 끌려가 거기서 안록산이 수여한 僞職에 있어야만 했다. 凝碧池(응벽지)는 장안 서쪽 內苑에 있는 연못.

供奉은 직명. 황제를 모시며 일을 하는 사람. 여기서는 궁정 樂工. 口號는 南朝 宋에서 시작된 詩體로 악인들이 지어 올리는 황제의 성덕을 칭송하는 시. 앞부분에 있는 駢麗文(변려문)으로 칭송하는 내용을 읽을 때는 모든 신하가 일어섰다가 다 읽으면 재배를 하고 이어 연주를 한다고 하였다. 여기서는 슬로건이나 구령이라는 뜻이 아니다.

안록산의 난 와중에 현종의 선양을 받아 靈武(영무)에서 등극한 肅宗은 왕유를 부역을 한 죄로 몰았다. 다행히 동생 王縉(왕진)이 자신의 관직을 강등시키면서 형의 무죄를 변호하였고 뒤에 왕유의 이 〈응벽시〉가 알려지면서 죄에서 벗어날 수 있었다.

偶然作(우연작) 六首 (其六)

老來懶賦詩, 惟有老相隨.
宿世謬詞客, 前身應畫師.
不能捨餘習, 偶被世人知.
名字本皆是, 此心還不知.

우연히 짓다 (6 / 6)

늙어서 이제 시를 짓기도 게으르고,
오로지 늙은 사람끼리 함께 모인다.
전생에 이몸은 실패한 시인이었거나,
현생의 전에는 분명히 화가였으리라.
예전 해오던 버릇을 버리지 못해서,
어찌 하다 보니 세상에 알려졌도다.
이름 자는 본래 전부 옳았지만,
본디 마음 여태 모르고 살았다.

| 註釋 | 〈偶然作〉 - 〈우연히 짓다〉.

왕유 자신이 심경을 서술한 연작시의 한 수이다. 이는 자신 노년의 슬픔을 탄식한 시이다. '宿世謬詞客이나 前身應畫師이라.' 란 구절은 자부심이 아니라 탄식일 것이다.

○ 老來懶賦詩 - 老來는 게으를 나. 賦詩는 시를 짓다.

○ 惟有老相隨 - 노인네는 노인끼리 모여 논다.

○ 宿世謬詞客 – 宿世는 前生. 謬詞客은 실패한 詞人. 詩人.

○ 前身應畫師 – 前身은 윤회설에 의거 現生 이전의 生體. 畫師는 畫家.

○ 不能捨餘習 – 捨는 버리다. 餘習은 익숙해진 버릇.

○ 偶被世人知 – 偶는 우연히.

○ 名字本皆是 – 名字는 왕유의 이름 維와 字인 摩詰. 維摩詰은 '淨名' 이란 뜻. 속세를 벗어나 어떤 作爲가 없음.

○ 此心還不知 – 자신이 字를 지을 적의 마음을 아직도 깨닫지 못하고 있다는 탄식.

| 詩意 | 《全唐詩》에서는 이 시가 〈偶然作〉(六首)의 맨 마지막 수이다. 그리고 《唐人萬首絶句》에서는 이 4句를 〈題輞川圖〉라 하여 하나의 絶句로 독립시켰다.

왕유가 이 시를 언제 지었는지 분명하지 않다. 그러나 왕유의 역경을 살펴보면, 이 시는 안록산의 난 이후에 지은 것이라고 볼 수 있다.

왕유는 화가였기에 자신의 〈輞川圖〉를 그리고서 거기에 前 四句를 써넣었는데, 거기에 '前身應畫師' 라는 구절은 왕유 자부심의 표출이라고 해석하였다. 그러나 다른 의미로 해석할 수도 있다.

안록산에게 장안이 함락되자 피난가지 못한 왕유는 안록산에게 僞職을 강요당한다. 나중에 장안과 낙양이 수복된 뒤에 안록산 치하에서 위직을 받았던 사람들을 조사하여 6등급으로 나누어 판별하였다. 그때 鄭虔(정건), 張通(장통)과 같은 화가들도 죄에 연루되어 왕유와 함께 장안의 楊國忠의 옛 저택에 갇히게 된다. 그때 부역자의 죄를 평정하는 최고 실권자인 재상 崔圓(최원)은 왕유와 화가들을 동원하여 자기 집에 벽화를 그리게 했다.

죄에서 풀려나길 바라는 畵師들이 얼마나 열심히 그 재능을 다했겠는가? 그것은 화가의 자부심이 아니라 목숨을 구걸하는 굴욕이었다.

그렇다면 이 시는, 시인이며 또 화가로 세상에 알려진 왕유 자신의 지나온 삶에 대한 후회를 그대로 묘사하였으며, 維摩詰(유마힐)의 뜻 그대로 '淨名'을 지키지 못했다는 자괴감의 표출이었다. 시인으로서 또 화가로 알려진 자신에 대한 自嘲(자조)와 自嘆(자탄)이었다.

酬郭給事(수곽급사)

洞門高閣靄餘輝, 桃李陰陰柳絮飛.
禁裏疎鐘官舍晚, 省中啼鳥吏人稀.
晨搖玉佩趨金殿, 夕奉天書拜瑣闈.
强欲從君無那老, 將因臥病解朝衣.

郭 給事中에게 답하다

重門 高閣 궁궐에 석양이 비추고,
우거진 桃李에 버들가지 날린다.
궁궐의 드문 종소리에 관청도 저물고,
문하성 새소리 관리들 인적도 끊긴다.
새벽엔 패옥소리 내며 정전 앞을 빨리 걷고,
저녁엔 조서를 짓고서 궁문 나와 퇴청한다.
애써 당신을 따르려 해도 늙어 어쩔 수 없고,
나는 병치레 때문에 관복 그만 벗어야 하오.

| 註釋 | ○ 〈酬郭給事〉 - 〈郭(곽) 給事中에게 답하다〉. 제목이 〈贈郭給事〉로 책도 있다. 酬는 보내다. 받은 것에 대한 보답. 酬答. 酬對. 酬唱. 給事는 '給事中'의 약칭으로, 政令이나 법령의 잘잘못을 따져 바로잡거나 황제 고문에 응대하는 門下省의 要職이다. 郭給事는 郭慎徹(곽신철), 또는 郭承嘏(곽승하). 곽신철은 인품이 너절한 사람으로 李林甫의 寵愛를 받으며 이임보를 위해 일했다.

왕유가 門下省 원외랑일 때 곽급사는 왕유보다 어렸으나 상위직이었다.

○ 洞門高閣靄餘輝 – 洞門은 궁궐 내의 문, 前後相通相對의 뜻. 靄는 쫙 깔린 모양, 아지랑이 애. 餘輝는 석양빛. 반사되는 빛. 황제의 聖恩이 모든 관리들에게 넘쳐난다는 숨은 뜻이 들어있다.

○ 桃李陰陰柳絮飛 – 陰陰은 우거진 모양. 柳絮(유서)는 버들개지. 버드나무 꽃. 그 후손들도 관리로 출세하여 가문이 번성할 것이라도 축원의 뜻을 포함하는 구절이다.

○ 禁裏疎鐘官舍晩 – 禁裏는 禁中. 궁궐. 疎鐘은 가끔 치는 종소리.

○ 省中啼鳥吏人稀 – 省中은 三省(尙書省, 中書省, 門下省). 여기서는 문하성.

○ 晨搖玉佩趨金殿 – 晨은 새벽 신. 搖는 흔들리다. 玉佩은 패옥. 趨는 달릴 추. 빨리 걷다. 잰걸음으로 빨리 걷다. 공경의 표시. 金殿은 장엄하고도 화려한 전각. 궁전.

○ 夕奉天書拜瑣闈 – 天書는 천자의 조서. 瑣闈(쇄위)는 여러 무늬가 새겨진 작은 문. 여기서는 문하성 내의 건물. 拜는 절하고 물러나다. 퇴근하다. 瑣闈(쇄위)는 궁문. 闈는 대궐의 작은 문 위.

○ 强欲從君無那老 – 無那(무나)는 無奈(무내). 어찌하지 못하다. 할 수 없다.

○ 將因臥病解朝衣 – 將은 ~하려 하다. 臥病은 養病하다. 병을 치료하다. 朝衣는 관복.

| 詩意 | 首聯은 궁궐의 저녁 풍경이나 황제의 은택을 입은 곽급사의 출세를 찬양하는 뜻과 桃李가 번성하듯 가문의 번영을 축하하였다. 함련은 바쁜 일과가 끝나는 관아의 저녁 풍경이고, 경련도 곽급사가 부지런히 근무하는 내용이다. 미련에서는 당신을 부러워하지만 그만한 능력이 없다는 謙辭(겸사)로 이미 늙었고 병 때문에 은퇴할 것 같다는 왕유 의지를 서술하였다. 이런 표현은 완곡하지만 '道不同 不相爲謀' 의 뜻을 분명히 밝히고 있다.

送邢桂州(송형계주)

鐃吹喧京口, 風波下洞庭.
赭圻將赤岸, 擊汰復揚舲.
日落江湖白, 潮來天地青.
明珠歸合浦, 應逐使臣星.

邢(형) 桂州를 전송하다

징치고 나팔 불며 京口가 소란타가,
풍파에 돛을 올려 洞庭湖로 향한다.
赭圻縣(자기현)과 赤岸山을 지나서,
물결을 거슬러 다시 작은 배를 띄운다.
해가 지자 강과 호수가 하얗게 보이고,
수면이 높아지니 하늘과 땅이 푸르다.
옛날에 진주가 合浦郡에 돌아왔다니,
당연히 使臣星 따르듯 선정을 펴소서.

| 註釋 | ○ 〈送邢桂州〉 - 〈邢(형) 桂州를 전송하다〉.

桂州의 桂管經略使가 되어 임지로 떠나는 우인을 전송한 시이다. 邢은 성씨, 名은 濟. 桂州(계주)는, 今 廣西壯族自治區의 동북부에 위치한 桂林市, 湖南省 남부와 접경. '桂林山水甲天下' 의 미칭을 누리는 곳.

○ 鐃吹喧京口 - 鐃吹는 징 치고 나팔 불고. 鐃는 징 뇨(요). 吹는

피리 등 관악기를 불다. 喧은 시끄러울 훤. 京口는 지명. 今 江蘇省 鎭江市의 古稱, 군사 요지. 北固山이라는 절경이 있다.

○ 風波下洞庭 – 下는 강물을 따라 가다. 洞庭은 동정호. 경구에서 장강을 따라 상류로 가야 한다. 洞庭湖는 湖南省 소재. 여기가 1차적인 목적지라는 뜻.

○ 赭圻將赤岸 – 赭圻(자기)는 지명. 今 安徽省 동남부 蕪湖市 관할의 南陵縣, 서쪽에 長江이 흐름. 赭는 붉은 흙 자. 圻는 京畿 기. 땅이름 기. 將은 및, ~과(與). 赤岸은 山名. 今 江蘇省 南京市 관할의 六合縣.

京口(鎭江市)에서 赤安山(六合縣)을 거쳐 赭圻(南陵縣)을 지나서 온 거리의 2, 3배를 더 상류로 가야 동정호에 이른다. 꼭 지도에 있는 순서대로 기록하지는 않았다.

○ 擊汰復揚舲 – 擊은 맞서 올라가다. 汰는 水波. 舲은 작은 배 령. 창이 있는 작은 배.

○ 日落江湖白 – 江湖은 長江과 洞庭湖. 白은 어둠 속에서 허옇게 보인다는 뜻.

○ 潮來天地青 – 潮는 바다의 潮水가 아님. 상류의 장마 등으로 하류에서 수위가 올라가는 것이 潮이다. 潮는 흘러들어가다. 젖다. 축축해지다.

○ 明珠歸合浦 – 明珠는 眞珠. 合浦는, 今 廣西壯族自治區 北海市 관할의 合浦縣. 廣東省과 경계. 大陸의 남단. 漢代부터 죄인이나 그 가족은 지금 廣東, 廣西省 등 남쪽 지역에 강제로 이사시켰으니 유배지였다. 바다에서 명품 진주가 많이 산출되었다. 합포에 부임하는 지방관이 진주를 강제 징발하자 진주가 합포

에서 산출되지 않고 남쪽 교지군 등지로 옮겨갔다고 한다. 後漢의 孟嘗(맹상)이 태수로 부임하여 선정을 베풀자 백성과 진주가 다시 돌아왔다고 한다. 합포가 邢桂州의 임지는 아니지만 선정을 베풀라는 뜻이다. 참고로, 합포에서 동남쪽으로 가서 바다를 건너면 海南島(海南省, 면적이 우리나라의 1/3 정도. 人口 700만)이다. 해남도는 前漢 때부터 군현이 설치되었다.

○ 應逐使臣星 -《後漢書 方術傳》의 기록에 의하면, 後漢 和帝(재위, 88 - 105)는 즉위하면서 지방에 암행 감찰관을 파견하였는데, 그중 2인이 益州에 와서 李郃(이합)이란 사람의 집에 투숙하였다. 이합은 지금 황제가 지방에 사신을 내보냈는데 당신들은 이를 아느냐고 물었다. 2인이 아니라면서 어떻게 알았느냐고 묻자, 하늘의 별자리를 보며 지금 使臣省이 益州 分界에 들어왔다고 설명해 주었다. 이 구절은 앞 구에 이어 민정을 잘 살피며 선정을 베풀라는 당부의 뜻이다.

| 詩意 | 이 시는 왕유가 唐 肅宗(756 - 762) 재위 때 작품이며 왕유의 최후 詩作이라고 알려졌다.

우인에게 선정을 당부하는 것은, 곧 勸善이다. 地名과 楚辭의 구절이 인용되었지만 '日落江湖白, 潮來天地靑'의 名句로 널리 알려진 작품이다.

011
裴迪(배적)

裴迪(배적, 716 – ?, 迪은 나아갈 적)은 王維의 友人으로 소개되지만 나이차가 20년 이상이니 詩友라는 표현이 더 좋을 것 같다. 終南山에 은거하면서 왕유와 날마다 시를 주고받았다. 天寶 연간 이후에 출사하여 蜀州 자사를 역임하며 杜甫, 李頎(이기) 등과도 친했다. 尙書郎을 역임했다. 시풍은 왕유와 닮았고, 지금 그의 詩 29수가 전한다.

送崔九(송최구)

歸山深淺去, 須盡丘壑美.
莫學武陵人, 暫遊桃源裏.

崔九를 송별하다

산에 살려 멀리나 가까이 가든,
오직 좋은 산천을 찾아야 하오.
武陵의 어부를 본받지는 마시오,
그는 도원에 잠시 머물렀다오.

| 註釋 | ○ 〈送崔九〉 – 〈崔九를 보내며〉. 崔九는 崔興宗. 왕유, 최홍종, 배적이 서로 友人이었다. 종남산의 馬山이란 곳에 은거했다. 최홍종은 왕유의 처남으로, 王維의 〈送崔九興宗遊蜀〉이라는 시도 있다. 또 왕유는〈送崔九弟往南山〉이란 시도 남겼다.

○ 歸山深淺去 – 深淺(심천)은 深山이든 淺原이든, 멀든 가깝든. 원근.

○ 須盡丘壑美 – 須盡(수진)은 모름지기 ~을 다해야 한다. 壑은 골짜기 학. 丘壑(구학)은 은거할 산천.

○ 莫學武陵人 – 武陵人은 도연명 〈桃花源記〉에서 도화원을 찾았던 漁夫.

○ 暫遊桃源裏 – 暫은 잠시 잠. 짧은 시간. 遊는 유람했다.

| 詩意 | 1구에서는 은거하려는 우인을 보내면서, 2句 이하의 말을 당부한다. 2구에서는 경치 좋은 산수를 권하면서, 3구와 4구에서는 武陵의 어부처럼 잠시 머물다 돌아오지 말고 오래 은거해야 한다는 당부를 하고 있다. 이런 당부의 말에는 시인이 俗塵 세계를 멀리하고 싫어한다는 강렬한 의지가 들어있다. 동시에 진정으로 우인을 위로하고 권면하는 우정을 느낄 수 있다. 武陵 漁夫를 본받지 말라는 뜻에는 굳이 도화원과 같은 곳을 찾으려 하지 말라는 당부로 해석할 수도 있다. 왜냐면 그런 곳은 실제로 없기 때문일 것이다.

華子岡(화자강)

落日松風起, 還家草露稀.
雲光浸履迹, 山翠拂人衣.

화자강

해가 지자 솔바람이 불어오고,
집에 오니 풀이슬도 말랐다.
구름 틈새 빛은 발자국에 남았고,
산의 푸른 기운 옷자락에 감긴다.

| 詩意 | 《輞川集》에 실린 배적의 시이다. 해질녘에 이슬이 내리니 계절은 초가을일 것이다. 해질 무렵에 시인이 산길을 걸어 집에 돌아왔다. 소나무 사이로 바람이 불었고 좁은 길가 풀에 해질녘 이슬이 내렸는데 집에 들어오니 그 이슬은 말랐다. 해질녘 구름 사이를 뚫고 비친 석양이 발자국에 비쳤고, 산의 푸른 기운이 옷자락에 감기었다는 산수경관을 읊은 시이다. 이 시는 王維의 시와 느낌이 거의 같다.

〈저자 약력〉

도연 진기환(陶硯 陳起煥)

서울 대동세무고등학교장 역임

《三國演義》 원문읽기 (2020년), 《新譯 王維》 (2016년), 《唐詩絶句》 (2015년), 《唐詩逸話》 (2015년), 《唐詩三百首 (上·中·下)》 (2014년. 공역), 《金瓶梅 評說》 (2012년), 《上洞八仙傳》 (2012년), 《三國志 人物 評論》 (2010년), 《水滸傳 評說》 (2010년), 《中國人의 俗談》 (2008년), 《儒林外史》 (抄譯) 1권 (2008년), 《三國志 故事名言 三百選》 1권 (2001년), 《三國志 故事成語 辭典》 1권 (2001년), 《東遊記》 (2000년), 《聊齋誌異(요재지이)》 (1994년), 《神人》 (1994년), 《儒林外史》 (1990년)

《완역 漢書》 八表 / 十志. 5권. 近刊 예정, 《正史 三國志》 全 6권 (2019년), 《완역 後漢書》 全 10권 (2018 – 2019년), 《완역 漢書》 全 10권 (2016 – 2017년), 《十八史略》 5권 중 3권 (2013 – 2014년), 《史記人物評》 (1994년), 《史記講讀》 (1992년)

《孔子聖蹟圖》 (2020년), 《論語名言三百選》 (2018년), 《論述로 읽는 論語》 (2012년), 《중국의 神仙 이야기》 (2011년), 《아들을 아들로 키우기 / 가정교육론》 (2011년), 《三國志의 지혜》 (2009년), 《三國志에서 배우는 인생의 지혜》 (1999년), 《中國人의 土俗神과 그 神話》 (1996년)

唐詩大觀(당시대관) **[2권]**

초판 인쇄 2020년 9월 15일
초판 발행 2020년 9월 25일

편　　역 | 진기환
발 행 자 | 김동구
디 자 인 | 이명숙 · 양철민
발 행 처 | 명문당(1923. 10. 1 창립)

주　　소 | 서울시 종로구 윤보선길 61(안국동)
우체국 010579-01-000682
전　　화 | 02)733-3039, 734-4798, 733-4748(영)
팩　　스 | 02)734-9209
Homepage | www.myungmundang.net
E-mail | mmdbook1@hanmail.net

등　　록 | 1977. 11. 19. 제1~148호

ISBN 979-11-90155-52-6 (94820)
ISBN 979-11-90155-50-2 (세트)
25,000원